ANGELA OCHEL

Schief gewickelt, Opa!

atb aufbau taschenbuch

ANGELA OCHEL, 1970 in Bielefeld geboren, arbeitete lange Zeit als Projektleiterin. Den Stoff für ihre Romane findet sie in ihrer eigenen Familie. Sie lebt mit ihrem Mann und ihren zwei Söhnen bei Frankfurt am Main.

Im Aufbau Taschenbuch liegen bisher ihre Romane »Ein Baby und zwei Opas« und »Ein Weihnachtsmann fürs Leben« vor. Mehr zur Autorin unter www.angelaochel.de.

Bis vor kurzem war für Finn die Welt noch in Ordnung. Aber dann erzählten ihm seine Eltern freudestrahlend, dass er ein Geschwisterchen bekäme. Ein Mädchen. Und der Horror beginnt. Mama ist fast nur noch mit ihrem dicken Bauch beschäftigt und zum Spielen sowieso viel zu unbeweglich. Außerdem weint sie dauernd. Papa Gregor hat die Windpocken und muss in Quarantäne, und die Opas kümmern sich viel mehr um diese Hebamme als um ihn. Finn ist entsetzt. Geht das jetzt immer so weiter? Und kann man kleine Schwestern auch wieder umtauschen?

ANGELA OCHEL

Schief gewickelt, Opa!

Roman

atb aufbau taschenbuch

MIX
Papier aus verantwortungsvollen Quellen
FSC® C083411

ISBN 978-3-7466-3258-2

Aufbau Taschenbuch ist eine Marke
der Aufbau Verlag GmbH & Co. KG

1. Auflage 2016

Umschlaggestaltung Mediabureau Di Stefano, Berlin
unter Verwendung einer Illustration von © Oliver Wetter
Gesetzt in der Minion Pro durch Greiner & Reichel, Köln
Druck und Binden CPI books GmbH, Leck, Germany
Printed in Germany

www.aufbau-verlag.de

Für meinen Papa, den besten der Welt.

1

Mensch ärgere dich nicht

Wie war das? Das Leben ist eine feine Sache? Manchmal wundere ich mich, warum das außer mir keiner hinterfragt. Ist es nämlich nicht. Es ist enttäuschend.

Ich muss es wissen, schließlich bin ich schon anderthalb und war bislang alleinerziehender Enkel. So weit, so gut.

Aber das soll sich jetzt in wenigen Wochen ändern. Dann kommt nämlich das neue Baby raus. Keine Ahnung, warum das nicht einfach drinbleibt. Das hat bis jetzt ja auch sehr gut in Mamas Bauch gewohnt, warum will es plötzlich da weg?

Ich sehe da absolut keinen Vorteil.

Für mich.

Im Gegenteil: Ich hab dann eine Schwester an der Backe. Schwestern sind Mädchen. Und jeder weiß, was man von denen zu halten hat: nichts. Auch wenn alle fragen, ich freu mich da keinesfalls drauf, und auf den Titel »Großer Bruder« kann ich auch verzichten. Überhaupt hat mich nie einer gefragt, ob ich das auch will. Wer braucht schon kleine Schwestern?

Um das noch abzuwenden, bleibt mir nur wenig Zeit. Ansonsten ist das Leben eigentlich ganz schön.

Opa sagt, wir haben Spätherbst. Und der andere Opa sagt, wir haben einen frühen Winter. Mama sagt, sie hat Hunger auf Dominosteine.

Gerade höre ich, wie sich Ninfas Schlüssel in der Haustür dreht. Ninfa ist die Haushälterin von Opa Wilhelm, der mit dem Spätherbst. Jetzt klimpert es leise, weil Ninfa den Schlüssel in eine kleine Ledertasche steckt. Sie bemüht sich immer, ganz leise zu sein, und ich finde das lieb von ihr. Ich höre aber trotzdem alles. Jetzt schließt sie die große Eingangstür und huscht in die Küche. Kurze Zeit später höre ich leises Gedudel aus dem kleinen Fernseher. Ninfa guckt gerne spanische Sender, weil sie in Kolumbien groß geworden ist. Und wenn man da groß geworden ist, redet man spanisch. Ich werde hier in Berlin groß, ich rede dann richtig. Aber Ninfa kann natürlich auch richtig reden. So wie Opa. Und mein anderer Opa. Ninfa kann einfach alles. Sie wohnt jetzt leider nicht mehr hier im Haus, sondern in einer kleinen, sehr, sehr schönen Wohnung am Ende der Straße. Das hat sie sich gewünscht, als wir hier eingezogen sind bei Opa Wilhelm.

Opa gehört diese tolle Villa. Vorher hat er ganz alleine hier gewohnt, und Ninfa hat den Haushalt gemacht. Aber dann hab ich hier das Ruder übernommen. Jetzt wohnt Opa unten und wir oben. Wir, das sind Mama, Papa und ich. Und Mamas dicker Bauch, und bald natürlich diese aufdringliche kleine Schwester. Platz ist eigentlich genug. Aber nicht für Mädchen mit pinken Sachen und Barbiepuppen! Hier zu leben ist echt genial. Jeden Tag habe ich alle um mich rum, denn Opa Gunnar ist auch fast immer da. Eigentlich war geplant, dass er jeden zweiten Tag was mit mir alleine unternimmt, aber eigentlich kommt er jeden Tag. Ist auch besser so. Mein Onkel hat nämlich Opa Gunnars Biobauernhof übernommen und scheint ganz froh zu sein, wenn er nicht da ist. Ich finde das ziemlich dumm von ihm oder großzügig, denn so einen prächtigen Opa gibt man nicht einfach so kampflos her. Also damit das jetzt schon mal klar ist: Ich gebe den nicht freiwillig an meine Schwester weiter. Hinterher will die auch noch Hasi haben!

Schock!

Es ist früh am Morgen. Draußen ist es vollkommen ruhig. Nicht mal die Vögel piepsen. Und im ganzen Haus ist es noch schön still. Meine Zimmertür steht immer einen Spalt auf, damit ich Mama besser höre. Natürlich sagen alle, damit Mama mich besser hört, aber das ist natürlich Unsinn. Ich muss doch auf sie aufpassen, weil Papa gerade nicht da ist: arbeiten. Mein Papa ist Arzt und überall auf der Welt unterwegs und findet, dass man allen Menschen helfen soll. Er ist toll und nett und überhaupt der beste Papa auf der ganzen Welt. Er sagt aber, diese Reise sei das letzte Mal. Wenn er dann wiederkommt, dann hat er drei Jahre Urlaub. Für meine Schwester.

Bäh.

Nur damit keine Missverständnisse aufkommen: Ich will gar nicht so viel über meine Schwester nachdenken. Von der reden schließlich alle anderen schon genug.

Ungeduldig warte ich auf Ninfa. Das dauert etwas, weil sie unten meine Milch macht. Horch! Jetzt kommt sie die Treppe hoch und muss die beiden nervigen Törchen auf- und zumachen. Das ist, damit niemand die Treppe herunterfällt. Ich finde die blöd. Ohne die könnte ich selber runter in die Küche gehen. Ich kann nämlich nicht nur laufen, ich kann auch Treppe. Hat mir Opa gezeigt. Man muss nur rückwärts klettern. Das weiß er wiederum von einem Bergsteiger mit Namen Edmund. Der ist wohl mit seiner Frau Hillary auf den Äwäräst geklettert. Mein Opa kennt schon echt interessante Leute. Die hätten sich bestimmt nicht von so doofen Toren abhalten lassen. Aber so warte ich halt auf Ninfa, bis die hochkommt und mich aus dem Bett nimmt. Vor dem sind jetzt auch ganz hohe Gitter.

Mann, ist das alles kompliziert mit den Erwachsenen. Wenn sie weniger Kram aufstellen würden, wäre das Leben so viel einfacher.

Ninfa geht, wenn sie hochkommt, immer erst in das Zimmer meiner Mama. Sie schiebt ihre Tür sachte auf und sagt zu meiner Mama immer ganz liebe Sachen: »Guten Morgen, Prinzessin. Wie geht es dir?«

»Ich habe gut geschlafen, danke, Ninfa. Ich schlafe ja immer gut.«

»Ich stelle die Milch für Finn hierher. Soll ich schon mal die Rollos öffnen? Draußen ist es noch dunkel.«

»Mach ich gleich selber, danke! Lieb von dir.«

»Du bist eine wunderbare Schwangere, Prinzessin. Du siehst großartig aus.«

»Und du bist eine süße Lügnerin, Ninfa.«

»Kommt heute nicht dein Greg wieder nach Hause?«

»Ja, endlich. Ich bin so froh, wenn er wieder da ist.«

»Und er wird stolz sein, wie großartig seine kluge Frau alleine zurechtkam.«

»Ninfa, Ninfa. Wenn man dir so zuhört, könnte man denken, Schwangerschaften seien ein Zustand immerwährender Großkatastrophen!«

»Manche Frauen sind dann schwierig.«

»Ich doch nicht. Ich bin Ärztin, schon vergessen?«

»Na, wer weiß. Die sind ja bekanntlich die Schlimmsten. Ich hole dir jetzt deinen Prinzen.«

»Oh ja!«

Ich höre Schritte im Flur. Meine Tür wird aufgeschoben, dann ist Ninfa endlich bei mir im Zimmer. Sie summt leise und fragt ganz sanft, ob ich schon wach bin. So richtig reden kann ich noch nicht. Aber nur weil ich noch müde bin. Sonst kann ich schon eine ganze Menge sagen.

»Nini!« zum Beispiel. Das kommt immer sehr gut an bei Ninfa. Nini heißt so viel wie: »Guten Morgen, liebe Ninfa, ich bin wach, komm spiel mit mir.«

»Ja, genau, deine Nini ist da!« Ninfas starke Hände packen mich und heben mich ganz vorsichtig an. Erst sitze ich, und dann, wenn sie sieht, dass ich wirklich wach genug bin, hebt sie mich auf den Wickeltisch.

»Hasi!«, sage ich. Mein blauer Kumpel ist mir mal wieder in der Nacht stiften gegangen. Ninfa hat ihn mit einem Griff und drückt mir mein Plüschtier in die Arme.

Hallo, Kumpel. Gut geschlafen, ausgeschlafen?

Nein?

Du musst früher ins Bett, aber du jammerst ja immer.

»Draußen ist scheußliches Wetter. Grau und dunkel. Aber das bisschen Schnee liegt noch. Das ist schön. Schon ein bisschen wie Weihnachten. Magst du Weihnachten? Natürlich mag mein Prinz Weihnachten!«

Sie wickelt mich, während ich versuche, an die Dose Puder zu kommen. So, ja, jetzt hab ich sie. Nun hochheben, ups, umgefallen, huch, Puder überall. Egal, jetzt kann ich die Dose Ninfa hinhalten. Ich helfe ja gerne.

»Dankeschön!«, sagt sie und verneigt sich. »Und du hast auch nur ganz wenig verschüttet! Gut gemacht!«

Ich muss dann jedes Mal lachen, wenn sie mir den Bauch küsst. Schließlich zieht Ninfa mir irgendwas an, was sie besonders schön findet, und dann stellt sie mich auf die Beine, hält mich aber ganz doll fest.

»Maravilloso! Wunderbar!« Ninfas Spanisch klingt schön und wenn ich sie anstrahle, packt sie mich und knuddelt mich. Das ist so witzig.

»Ai!«, macht sie dann und ich lache und quieke.

»Huhu! Ich will auch geknuddelt werden!«, ruft dann meine Mama fröhlich von nebenan.

»Wir kommen! Wir sind fertig angezogen und wollen unsere Milch!« Ninfa stellt mich auf den Boden und mit Hasi unterm Arm laufe ich zu Mama. Sie liegt in ihrem Bett und hebt einen Zipfel der Decke an. Ich schlüpfe hinein. Oh, das ist so schön warm hier. Dann gibt sie mir die warme Milchflasche, und ich trinke. Herrlich.

Mama streicht mir über die Stirn und küsst mich. »Guten Morgen, Prinz Finn der Erste. Wie geht es Ihnen heute? Haben Sie wohl geruht?« Sie sagt immer so lustige Sachen. Mama ist natürlich die tollste Frau der Welt. Klar. Und bei ihr ist es am schönsten. Und das will was heißen, denn in meinem Leben ist eine ganze Menge ganz schön.

Bis auf diese eine Kleinigkeit mit Namen Schwester.

Dieses unselige Ding, das da in Mamas Bauch rumlungert. Blöde Kuh! Das verdirbt mir glatt die Milch.

Und was diese Schwester alles für Ansprüche stellt! Ich soll dann sofort meine Mama, meinen Papa und auch meine Opas mit ihr teilen. Ich kenne die ja nicht mal! Und dann teilen.

Frechheit.

Soll die sich doch selber Mamas und Papas und Opas

suchen. Gibt doch genug davon. Ich habe so hart an meinen Opas gearbeitet. Nun sind sie perfekt erzogen, und was ist? Schon kommt da jemand und will die auch haben.

Meine Milch gluckert fröhlich vor sich hin. Mama streicht mir über mein Haar.

»Ninfa hat recht, wenn sie sagt, du hast goldenes Haar, mein Schatz! Möchte zu gerne wissen, was in deinem schönen Köpfchen so los ist. Was denkst du wohl gerade?«

Ganz schön neugierig, Mama.

»Und gierig bist du. Bist ja fast fertig mit der Milch! Du bist mein Großer! Mein ganz Großer!« Sie nimmt die leere Flasche und stellt sie weg. Dann hilft sie mir beim Aufsetzen, damit ich mein Bäuerchen machen kann.

»Ja, und bald bist du ein großer Bruder!«

Danke, verzichte gerne.

Sie klopft mir sanft auf den Rücken. Ups. Heute ging es aber schnell. Mama lacht über mein lustiges Geräusch.

»Ach. Und wen haben wir denn da? Guten Morgen, Herr Hasi!«, sagt sie zu meinem blauen Plüschkumpel. Und hält ihn vor sich und gibt ihm die Hand. Da muss ich immer lachen. Hasi verneigt sich vor Mama.

»Oh, Herr Hasi, Sie wollen heute große Wäsche machen? Sehr gut. Und wie machen Sie das?« Mama spricht immer so mit ihm, als wäre der leicht schwerhörig und nicht gescheit. Er redet jetzt, aber nicht laut, sondern flüstert Mama die Antworten in ihr Ohr.

»Ja, dann mal los, Herr Hasi!«

Ach nein, bitte noch nicht aufstehen, in Mamas Bett ist es morgens doch immer so schön.

Mama schmust noch etwas mit mir, dann sagt sie, sie muss aufs Töpfchen (was für ein gigantisches Töpfchen das auch immer sein soll), und begleitet mich bis auf den Flur zur Treppe. Da steht schon Ninfa und trägt mich runter. Genau zu diesem Zeitpunkt kommt Opa im unteren Flur an uns vorbei – jeden Morgen! Er trägt seinen gestreiften Pyjama, in dem er vornehmer aussieht als so mancher »feiner Pinkel«, wie Mama immer sagt, und geht ins Badezimmer. Er hat schwarze Lederhausschuhe an, die leise Schlurfgeräusche machen.

»Guten Morgen, doctor!«, begrüßt Ninfa ihn freudig mit einem schmissig gerollten R.

»Owi!«, rufe ich.

Er strahlt, weil er seinen Namen von mir hört und grüßt fröhlich, aber wortlos und verschwindet im Bad.

Ninfa und ich gehen derweil in die Küche, sie stellt mich auf den Boden, wartet, bis ich selber auf meinen treppenförmigen Kinderstuhl geklettert bin, und schiebt mich dann dicht an den Tisch.

»Uhuhu!«, mache ich und zeige auf den Fernseher. Ninfa versteht mich.

»Ja stell dir vor, Consuela hat Roberto verlassen, weil sie glaubt, er habe was mit Esmeralda gehabt! Mit Esmeralda! Die doch nicht!« Ninfa macht den kleinen Fernseher lauter. Ein wunderbar weicher, leicht hysterischer Strom an spanischen Wutausbrüchen schwappt aus dem Gerät. Eine Frau mit unfassbar vielen Haaren redet eilig und wütend auf eine andere Frau mit ebenfalls pompöser Haarpracht ein. Worüber die wohl in Wahrheit sauer ist? Dass die andere Frau längere Fingernägel hat? Schau dir das an, Hasi, wie bekommt die Frau denn die Legosteine aufeinander mit diesen Fingernägeln? Kolumbianer sind so faszinierend. Dagegen sind Berliner ja eher langweilig.

Und schlecht frisiert. Außer Opa. Aber der hat ja gar keine Haare.

Ninfa steht wie erstarrt vor dem Gerät. Ich muss etwas warten, bis sie sich davon lösen kann und mir endlich meinen Brei reicht.

»Wie kann sie nur Esmeralda so was unterstellen!«

Ich weiß es nicht, Ninfa, aber ich vermute in drei bis vier Tagen redet kein Mensch mehr darüber. Genauso wie über den einen, der den anderen erschossen hat. Und die ganzen Leute mit den vielen Haaren streiten sich dann wieder über was anderes. Was ist eigentlich aus der einen Frau geworden, die gestern so geheult hat?

»Ich bin sehr gespannt, wie es der armen, armen Teresa heute geht.«

Genau. So hieß die. Oh, der Brei ist lecker.

»Fein isst du, mein Junge. Du wirst ein wunderbarer großer Bruder, nicht wahr?«

Sprechen wir nicht darüber. Was ist mit der Banane?

Ninfa reagiert nicht, sie ist wieder in die Welt der Frisuren und bunten Kleider abgetaucht.

»Bana?« Ich versuche selbst an die Banane in der Mitte des Tisches zu kommen. Klappt nicht.

»Banana? Oh ja, warte, mein Schatz.« Sie schneidet sie in kleine Stückchen und wir gucken in Ruhe weiter Fernsehen. Nach einer Weile hören wir Opa durch den Flur kommen. Er singt gut gelaunt vor sich hin, und Ninfa macht den Fernseher ganz leise.

»Guten Morgen zusammen!«, tönt es schon im Türrahmen und wir müssen alle lachen. Ich halte Hasi hoch.

»Und guten Morgen auch dir, Hasi. Gut geschlafen, ausgeschlafen?«

Ich nicke. Mein Opa streicht mir über den Kopf und setzt sich neben mich. Wir haben ja jetzt einen ganz neuen Tisch hier in der Küche, dass wir alle dranpassen. Aber in der Regel frühstücken nur Opa und ich. Aber manchmal essen wir alle zu Abend hier. Dann ist auch Opa Gunnar da und manchmal Frau Pietsch, seine Haushälterin.

»Heute kommt dein Papa wieder, was, kleiner Mann? Freust dich bestimmt, ihn wiederzusehen, was?«

Klar. Ich zeig ihm dann das neue Vogelhaus.

»Papa!«, rufe ich, um auch mal was zu sagen.

»Genau, dein Papa kommt heute.« Opa setzt die erste Tasse Kaffee des Tages an und kippt sie in einem Zug herunter. Dann macht er laut »Aaaach!«

Ninfa schüttelt dann immer gespielt entsetzt den Kopf über seine Manieren – sie sind wohl erschreckend schlecht. Ich frage mich, was das ist, diese schlechten Manieren? Ich soll wohl auch Manieren haben. Mal gute, mal weniger gute. Aber offenbar ausreichende, um die Leute zum Lachen zu bringen.

»Was glauben Sie, doctor, wird Finns Papa nicht ganz schön stolz sein auf seine Mama? Ich habe noch nie eine so entspannte und ruhige Mutter erlebt. Sie ist ein kleines Wunder!«

»Das ist kein Wunder, liebe Frau Ninfa!« Opa hebt den Kopf und seine schöne Glatze glänzt majestätisch im Schein der Küchenlampe. Er haut sich einmal mit der Faust gegen seine mächtige Brust. »Das sind die guten Gene der Semmelmanns! Wir schauen jeder Gefahr gelassen ins Auge!«

»Aha.« Ninfa zwinkert mir zu.

»Und, wenn ich das hinzufügen darf, eine Schwangerschaft ist nun wirklich nichts Besonderes. Millionen, was sag ich, Milliarden von Frauen haben ohne Probleme ihre Kinder bekommen. Da darf man nicht jammern, auch nicht als Frau, da lässt man einfach der Natur ihren Lauf.«

»Nichts Besonderes, doctor?« Ninfa runzelt die Stirn.

»Nun ja.« Er kratzt sich am Kopf. »Natürlich ist eine Geburt was Besonderes. Also, so meinte ich das nicht. Ähem. Zumindest ist meine Tochter da ganz der semmelmannschen Familientradition verpflichtet und nimmt das Leben, wie es ist, und lässt sich durch nichts erschüttern. Durch gar nichts!« Er hebt die zweite Tasse Kaffee an und prostet uns zu.

Genau in diesem Moment hören wir einen lauten Schrei.

»NEIN!«

Das war meine Mama.

»Oh, Jesus Christus im Himmel!« Ninfa rennt aus der Küche, dicht gefolgt von Opa. Ich komme etwas langsamer nach, da ich ja erst von meinem Stuhl klettern muss. Opa und Ninfa sind noch nicht weit gekommen, da sie die blöden Törchen an der Treppe in ihrer Aufregung nicht aufbekommen.

»Da drücken, nein da, da, so machen Sie schon, doctor!«

»Ich mach ja!«

Oben an der Treppe sehe ich meine Mama stehen. Sie hat den Telefonhörer in der Hand und weint.

»Prinzessin, was ist? Warte, wir sind gleich da, nur noch das eine Törchen. Machen Sie schnell, doctor!«

Mama weint immer noch. Sie hält das Telefon, als würde es stinken.

»Sara, nun sag schon! Was ist geschehen?«

»Prinzessin, so rede doch!« Ninfa und Opa hantieren hektisch am oberen Törchen herum.

Mama kommt einen Schritt näher, berührt das Törchen und hilft mit einem Griff beim Öffnen. Klack. Das Tor springt auf.

Mama reicht Ninfa das Telefon. Opa umarmt meine Mama und fragt dann noch mal energisch, aber leiser: »Nun rede doch! Was ist passiert? Was ist geschehen? Mein liebes, armes Kind?« Hektisch untersucht er sie nach Verletzungen. Aber Mama scheint ganz und gar in Ordnung.

»Greg!«

»Oh Gott, was ist mit ihm? Ist er verunglückt? Was ist, rede doch!« Opa ist erschüttert und hält meine Mama nur noch fester.

»Er hat – «

»Was denn?« Opa ist außer sich. Er schiebt Mama nun eine Armeslänge von sich weg und versucht in ihrem Gesicht zu ergründen, was los ist. Ich bin mittlerweile auch oben angekommen, weil netterweise endlich mal alle Hindernisse offen standen. Langsam komme ich näher. Mama sieht mich und reißt mich an sich. Dann lässt sie sich auf ein kleines Sofa, das hübsch dekorativ auf dem Flur steht, fallen. Typisch. Ich darf nie auf das Ding klettern, weil es so kostbar ist. Mama weint und scheint ganz gegen ihre sonstige Art völlig aufgelöst. »Nun sind wir ganz auf uns alleine gestellt, Finn! Alleine! Ganz alleine!«

Aber Mama, wir sind doch nie alleine! Wir haben doch Hasi! Schau!

Opa wird ganz weiß und schüttelt nun leicht an der Schulter meiner Mama, so dass ich mitgeschüttelt werde.

»Sag doch was, Kind!«

»Greg hat – «

»Dich verlassen?«

Mama schüttelt den Kopf.

»Einen Flugzeugabsturz?«

Sie schüttelt wieder.

»Ein Bombenattentat?«

Wieder wird geschüttelt.

»Nun rede doch, Kind, rede!«

»Es ist so schrecklich! So schrecklich! Ganz ohne ihn schaffe ich das nicht. Niemals. Ohne Greg kann ich das nicht. Ich will nicht mehr!«

»Oh Gott, was ist nur?«

»Das ist das Ende! Verstehst du, Papa! Ich schaffe das nicht ohne ihn. Mein Greg ist immer so ruhig, und er weiß doch immer alles …« Mama weint. So hab ich sie noch nie weinen gesehen.

Ich muss mitweinen. Als sie das sieht, drückt sie mich noch fester an sich.

»Oh Finn, mein kleiner Held. Nun hab ich nur noch dich.«

»Was ist denn mit deinem Mann, was ist denn nur?« Opa fuchtelt mit den Händen. Mama reagiert nicht.

Ninfa kommt wieder. Sie hat das Telefon in der Hand, im Gegensatz zu Mama sieht sie ganz entspannt aus.

»Frau Ninfa! In Gottes Namen sagen Sie mir endlich, was los ist. Was ist mit Greg? Lebt er noch?«

»Oh Greg«, heult meine Mama.

»Na, na, Prinzessin«, sagt Ninfa und seufzt. »Was soll denn der Kleine denken. Komm Finn, ist halb so wild.«

»Halb so wild?«, brüllt Opa ganz laut und wirbelt mit

den Armen. »Was ist hier los? Ist Greg nun mit dem Flugzeug abgestürzt oder nicht?«

»Flugzeug? Wer sagt denn was von einem Flugzeug?«

»Nicht? Was hat er denn? REDET MIT MIR!« Opa kann ganz schön laut werden.

Ninfa guckt Mama an, ob die es sagen will, aber die schluchzt nur vor sich hin. Ninfa seufzt kurz und sagt dann ziemlich trocken: »Greg hat varicela.«

»Bitte was? Ich verstehe nicht!« Opa scheint mitten in seinem Gefuchtel zu erstarren.

»Varizellen. Sie sagen dazu, glaube ich, Windpocken. Ja, so ist es. Das ist das ganze Drama.« Ninfa tippt sich auf den Arm, offenbar um zu zeigen, wie sie mit Windpocken aussehen würde. Mama sagt zu so einem lustigen Muster Polkadots. Zumindest wenn sie gerade Kleider kauft. Im Augenblick heult sie allerdings nur.

Jetzt dreht sich Ninfa vielleicht ein klitzekleines bisschen genervt um und streichelt meiner Mama vorsichtig über die Wangen und fügt hinzu: »Greg hat bloß die Windpocken. Er kann wegen Ansteckungsgefahr hier nicht wohnen und ist jetzt bei seinem Vater auf dem Hof.«

»Äh. Wegen Windpocken?«, fragt Opa noch einmal.

»Ich bin so alleine!«, jammert meine Mama.

»Sara. Nun reiß dich zusammen. Du bist nicht alleine. Wir sind alle hier. Und dein Gatte ruft dich wie gehabt jeden Tag fünfmal an. Das wird schon.« Ninfa kann, wenn es sein muss, etwas unbarmherzig sein. Letztens sagte sie zum Beispiel, als ich auf einen Legostein getreten bin, das wäre gar nicht so schlimm. Also echt, ich sah das mal ganz anders!

»So alleine!« Mama sieht das offenbar auch anders.

»Sind Windpocken denn gefährlich?«

»Manchmal können die gefährlich werden für Schwangere. So. Genug geweint, Prinzessin, zieh dich an. Und du, Süßer, du komm, wir gehen wieder in die Küche. Und Sie sollten mitkommen, doctor. Geben Sie Ihrer Tochter einen Moment, dass sie sich wieder beruhigt. Das sind nur die Hormone.«

»Ich bin so alleine.« Mama hat offenbar vor, noch ein bisschen zusammen mit ihren Hormonen zu jammern.

»Meinen Sie nicht, Frau Ninfa, ich sollte besser bei ihr bleiben?«

»Sie? Ich glaube nicht, dass Sie der Sache gewachsen sind. Warten Sie es ab, das dürfte erst der Anfang sein! Kommen Sie. Ihre Tochter wird sich gleich wieder fangen. Bestimmt. Da haben Sie nun ihre semmelmannsche Gelassenheit. Wie der Vater so – «

»Was soll das denn heißen?« Opa hantiert an dem Verschluss des oberen und unteren Törchens und kommt dann mit uns in die Küche. Dort atmen wir erst einmal durch. Puh.

»Das war ja, das war ja – « Opa ist noch ganz verwirrt.

Dann hören wir, wie sich in der Haustür ein Schlüssel umdreht.

»Greg? Bist du es?«, brüllt meine Mama von oben. Und dann recht leise: »Oh Gunnar, du bist es nur.« Mein anderer Opa.

»Hallo, Liebes. Du weißt es schon? Es geht deinem Mann gut, aber er meint, er will auf keinen Fall ein Risiko eingehen!« Dann hören wir von oben lautes Gefluche darüber, dass Ärzte gar nicht die Windpocken bekommen dürften und wie das denn sein könnte und so weiter.

Opa Gunnar kommt zu uns in die Küche. Er schließt hinter sich die Tür.

»Ogu!«, rufe ich und ernte gleich mal einen dicken Schmatzer. »Hallo, Finn. Na, du hast Spaß, was? Guten Tag, Frau Ninfa, und hallo, Willi, altes Haus, wie stehen die Aktien? Ihr seht ja aus, als habt ihr gerade einen Blitzschlag erlebt!«

»Gut geraten.« Ninfa hantiert mit dem Wasserkocher und scheint amüsiert.

»Oh Gott, Gunnar! Das hättest du erleben müssen! Meine Tochter hat sich in eine Furie verwandelt, seit sie weiß, dass Greg nicht kommt. Vorher war alles so schön friedlich.« Opa Wilhelm seufzt und schaut tief in seine Kaffeetasse. Ninfa macht Tee.

»Ich setz mich mal.« Opa Gunnar stellt seine große Tasche, die er eigentlich fürs Kinderschwimmen angeschafft hat, mitten auf den Tisch. Ninfa greift sofort nach ihr. »So was gehört nicht auf den Tisch!«, und befördert sie resolut in den Flur.

»Wozu die Tasche?« Opa Wilhelm scheint sich von Ninfas hektischem Treiben kaum abbringen zu lassen.

»Greg schickt mich. Er hat das geahnt.« Opa Gunnar deutet mit dem Kopf zur Küchentür.

»Glaubt er, ich schaffe das nicht alleine? Es ist ja schließlich meine Tochter!« Opa Wilhelm schnaubt entrüstet und macht dabei Wellen auf dem Kaffee.

Wir hören Poltern von oben und immer wieder die Worte »Windpocken« und »Ärzte« und »Impfen«. Und Sachen, wo Ninfa mir normalerweise schnell die Ohren zuhält. Wir gucken alle an die Zimmerdecke.

»Oh.« Opa Wilhelm setzt die Tasse ab.

»Tja.«

Nur Ninfa scheint wenig beeindruckt. Sie zuckt mit den Schultern und gießt Opa Gunnar den fertig gebrühten Tee ein. Es klingt, als würde Mama oben alle großen Möbel umräumen.

»Ich soll hier auch übernachten«, sagt Opa Gunnar. In seiner Stimme schwingt Angst mit.

»Willste oben ins Gästezimmer? Ich hab aber auch eins hier unten.«

Wieder Poltern.

Opa Gunnar schlürft seinen ersten Schluck Tee. »Besser unten.«

Ninfa macht ein leises »Pft!« und geht hinaus.

Ich halte Opa Gunnar ein Stück Banane hin.

»Wenigstens einer, der hier ruhig bleibt.« Er lässt sich füttern, während Opa Wilhelm mehrfach laut und vernehmlich ein- und ausatmet. Dann packt er Opa Gunnar plötzlich am Unterarm: »Meinst du, das wird die ganze Zeit so gehen? Ich meine, dass sie so ist?«

»Was willste machen, Willi? Sie ist schwanger!«

»Ja, aber doch nicht so!«

»Wie denn dann?« Opa Gunnar schlürft ruhig seinen Tee.

Wenn ich groß bin, werde ich auch mal so cool wie Opa Gunnar. Bestimmt, ich habe ja seine »Gehne«. Sagt er immer. Was auch immer »Gehne« ist.

»Keine Ahnung. Wie lange ist es denn noch?«

»Termin ist kurz nach Weihnachten.«

»Das sind ja noch anderthalb Monate! Fast sechs lange Wochen!«

»Jau. So sieht es aus, Willi. Da musst du jetzt durch.«

»So lange? Oh Gott steh mir bei! Na, das kann ja nur ein riesiges Chaos werden. Und wieso ich? Du auch!«

Hurra! Lasst uns gemeinsam was durchmachen! Ich bin auf jeden Fall voll dabei!

Und Hasi!

2
Flaschendrehen

Irgendwas ist anders geworden. Auch wenn es morgens bis zu meinem Milchfläschchen weiterhin sehr gemütlich in Mamas Bett ist, hat sich seit der Minute, da Mama von Papas Polkadots, äh, Windpocken erfahren hat, alles verändert.

Während sich dieses unselige Kleineschwesterkriegen bis dahin nur in Mamas Bauch abgespielt hat, wird es nun aus Ermanglung meines Papas ausführlich mit allen besprochen. Will sagen, meine Mama redet über nichts anderes mehr.

Schwester hier. Schwester da. Schwesterkriegen, Schwesterwohnen, Schwesterschlafen, Schwestervorbereitung. Und so weiter. Den ganzen Tag.

Das klingt erst mal nicht schlimm, ist es aber. Vor allem für meine Opas. Ich glaube, die verstehen Frauen nicht.

Morgens am Frühstückstisch tuscheln sie immer so leise über Mama.

»Morgen, Willi.«

»Morgen.«

»Ist sie schon wach?«

»Ich fürchte.«

»Welches Thema hat sie heute?«

»Juckreiz. Frag nicht, wo.« Opa Wilhelm hat recht. Als ich vorhin nach der Milchflasche aus Mamas Bett gekrochen bin und an der Treppe auf Ninfa wartete, kam mein Opa wie üblich im Pyjama vorbei, und Mama hat ihm gleich ganz viel erzählt, wo es sie überall juckt.

»Ich hatte eine so schlimme Nacht. Ich habe Hämorrhoiden. Und die jucken. Und dann hier am Kopf. Und hier auch. Und der Busen wird so dick. Bei Finn ist der nicht so dick geworden.«

Ich habe Busen? Wo?

Zumindest redet sie, ohne Luft zu holen.

»Oje.« Opa Gunnar scheint sich das gut vorstellen zu können. Er hat plötzlich Mühe, seinen Tee zu trinken.

»Immer noch besser als gestern, da hat sie immerzu über ihre Verstopfung geredet.« Opa Wilhelm verdreht die Augen.

»Du bist doch Arzt, kannst du ihr nicht helfen?«

»Ich war doch nicht Arzt für Frauen!«

»Nicht?«

»Nein, ich war für anständige Forschung zuständig. Da gehörte sich das nicht, dass Frauen so viel von sich reden.«

Ninfa, die in der Küche nah am Fernseher steht und versucht, ein bisschen von unserer Lieblingsserie zu gucken, kichert. Ich bin sicher, das hatte nichts mit den Leuten mit den vielen Haaren zu tun.

»Nanananana!« Opa Gunnar scheint ein bisschen auf Mamas Seite zu sein, aber vielleicht will er auch nur Opa Wilhelm beruhigen.

»Ja, ist doch wahr, Gunnar! Es war bis vor wenigen Tagen so ruhig hier!«

»Ich finde, Frauen sind wunderbar. Sie sind so natürlich. Ich mag dieses Erdverbundene einer Schwangeren. Ja, fast etwas Mystisches hat es an sich.«

»Bitte? Erdverbunden? Mystisch? Wie kommst du denn da drauf? Du bist ja wohl nicht ganz gescheit! Du hast in deiner Jugend zu viel geraucht!«

»Unsinn! Frauen sind wunderbar! Ja, so wunderbar wie meine Kühe.«

»Kühe? Hab ich das richtig gehört? Kühe? Das lass meine Tochter nicht hören, die kratzt dir die Augen aus.«

»Quatsch! Nein, ich meine das gar nicht böse. Versteh doch: Kühe fressen bloß ganz normales Gras und geben dann kostbare Milch. Das ist was Besonderes.«

»Hm«, Opa Wilhelm schnaubt wenig überzeugt, aber deutlich beruhigt durch die Nase. »Ach so. Verstehe. Frage mich nur, ob die das auch so sehen.«

»Sag nichts gegen meine Kühe.«

»Schon gut. Und nun trink deinen Tee, du Kuhversteher.«

Ich bin total froh, dass ich bei solchen wichtigen Gesprächen zwischen meinen Opas sitzen kann, und höre aufmerksam zu, während ich meinen Brei löffel. Da kann ich noch richtig was lernen.

Ninfa wirbelt derweil schon durch das Haus. Sie macht die Wäsche und räumt auf, lüftet die Schlafzimmer oder saugt Staub. Zwischendurch wird sie immer wieder von Hilferufen meiner Mama unterbrochen. Obwohl wir das alle schon ein bisschen gewohnt sind, schrecken meine Opas doch jedes Mal auf.

»Oh nein!«, hören wir es von oben.

Opa Gunnar und Opa Wilhelm springen auf, stehen lauschend in der offenen Küchentür und versuchen rauszukriegen, was das Problem ist.

»Was ist es diesmal?«, flüstert Opa Wilhelm.

»Ich glaube, sie findet sich fett.«
»Is' nicht wahr.«
»Doch.«
»Aber sie IST fett! Guckt sie denn nicht in den Spiegel?«
»So kann man das doch nun auch nicht sagen. Sie ist doch nicht fett! Sie ist dick, aber doch nicht aus Spaß!«
»Fett oder dick, was ist da der Unterschied. Sie weiß doch, dass sie ein Kind bekommt. Wo soll das Baby denn sonst hin mit seinen Armen und Beinen? Huch! Was ist jetzt?« Beide lauschen angestrengt.
»Sie weint, und Ninfa tröstet sie.«
»Klappt es?«
»Ja, glaube schon.« Opa Gunnar lauscht noch ein wenig und wirkt entspannter. »Gut, dass es Frau Ninfa gibt! Ich kann die Kleine in solchen Momenten irgendwie nie beruhigen.«
»Ich sowieso nicht. Ich verstehe gar nicht, was das Problem ist. Sie ist schwanger und fertig. Ich wäre nicht so an ihrer Stelle.«
»Ich auch nicht.«
»Was muss, das muss.«
»So ist es.«
Nach einer Weile fügt Opa Wilhelm deutlich leiser an: »Gott sei es gedankt, dass wir Männer nicht schwanger werden können.«
»Gott sei gepriesen. Aber so was von!« Opa Gunnar nickt.
»Und du fang bloß nicht vor Sara wieder von den Kühen an! Ich bring dich dann nicht ins Krankenhaus!«
»Ja, ja! Und du tu nicht so! Du bist schließlich studiert

auf so was, der feine Herr Doktor Semmelmann! Deine Schwierigkeiten mit dem Thema Geburt, hormoneller Stimmungsschwankungen und generell Frauen schreien ja zum Himmel.«

»Ich bin Forscher, kein Gynäkologe!«

»Gerade Forscher sollten sachlich sein.«

»Sachlich? Aber ihr Bauern, was? Ihr seid ja so naturverbunden. Geh doch mal hin und erzähl ihr von deinen Kühen!«

»Pscht. Schnell Themenwechsel, Ninfa kommt.«

Ninfa ist übrigens immer auf der Seite von Mama.

Und auf der Seite meiner Opas hilft ihnen wer? Richtig. Da bleibe ja nur noch ich.

Ninfa sieht aus wie immer. Also überhaupt nicht erschreckt oder angestrengt. Offenbar hat sie weniger Schwierigkeiten, mit meiner Mama umzugehen.

»El doctor, die Tochter braucht dringend etwas Abwechslung.«

»Oh ja. Will sie spazieren gehen oder vielleicht besser sogar kurz mal das Land verlassen?«

»Aber, doctor!« Bei Ninfa ist das immer so witzig. Sie kann so ganz streng meinen Opa anschimpfen mit diesem einen spanischen Wort. Und der setzt sich dann sofort kerzengerade auf. Das will ich auch können!

»Also echt, Wilhelm!« Opa Gunnar schimpft dann meist schnell mit, damit Ninfa glaubt, er wäre auf ihrer Seite. Aber ich finde, das ist geschummelt.

»Tu nicht so scheinheilig, Gunnar!«

»Wie dem auch sei«, Ninfa hat etwas in der Hand, »doctor. Hier ist ein Heft für kleine Entspannungsübungen für werdende Mütter. Gehen Sie mit Ihrer Tochter in das große Wohnzimmer und machen das. Die Matten habe ich schon hingelegt. Sie wird sonst wahnsinnig. Rückenschmerzen hat sie auch. Sie können sie dann im Anschluss etwas massieren.«

»Oh nein, ich kann das nicht, ich, äh …« Opa Wilhelm rudert hilflos mit den Armen.

»Papperlapapp! Sie sind ein Doktor, Sie machen das!«

»Und warum muss er nicht?« Opa Wilhelm zeigt auf Opa Gunnar.

»Petze!«, schimpft der zurück.

»Sie sind der Vater und el doctor.« Ninfa kennt keine Gnade.

»Das ist unfair!«

»Ha, da sag einer mal, wir Bauern haben kein Glück!« Opa Gunnar klatscht fröhlich in die Hände.

»Ja, ja, die dümmsten Bauern mit den dicksten Kartoffeln.«

Ninfa geht schnell dazwischen. »Für Sie, Farmer Gunnar, habe ich eine ganz andere Aufgabe. Sie kennen sich ja mit solchen Sachen vielleicht etwas besser aus und sind so erfrischend natürlich.« Ninfa reicht Opa Gunnar ein kleines viereckiges Plastiktütchen. Opa erkennt es offenbar sofort, ist etwas verwirrt und steckt es schnell in die Hosentasche.

»Aber Frau Ninfa!« Er ist ganz kurzatmig.

»Stellen Sie sich nicht so an! Füllen Sie das bitte später, wenn Sara fertig geturnt hat, mit Eis und kaltem Wasser und geben es ihr. Sara weiß schon. Wegen der Hämorrhoiden.«

Opa Wilhelm setzt seine Brille auf. Meine Opas gucken sich fragend an.

»Das war doch ein Kondom?«

»Schscht. Nicht so ein Schweinkram vor dem Jungen!«

»Äh. Oh. Ja. Der Junge. Aber ich verstehe trotzdem nicht.« Opa Wilhelm wendet sich an Ninfa. »Was war das? Wie soll man denn Hämorrhoiden mit einem – « Er zupft Opa an der Hosentasche. »Also mit dem Ding, das war doch eins, oder? Da, behandeln? Mit Eis drin?«

»Schscht! Nicht vor dem Jungen!«

»Zeig doch mal, das war doch ein ganz normales – « Eine kleine Rangelei, der eine zieht, der andere schubst und das Gesuchte fällt auf den Boden und rutscht unter den Tisch. Blitzschnell klettere ich vom Stuhl, krabbele los und schnapp es mir. Unter dem Tisch habe ich Zeit und Muße, es zu untersuchen. Es ist einfach ein viereckiges Teil. Drinnen scheint ein weicher Ring zu sein. Als ich drauf herumkaue, stecken plötzlich meine Opas ihre hochroten Köpfe unter den Tisch.«Nein! Das Kind!« Vor Schreck lasse ich das Ding fallen.

»Gunnar, wie kannst du ihn mit einem Kondom spielen lassen!«

»Autsch!« Opa Gunnar hat sich den Kopf gestoßen. »Hab ich ja gar nicht.«

»Geschieht dir recht. Mit deinem Holzkopp! Komm, Finn. Komm zu Opa.« Opa Wilhelm hebt mich hoch. Ninfa steht am Fenster und lacht in ein Geschirrhandtuch hinein. Ein gutes Zeichen trotz aller Aufregung.

»Ihr beiden, ihr seid nicht ganz normal! Ihr seht ja Farben.« Sie tippt mit ihrem Finger an ihre Schläfe.

»Äh, Frau Ninfa?«, fragt Opa Gunnar schüchtern, »kann ich nicht lieber die Übungen mit Sara machen?«

»Nichts da! Das übernehme ich! Den Schweinkram

machst du, du Bauer!« Opa Wilhelm schnappt sich das Heft und verschwindet schnell aus der Küche.

Opa und meine Mama sitzen nun im Wohnzimmer auf zwei pinken Matten. Hier ist schön viel Platz. Der Fußboden ist sowieso weich und hinten in der Ecke vor dem anderen Fenster ist ein großer bunter Teppich ausgelegt, wo ich mit Klötzchen und Autos spielen kann. Aber jetzt ist es hier bei den beiden viel interessanter.

Mir ist ja schon immer aufgefallen, dass sie sich ähnlich sehen, aber jetzt haben sie auch genau die gleiche Figur. Kugelrunder Bauch. Ich glaube, das bloße Sitzen macht ihnen schon schwer zu schaffen. Sie atmen laut ein und aus. Opa hat das kleine Heft vor sich liegen.

»Du sollst tief einatmen und, äh, positive Gedanken hereinströmen lassen.«

»Ich kann nicht, Papa.«

»Doch, doch. Hier steht: positive Gedanken hereinströmen lassen. Los, ström jetzt!«

»Geht nicht, Papa!«

»Nun stell dich nicht so an!«

»Schimpf nicht!« Mama sieht aus, als würde sie gleich wieder weinen. Ich laufe schnell hin und gebe ihr Hasi. Mist. Jetzt ist sie so gerührt, dass sie erst richtig losheult.

»Nicht doch, nicht doch.« Opa quält sich aus seinem Schneidersitz hoch und fasst sie sachte an den Schultern.

»Ich muss immer gleich losheulen, Papa. Ich kann da gar nichts gegen machen.«

»Ja, äh, ja, ist aber gar nicht schlimm. Wollen wir noch mal strömen lassen?«

»Ja, gut.«

»Prima. Ich muss gerade wieder in Ausgangsposition.« Er müht sich, auf der pinken Matte wieder seinen Platz zu finden. »Und bitte die Hände über den Kopf, Kindchen. So ist es fein!« Nun halten beide die Arme hoch und über dem Kopf gefaltet. Sie sehen aus wie Raketenmenschen. Ich mache mit, aber meine Ärmchen sind etwas zu kurz. Nanu? Da hat einer meine Arme zu kurz gebaut. Frechheit.

»Ich muss Pipi.« Mama rollt sich zur Seite, steht erstaunlich flink auf und rennt zur Tür hinaus.

»Nanu?« Opa Wilhelm guckt hinterher. Opa Gunnar steht in der Tür und schlürft Tee.

»Und? Wie geht es unserem Gymnastiklehrer Willi Winzig?« Beide lachen.

»Wie klappt es mit ihr? Kannst du sie etwas ablenken von ihrer Krankheit, äh, Schwangerschaft?«

Statt zu antworten, legt sich Opa Wilhelm flach auf den Rücken. Sein Bauch türmt sich enorm auf und ich muss sofort hin und mich da drauflegen. Opa lacht.

»Oh, Mann«, sagt er schließlich ganz erschöpft, »da ist man studierter Mediziner und über siebzig Jahre alt geworden und hat keine Vorstellung davon, wie viel es zum Thema Geburt zu sagen und zu tun gibt. Heulen, Trösten, Umarmen, Hand auflegen. Und dann reden, reden, reden. Über häufiges Wasserlassen, unkalkulierbare Stimmungsschwankungen, juckende Hämorrhoiden, dicken Busen, Rückenschmerzen. Ach, da fällt mir ein? Hast du schon das Dings vorbereitet?«

»Nö.« Opa Gunnar hebt die Schultern, als wollte er sich verstecken.

»Das gilt nicht! Ich turne hier schließlich auch rum. Da musst du auch was tun.«

»Ich kipp doch kein Eiswasser in ein Prä-«

»Schscht! Nicht vor dem Jungen!«

»Und das will Arzt sein!«

»Ich bin Forscher!«

Da geht die Tür wieder auf.

»Hallo, ihr beide? Worum geht es?« Meine Mama ist wieder da. Irgendwie sieht sie ganz merkwürdig aus.

»Gott im Himmel! Sara, du blutest ja!« Opa Wilhelm wuchtet sich mit viel Schwung aus seiner Rückenlage und hechtet so schnell er kann auf meine Mama zu. Opa Gunnar lässt seine leere Teetasse fallen. Auf dem teuren Teppich, den alle nur den Perser nennen und auf dem ich nie, nie spielen darf, breitet sich ein Fleck aus; keiner merkt's, keiner schimpft. Meine Opas sind ganz weiß geworden im Gesicht, nur Mama wirkt fröhlich und ziemlich verständnislos.

»Was habt ihr nur?«

»Was WIR haben?« Opa Gunnar ist erstaunt.

»Was ist denn mit DIR!« Opa Wilhelm tastet ihr Gesicht ab. Mama hat ganz dunkelrote Lippen wie ein Clown und an einer Seite des Mundes läuft ihr ein dicker roter Tropfen herab zum Kinn und ist schon auf das weite T-Shirt getropft. Mama trägt nur T-Shirts, ihr ist dauernd zu warm.

»Sag doch was, Sara. Was ist mit dir?«

»Mit mir ist nichts!«

»Sie halluziniert schon!«, brüllt Opa Gunnar los.

»Frau Ninfa, schnell, einen Notarzt, schnell, schnell! Sara blutet!«

Ninfa kommt hereingerannt. Sie hat ein großes Einmachglas in der Hand und ist erst ganz erschrocken. Dann schiebt sie meine Opas beiseite und beugt sich zu meiner Mama. »Schätzchen! Was ist denn los?«

»Mit mir? Die Frage ist ja eher, was ist nur los mit euch?« Mama macht große Augen. Ich finde, sie sieht mit der Clownsschminke richtig lustig aus.

»Da!« Opa Gunnar zeigt noch einmal auf den Fleck auf dem T-Shirt. Mama guckt mühsam an sich runter.

»Sie blutet doch!«

»Sara, blutest du?« Ninfa wischt über Mamas Lippen.

»Ich doch nicht. Nun hört aber mal auf!« Mama guckt alle nacheinander an. Meine Opas stehen schweigend um sie herum und wirken so, als würden sie befürchten, dass Mama jeden Moment begreift und zu schreien anfängt. Aber Mama guckt nur auf das Einmachglas in Ninfas Arm, leckt sich die Lippen und greift danach.

»Oh, lecker. Noch mehr Rote Bete.«

»Ach«, Ninfa lacht, »deshalb stand das plötzlich in der Küche auf dem Tisch.«

»Kein Blut?« Opa Gunnar wirkt beinah ein bisschen enttäuscht.

»Rote Bete?«, fragt Opa Wilhelm angewidert.

Mama fischt mit den Fingern die dicken lilafarbenen Scheiben aus dem Glas. »Ich finde«, verkündet sie mit vollem Mund, während Ninfa mit einem Papiertaschentuch versucht, weitere Farbflecke zu verhindern, »dass ihr alle viel zu viel Aufhebens um mich macht! Ich bin doch nicht krank!«

»Aber ich werde es bald sein, ich bin am Ende«, Opa Gunnar lässt sich in einen Sessel fallen.

»Und ich erst.« Opa Wilhelm seufzt und trocknet sich mit dem Papiertaschentuch die Stirn ab. Nun hat er rote Streifen auf dem Kopf. Er sieht aus wie ein Indianer.

★

Das Gute an der ganzen Sache mit dem Babykriegen ist, dass meine Opas neuerdings immer erstaunlich häufig bereit sind, mit mir auf den Spielplatz zu gehen. Früher hatte ich meistens das Gefühl, dass sie sich vor den anderen Müttern dort fürchten. Doch, oh Wunder, nun sind sie einfach froh, aus dem Haus zu kommen. Ob das mit Mamas Bauch zu tun hat?

Sie nehmen immer den Buggy mit, in dessen große Taschen Ninfa eine Wasserflasche, eine Dose mit Apfelstückchen und zwei Flaschen Malzbier gesteckt hat. Natürlich auch so Nützliches wie kleine Sitzkissen, Taschentücher, Feuchttücher und sogar eine kleine Dose mit Pflastern.

Es hat nicht wieder geschneit, und so sind die Wege und der Spielplatz frei. Es herrscht schon ordentlich Betrieb.

Meine Opas suchen sich eine Bank, während ich wie der Blitz auf die freie Pferdchenschaukel zuflitze. Während Opa Gunnar sich einfach hinsetzt, putzt Opa Wilhelm mit seinem schönen großen Stofftaschentuch erst mal die Bank sauber. Opa Gunnar muss dann meist wieder aufstehen, dann machen beide große Gesten und setzen sich, um gleich wieder aufzustehen und die beiden Malzbierflaschen zu suchen. Opa Gunnar hat einen Flaschenöffner an seinem Taschenmesser. Tolles Ding, darf ich aber leider nicht anfassen.

Plöpp, plöpp.

Sie sehen sehr zufrieden aus. Ihre Bank steht in der Sonne und sie schließen kurz die Augen.

»Ach, herrlich friedlich hier!«, sagt Opa Gunnar.

»Ja. Schön. Endlich Ruhe.«

Früher hätten sie das nie gesagt. Da hätte es sie gestört, dass an einer Ecke des Spielplatzes gerade die Kindergartentruppe unter der Aufsicht einer aufgescheuchten Schar streng dreinblickender Eltern größere Ausgrabungen vornimmt.

»Hattest du dir das so vorgestellt, Gunnar?«

»Was meinst du?«

»Das Kinderkriegen.«

»Ach das.«

»Jetzt mal im Ernst.«

»Ich sag mal so. Wir haben das auf dem Hof ja andauernd.«

»Die Kühe?«

»Genau.«

»Aber die reden dabei nicht so viel.«

»Jau.«

»Glücklicher Gunnar.«

»Kühe sind wirklich toll.«

»Genau.«

»Du hast ja keine Ahnung, du Stadtmensch.«

»Hm.« Opa Wilhelm schiebt sich seine Schiebermütze nach hinten, damit mehr Sonne auf sein Gesicht passt.

»Also echt jetzt, Willi. Mich machen ja diese Stimmungsschwankungen von unserer Sara richtig fertig.«

»Ich finde ja besonders schlimm dieses sehr peinliche und frauliche Gerede von allem. Nicht mal essen kann man, ohne dass sie ihren Juckreiz genau beschreibt. Ich finde, Frauen sollten uns Männern ruhig ein Rätsel bleiben.«

»Sie ist halt eine Ärztin. Wie du. Für sie ist das vielleicht normal.«

»Warum sollen Gespräche über Juckreiz normal für Ärzte sein! Für mich nicht!«

»Ich denke, du bist Forscher.«

»Hm.«

»Genau. Trinken wir lieber drauf.« Sie stoßen an.

»Wenn bloß Greg hier wäre.«

»Trinken wir auf Windpockenimpfungen.«

»Hm. Früher war doch einiges besser.«

»Aber da gab es ja keine Impfung.«

»Aber Frauen haben nicht so viel geredet über das Mystische an ihnen.«

»Stimmt.« Sie stoßen erneut an.

Eine Weile sitze ich noch auf dem kleinen Pferd und wippe vor und zurück, dann hole ich mir Eimerchen und Schippe von ihnen und postiere mich in ihrer Nähe.

Nach einer Weile kommt Opa Wilhelm offenbar eine Idee. »Wir sollen doch gleich in eine Apotheke gehen und Tee besorgen. Nicht wahr? Wie wäre es, wenn wir allen Kram, den wir finden können zum Thema Geburt einfach aufkaufen? Und dann soll Sara damit glücklich werden.«

»Meinst du, dass uns das retten kann?«

»Einen Versuch wäre es wert.«

»Darauf trinken wir.«

Die Flaschen klirren mal wieder. Sie trinken. Eine Aufsichtsperson, die schon längere Zeit böse rüberguckt, kommt zu ihnen herüber.

»Schämen Sie sich denn eigentlich nicht, hier am hellichten Tag Bier zu trinken?«

»So hell ist es doch gar nicht, gute Frau.«

»Ich bin nicht Ihre gute Frau.«

»Das stimmt. Da bin ich auch froh drum.« Opa Gunnar macht sich nicht mal die Mühe, die Augen aufzuhalten.

»Und das ist bloß Malzbier«, ergänzt Opa Wilhelm.

»Es geht aber ums Prinzip!«

»Unsere Tochter ist schwanger. Und Malzbier ist gut für die Milchbildung, wissen Sie. Und gleich kaufen wir noch was zum Stimmungsaufhellen. Bergamotte, Geranien und Rosenwasser.«

Die Frau starrt meine Opas erstaunt an.

»Sollten wir Ihnen vielleicht was mitbringen?« Opa Gunnar prostet ihr mit geschlossenen Augen zu. Wütend stampft sie davon.

»Ist sie weg?«

»Wenn du mich so fragst, Gunnar, die war nie da.«

★

Meine Opas haben in Ruhe ihre Flaschen leer getrunken und ich hab meine Apfelstückchen bekommen. Nun stehen wir vor einer schönen großen Apotheke. Ich bin etwas müde und hab mich in den Buggy verkrochen, gemütlich unter eine Decke gekuschelt und warte, was nun kommt.

»Na, da bin ich jetzt gespannt.« Opa Gunnar tritt unruhig auf der Stelle.

»Hast du den Zettel?« Opa Wilhelm zieht seine Lederhandschuhe von den Fingern. Das macht er immer ganz ordentlich. Finger für Finger. Ich sollte ihm mal meine Fausthandschuhe leihen, das ginge schneller.

»Hier.« Er hat schließlich einen Zettel aus der Innentasche seines Mantels gezogen und streicht ihn zwischen Zeigefinger und Mittelfinger glatt.

»Na, dann mal los.«

Apotheken sehen immer so unfassbar ordentlich aus und riechen so sauber wie das Arbeitszimmer von Opa Wilhelm, nachdem Ninfa gelüftet hat. Überall stehen weiße und bunte Schachteln herum. Eine junge Dame in weißem Kittel kommt lächelnd aus einem Nebenraum. Sie hat ihr langes Haar glatt und ordentlich nach hinten gekämmt und zu einem Zopf gebunden. Meine Opas reagieren erfreut auf ihre Erscheinung, das merke ich, weil Opa Gunnar schnell sein Hütchen abnimmt und Opa Wilhelm seine Mütze.

»Guten Morgen, die Herren. Was kann ich für Sie tun?«

»Ja, wir bekommen ein Kind, wissen Sie?«, beginnt Opa Gunnar und kratzt sich am Kopf. Opa Wilhelm reicht ihm eifrig den glattgestrichenen Zettel. Der will den Zettel aber gar nicht haben und gibt ihn schnell an die Frau weiter.

»Oh, Sie bekommen ein Kind? Ich ahnte es.« Die Dame zeigt mit einem kecken Kopfnicken auf Opas dicken Bauch. Opa Gunnar lacht sofort los, und Opa Wilhelm überlegt kurz, ob er beleidigt sein soll. Bevor er sich dazu entschließen kann, sagt die nette Dame: »Sie sind doch Herr Doktor Semmelmann, nicht wahr?« Nichts beruhigt meinen Opa so sehr, wie seinen eigenen Namen zu hören. Er lächelt jetzt und nickt.

»Sara ist mit mir zur Schule gegangen. Ich bin die Tochter von Dr. Heinrich Schwarz.«

»Ach, vom Schwarzen Heini! Wie geht's ihm denn?«

Eine tiefe Stimme antwortet: »Mir geht es ganz gut. Und dir ja wohl auch.« Ein riesiger Mann mit einem noch viel dickeren Bauch als mein Opa hat, kommt um die Ecke hinter den vielen Regalen her. Auch er trägt einen weißen Kittel (der aber vorne nicht zugeht), eine halbe Brille und einen weißen Rauschebart. Ich bin begeistert. Er sieht aus wie der Weihnachtsmann! Endlich weiß ich, wo der wohnt!

Die Herren begrüßen sich fröhlich und mit viel Schulterklopfen. Die Frau reicht mir in der Zwischenzeit einen kleinen Teddy, der so gut und sauber riecht wie der ganze Laden.

»Was braucht ihr beiden Opas denn? Für die Pille danach seid ihr ja offenbar etwas spät dran. Was hab ich da gehört? Ihr bekommt ein Kind?« Der Mann zwinkert mir zu. »Noch eins? Sammelt ihr die?« Offenbar mag er kleine Kinder, das spüre ich sofort.

»Oh, nichts, nichts. Äh, wir kommen später noch mal wieder…« Opa Wilhelm wird plötzlich ganz rot. Und Opa Gunnar lacht wieder.

»Na, na, nicht so schüchtern«, sagt der Apotheker.

»Ja, äh, es ist so. Meine Schwiegertochter –« beginnt Opa Gunnar, dem offenbar klar wird, dass es doch nicht so einfach ist, in der Apotheke Sachen für eine hochsensible Schwangere zu kaufen. Er kratzt sich am Kopf.

»Äh. Nun ja. Wie soll ich das sagen. Es geht um so Sachen…«

»Frauensachen«, nuschelt Opa Wilhelm schüchtern.

Die junge Dame kommt zur Hilfe.

»Sara, die war doch mit mir in einer Klasse. Und die ist

schwanger, Papa. Die Herren brauchen das hier für sie.« Sie wedelt mit dem kleinen Zettel.

»Na, herzlichen Glückwunsch, du Glückspilz! Meine Tochter will ja keine Kinder. Ich wäre nämlich auch gerne ein Opa!« Alle gucken die Dame mit dem Kittel an, die seufzt daraufhin genervt.

»Ist ja gut, Papa!«

Es klingelt leise, und eine ältere Dame kommt herein. Sie kämpft etwas mit ihrem Einkaufswägelchen, das sich in der Tür verhakt hat. Opa Gunnar hält ihr eifrig die Tür auf.

Der Apotheker grüßt die Kundin und verweist sie elegant an seine Tochter, dann wendet er sich wieder zu uns: »Dann kommt mal mit nach hinten. Da hab ich eine besondere Medizin für uns schwangere Männer. Und da ist es nicht so peinlich für euch zwei Frauenflüsterer!«

»Besondere Medizin? Guuut!« Opa Wilhelm, der sonst nicht mal Hustensaft mag, geht freudig mit.

»Jau.«

Also hinterher.

Wenn man durch einen Durchgang zwischen den Regalen schlüpft, kommt dahinter ein großer Raum mit noch viel mehr Schränken und Kisten und so 'nem Zeug. Aber wir gehen noch weiter in einen ganz anderen Raum. Mein Buggy bleibt zweimal an herumstehenden Kartons hängen. Aber nun ist etwas Platz. Da stehen ein riesiger Schreibtisch und zwei Sessel. Meine Opas ziehen ihre Mäntel aus und mir meinen Schneeanzug. Endlich. Ich hasse das Ding. Dann setzen die Männer sich genüsslich in dicke Sessel und bekommen vom Apotheker erst mal ein kleines Glas mit dunkler Flüssigkeit. Ich habe bis heute nicht verstanden, wie man mit solch kleinen Gläsern seinen Durst löschen kann.

»Es ist so«, beginnt Opa Wilhelm, bekommt sofort nachgeschenkt, trinkt eilig und redet dann schon etwas flotter: »Pass auf, Heini, zu Hause, da sitzt eine Kuh, und die isst Gras.«

»Bitte?«

Opa Gunnar will einspringen, trinkt aber erst das dritte Glas aus und sagt dann erstaunlich fröhlich: »Jawohl, eine wunderbare Kuh, aber die frisst nicht nur das Gras, die hat auch ein Kondom mit Eis für die Hämmo-, Hämmi-, Hömma-«

»Hämorrhoiden? Oh, das kenn ich, das alte Hausmittel soll tatsächlich helfen. Aber woher wisst ihr das denn?« Der Apotheker lacht und das ganze Zimmer scheint mitzulachen.

»Wir wissen alles!« Opa Wilhelm sagt das, als würde ihn das sehr erleichtern, das mal laut sagen zu dürfen.

»Alles!« Opa Gunnar bestätigt ebenfalls aus vollem Herzen. Er wischt mit falscher Hand eine unsichtbare Scheibe vor sich sauber von rechts nach links.

»Absolut alles, alles, alles wissen wir beiden Alten über junge Frauen und deren Schwangerschaften.«

»Und glaub mir, das ist kein Spaß!«

»Alles.«

»Und alles ist viel zu viel, sag ich dir, Heini!«

Sie trinken.

»Verstehe. Und nun kauft ihr hier deshalb was ein?« Der Apotheker lächelt.

»Ja. Wir kaufen jetzt einfach alles, komplett alles zu dem Thema, und dann ist Ruhe«, erklärt Opa Gunnar.

»Was hat die Schwangere denn für Probleme?« Der Apotheker kommt mit dem Nachschenken kaum nach.

»Alle.«

»Jau, alle.«

»Sie hat alle Probleme? Geht es denn auch etwas genauer?«

»Na, hier zum Beispiel.« Opa Wilhelm fasst sich selbst an die Brust. »Da spannt es so.«

»Ja, so ein Ziehen.« Opa Gunnar nickt wissend.

»Und Drücken.«

»Sehr unangenehm.«

»Und erst nachts! Genauso wie beim Milcheinschuss bei Finn.«

»Oh, ja!« Opa nimmt ein weiteres Glas in Empfang und führt es genüsslich zum Mund. Der Apotheker hört gebannt zu, während er selber trinkt.

»Verstehe. Und was hat sie noch für Symptome?«

»Jucken.«

»Rücken.«

»Dauernd Pipi machen müssen.«

»Traurig. Immerzu ist alles traurig.«

»Hunger.«

»Heißhunger.« Opa Wilhelm ist ganz außer Atem. Kann aber auch daran liegen, dass er gleichzeitig spricht und trinkt.

»Und dann der Geruchssinn.«

»Sie riecht wie ein Schwein.« Opa Gunnar nickt so heftig, dass er fast etwas verschüttet. Eilig trinkt er.

»Wie war das? Wie war das?« Opa Wilhelm wird laut.

»Ich sage euch, wie ein Schwein.« Opa Gunnar nickt und trinkt.

»Das nimmst du zurück. Meine Tochter stinkt nicht!«

»Hä?« Opa Gunnar scheint verwirrt. »Sie stinkt doch nicht! Sie kann so gut riechen wie ein Trüffelschwein! So gut! Besser als jeder Polizeidrogenhund!«

»Drogen? Sie nimmt doch keine Drogen!«

»Nee, die doch nicht.« Opa Gunnar schüttelt etwas eckig den Kopf. Opa Wilhelm ist plötzlich wieder ruhig.

»Ach, verstehe!« Der Apotheker ist erleichtert, dass meine Opas sich schlussendlich doch nicht prügeln wollen. »Ja, das kommt häufig vor. Tja. Meine Tochter will ja nicht schwanger werden. Tsss. So ist das.«

Sie schweigen kurz und gucken auf die Flasche, die mitten auf dem Schreibtisch steht.

»Sara riecht alles. Sie riecht, wer gerade duscht und was der für ein Haarwaschmittel nimmt. Sie riecht, ob Frau Ninfa zu wenig Gewürz an die Suppe tut. Sie schmeckt, ob ein Kuchen aus einer Backmischung oder frisch zubereitet wurde. Sie kann den Unterschied von Margarine und Butter RIECHEN! Verstehst du? Sie mag keinen Kaffee mehr und keinen Tee.« Letzteres scheint Opa Gunnar besonders zu schmerzen.

»Ja, sie nennt sie nur noch Genussgifte!«

»Ja, Gifte nennt sie die.«

»Und sie mag jetzt nur noch Käse. Nur noch indischen Käse. Panir oder wie der heißt. Sie riecht quasi, wenn der falsche Käse gerade auf dem Markt gekauft wird!«

Alle drei Männer sitzen nun sehr schief in ihren Sesseln und bewegen leicht die Köpfe. Lustig finde ich das. Ich klettere aus meinem Buggy und räume eine Kiste aus, in der lauter kleine Plastikfiguren sind, die sich die Zähnchen putzen. Ich habe meine Ruhe, denn meine Opas und der Weihnachtsmann sind ja schön beschäftigt. Ich beiße in jede der Plastikfiguren einmal kräftig rein, weil ich mir ja auch die Zähne putzen muss. Auch wenn ich nur zwei habe. Die Männer bemerken mich immer noch nicht. Auch gut.

»Käse ist wunderbar!«, erklärt der Apotheker nach einer Weile, »Käse liefert wichtige Proteine und Kalzium. Und wie sich das anhört, weiß eure Sara, welche Käsesorten sie besser weglassen soll. Also Blauschimmel und so was.«

»Mensch, Heini, verstehst du denn nicht! Wir stehen quasi unter nasaler Beobachtung! In meinem eigenen Haus!«

»Stasi ist ja nix dagegen!«, pflichtet Opa Gunnar ihm bei.

»Hm. Aber dafür bekommst du immerhin einen Enkel. Meine Tochter will kein Kind haben.« Der Weihnachtsmann schiebt die Lippe vor. Wie Bernhard aus der Nachbarschaft, mit dem ich manchmal spielen muss.

»Das ist ja unerhört! Aber du musst doch Enkel haben dürfen!«

»Jau.«

»Ich sag es dir, Willi! Sie will nicht. Sie hört gar nicht auf mich bei dem Thema! Sie tut so, als dürfte ich das gar nicht bestimmen.«

»Da hört sich doch alles auf! Keinen Enkel?«

»Jau. Das geht aber nicht! Sag ihr das. Enkel muss sein!«

Sie trinken schweigend weiter und stellen schließlich fest, dass die Flasche leer ist. Der Apotheker kramt in einem Schrank und fördert eine neue Flasche zutage. Alles atmet erleichtert auf.

Ich hab mittlerweile eine Kiste mit eingepackten Zahnbürsten gefunden. Nun kann ich aber richtig viel putzen!

»Und dann die Verstopfung.« Opa Wilhelm klingt ganz schön maulig.

»Bei dir?«

»Nein, bei der Schwangeren.«

»Ach, ich wünschte, ich hätte die.« Der Apotheker schiebt einen Fotorahmen auf seinem Schreibtisch zurecht.

»Was? Die Verstopfung?«

»Nein, eine Schwangere.«

»Ach so. Ja. Sagteste ja.«

»Dann musst du noch die Krampfadern erwähnen, Willi.« Opa Gunnar wedelt mit einem Finger.

»Oh ja. Sie schreit immer im Badezimmer, wenn sie neue Krampfadern entdeckt hat an sich. Und dann rennen wir alle hin und denken, sie wäre umgefallen oder so.«

Meine Opas packen ihre Hosenbeine und ziehen die bis zu den Knien hoch.

»Hier so.«

»Jau. Und hier hinten so. Und die jucken auch.«

»Alles juckt.«

»Aha.« Der Apotheker ist aufgestanden, stützt sich auf dem Tisch ab und guckt ganz genau hin. Dann lässt er sich wieder in seinen Sessel fallen.

Kurz ist es still im Raum. Ich befürchte, gleich merken sie, dass ich einen Schatz gefunden habe und wollen was abhaben.

»Gibt es nicht irgendwas, um sie mal ein bisschen aufzumuntern? Irgendeine nette, gesunde Droge oder so?« Opa Gunnar lächelt verträumt, als erinnere er sich an was sehr Nettes.

»Äh. Nein. Aber es gibt stimmungsaufhellende Öle.«

»Bergamotte?« Opa Wilhelm weiß doch längst Bescheid. Mama redet von nichts anderem.

»Ja, genau. Ich bin beeindruckt, Willi!«

»Ach, Heini! Das ganze Haus stinkt danach!«

»Oh, mein Beileid.«

»Und es riecht auch noch nach Geranie und Rose.« Opa Gunnar will auch was beitragen.

»Dass ausgerechnet ich mal Rosen nicht mehr riechen mag, wer hätte das gedacht.« Opa Wilhelm klingt traurig. Opa Gunnar klopft ihm auf die Schulter und erklärt dem Apotheker: »Unser Wilhelm ist nämlich passionierter Rosenzüchter. Erst wurde sein Garten umgegraben und nun machen diese Öllampen ihm auch noch die restlichen Sträucher mies. Armer Kerl.«

»Ihr solltet mit ihr zur Geburtsvorbereitung gehen, da wissen die, was man mit solchen Frauen machen kann. Und dann unterhalten sich Schwangere gerne mal unter sich. In allen Ehren, aber ob ihr beide so die richtigen Gesprächspartner seid …«

»Macht Sara doch längst. Sie macht alle Kurse. Alle. Aber immer mit ihrem Mann.«

»Wo ist der denn?«

»Windpocken ohne Grenzen.«

»Recht hast du.«

»Wir bringen sie überallhin, wenn sie uns dafür einmal als Gesprächspartner auslässt. Ehrenwort!«

»Gut. Ich guck mal, ob ich da Broschüren habe. Es gibt vielleicht irgendwas, was sie noch nicht gemacht hat. Kochkurse für Schwangere. Schminken für Schwangere. Und dann gucken wir, was wir euch für schöne Mittelchen mitgeben können. Hier, nehmt mal diese leere Kiste hier. Da sammeln wir mal drin. Und jetzt mitkommen.« Der Apotheker steht schwankend auf und kramt in einigen Kisten. Meine Opas schwanken langsam hinter ihm her. Sie finden in jeder Ecke was. Kissen und Tücher und Beutel und Päckchen. Alles wandert nach und nach in den Karton.

»Hier ist schon mal Johanneskraut«, jubelt der Apotheker und versucht umständlich auf einer bunten, großen Packung was zu entziffern. »Hier steht: Aufkochen mit heißem Wasser, zwei- bis dreimal täglich. Okay, da gebe ich euch mehr mit.« Er packt vier große Tüten davon in die Kiste.

»Und eins will ich euch sagen: Ich wäre froh, wenn ich eure Schwangerschaftsstreifen und Verstopfungen, also eure echt schlimmen Probleme, ihr wisst schon, selber hätte. Schwanger wäre ich gerne und so … Ihr habt ein tolles Problem. Hätte ich auch gerne. Vergesst nicht, was das für tolle Probleme sind.«

»Okay. Und wir hätten es auch gerne, wenn du das Problem hättest. Komm her, Heini, lass dich umarmen.« Opa Wilhelm umarmt den Apotheker und Opa Gunnar umarmt die beiden, was allerdings enorm schwer ist, da die beiden doll viel Bauch haben.

»Was ist denn hier los?« Die junge Dame kommt herein und grinst. Ich lache.

Leider muss ich jetzt nach Hause zu Fuß gehen. Gut, dass ich meine neuen Stiefel anhabe, die machen tolle Abdrücke in dem bisschen Schnee, der gerade fällt. Da finde ich es ganz okay zu laufen. Ach und mein Buggy ist bis oben vollgestopft mit interessant duftendem Kram wie Badesalze zur Entspannung, aber auch Folsäure, Eisen, Tee gegen Verstopfung und Sodbrennen, mehrere Liter Massageöl und Antischwangerschaftsstreifenöl, unüberschaubare Mengen an Cremes und Puder gegen Juckreiz. Und dann noch eine schöne kleine Kiste mit besonders reiner Essenz, die einer sensiblen Nase wohltut. Außerdem kostbares Bergamotte und viele bunte Vitaminpräparate. Toll finde ich die Wärmflasche in Form einer Kuh, die mag Opa Gunnar so doll, er trägt sie vorsichtig im Arm. Und ganz obendrauf thront noch eine Flasche Medizin für meine Opas.

Na, ich bin super gespannt, wie überrascht meine Mama sein wird, wenn sie sieht, wie toll wir eingekauft haben! Der Apotheker meint, wir seien echte Experten.

3
Sackhüpfen

Es ist Wochenende. Eigentlich ist Wochenende genau das gleiche wie der Rest der Woche, aber die Erwachsenen sagen das so gerne. Sie sagen dann: »Es ist Wochenende!« Oder vorher: »Schönes Wochenende!«

Wenn ich mit diesen Erwachsenen so weit bin, dass sie mich endlich besser verstehen, werde ich Sachen sagen wie: »Endlich Montag!« Oder: »Hey, endlich Tag!«

Ninfa hat eigentlich am Wochenende frei, aber seit ich im Haushalt bin, kommt sie doch gerne noch vorbei und schaut nach dem Rechten. Also ist es wie immer morgens: Ninfa und ich sitzen in der Küche und schauen spanisches Fernsehen. Olé!

»Heute gehst du mit deiner Mama zum Geburtsvorbereitungskurs, mein Prinz! Dass du da ja gut aufpasst.«

Oh, da waren wir doch schon mit Papa, nicht wahr? Das ist eigentlich ganz witzig. Da turnen noch mehr Babys rum. Und alle Väter sind immer so eifrig dabei. Sie tragen Kissen und so, massieren Füße und Rücken. Sehr lustig. Schade, Papa kann ja nun nicht mit, weil er unbedingt Windpocken haben muss. Aber dann übernehme ich das halt. Ich kann auch ihre Füße kneten. Notfalls beiße ich mit meinen neuen Zähnen. Die habe ich seit heute Nacht, ich war so begeistert, dass ich das allen sofort mitgeteilt habe. Ganz laut.

Mama gibt sich ja kräftig Mühe damit, mir das neue Baby zu erklären. »Deine Schwester ist dann auch unser Kind wie du. Und deine Schwester hat dann dieselben Eltern wie du und dieselben Opas wie du und dieselben Tanten und Onkels wie du und wohnt im selben Haus wie du...«, da hat es mir schon gereicht. Wenn die meinen, ich teile auch noch Hasi mit ihr, da haben sie sich geschnitten!

Aber zu dem Geburtsdings gehe ich mit, klar. Da hab ich dann Mamas volle Aufmerksamkeit.

»Bana!«

»Ja, Finn, mein Schatz, warte, ich schneide dir eine Banana klein.« Ninfa reicht mir eine kleingeschnittene Banane, kann aber den Blick nicht von der Flimmerkiste nehmen. Sie kann einfach nicht glauben, dass Roberto gerade mit einem Flugzeug abgestürzt sein soll. Aber mal ganz ehrlich, solange der Absturz nicht gezeigt wurde, glaube ich eher, dass Roberto in ein paar Folgen wiederkommt. Diese merkwürdige Emanuela ist doch auch wiedergekommen nach dem Schiffsunglück, aber dann war sie plötzlich blond und niemand (außer Ninfa und mir) hat sie erkannt.

»Der arme Roberto!«, seufzt Ninfa ganz ergriffen und zerhackt Möhren fürs Mittagessen. Hm. Lecker.

Opa kommt rein.

»Guten Morgen! Gut geschlafen, ausgeschlafen?«

»Owi!«

»Danke, und el doctor selber? Sie werden heute alle Kraft brauchen.«

»Äh, ja?«

»Ja, Sie gehen doch heute zu diesem Kurs.«

»Wohin, bitte?«

»Dem Geburtsvorbereitungskurs. Hat die Kleine Ihnen nicht Bescheid gesagt?«

»Äh, nein.«

Wieder geht die Tür auf und Opa Gunnar kommt herein. Der isst übrigens nur Körner zum Frühstück, daher steht bei ihm am Platz immer eine Schale statt eines Tellers. Er nickt uns zu und streicht mir über den Kopf.

»Na? Was guckt ihr denn alle so bescheiden aus der Wäsche?«

Ninfa lacht: »El doctor muss heute zum Geburtsvorbereitungskurs.«

»Ach du meine Güte, was ist das denn?« Opa Gunnar plumpst auf seinen Stuhl.

»Geh du doch da hin, dann weißt du es!« Opa Wilhelm klingt eingeschnappt und wendet sich an Ninfa: »Warum muss er denn nicht mit?«

»Sie sind der Vater der Mutter.«

»Und er ist der Vater des Vaters.«

»Es können ja nun nicht alle hin, das ist ja nun kein Bahnhofsgelände da. Und Finn geht ja auch mit, stellen Sie sich nicht so an, doctor. Und die Damen dort werden froh sein, für jeden Doktor um sie herum.«

Opa Gunnar lacht, während er seine Milch in die Körner rührt.

»Lach nicht.«

»Ich lache nicht, ich bin fröhlich.«

»Kann er nicht trotzdem auch mit?«

»Nix da. Sie sehen ja Farben.« Ninfa ist energisch und wedelt mit dem Geschirrhandtuch. Opa Wilhelm brummelt. »Dann soll er das nächste Mal mitgehen.«

»Gut, das können wir so machen.«

»Das ist unfair!« Nun ist Opa Gunnar eingeschnappt und Opa Wilhelm reibt sich die Hände.

Erwachsene. Ich werde sie nie verstehen.

Wir sind auf dem Weg zum Kurs. Der findet im Krankenhaus statt. Weiß ich ja alles schon, aber Mama erklärt alles noch einmal. Meine Mama redet eh immer sehr viel, aber irgendwie redet sie, seit Papa die Windpocken hat, noch viel mehr mit mir. Wahrscheinlich weil sie sonst nicht weiß, wohin mit den vielen Worten. Aber ich mag das. Mama liest mir auch viel vor, und wenn sie nicht vorlesen kann wie jetzt hier im Auto (natürlich fährt meine Mama), redet sie halt ununterbrochen. Sie guckt auch ab und zu in den Rückspiegel und zwinkert mir zu. Das ist nett, aber leider kann ich so nicht nuckeln, das würde sie dann ja sofort merken.

»Weißt du, Finn, bei deiner Geburt war das ja ganz anders«, erklärt sie fröhlich.

»Dein Papa und ich waren in Thailand. Und da habe ich Akkupunktur bekommen und war ganz und gar gelassen. Langsam glaube ich aber, dass ich so gelassen war, lag nicht an der Akkupunktur.« Sie reißt energisch das Lenkrad herum. Huiii und wir alle rutschen in unseren Sitzen nach links. Opa macht einen erstickten Laut und hält die Hände vors Gesicht. Ob er Kopfschmerzen hat?

»Das lag einfach daran, dass Greg da war. Er hat so eine beruhigende Wirkung auf mich.«

»Pass doch auf!«

»Ach, den hab ich doch gesehen, Papa. Der wird schon zur Seite fahren, siehst du.«

»Greg, wo bist du nur!«, brüllt Opa jetzt.

»Haha, Papa, du bist ja richtig witzig. Zack, da ist auch eine freie Parklücke. Und schon sind wir da!«

Opa keucht erleichtert auf.

»Schau, Finn, das ist das Krankenhaus, in dem deine Schwester zur Welt kommen wird. Du bist ja in Bangkok geboren. Wir haben in so einem Dorf gearbeitet und du bist viel zu früh gekommen, wahrscheinlich weil ich so entspannt war, keine Ahnung. Aber alle haben gesagt, dass du das schönste Baby in ganz Bangkok warst! Natürlich. Und das meine ich jetzt nicht rassistisch.«

Dann heult sie los. Einfach so. Wir warten ein bisschen, dann ist sie wieder fertig mit Heulen. Kenne ich schon alles.

»Äh, findet nicht jede Mutter ihr Kind am süßesten?« Opa Wilhelm will testen, ob sie wirklich fertig ist mit Heulen.

»Nein. Ich würde klar sagen, wenn mein Baby hässlich wäre.« Mama klingt völlig normal, steigt aus und knallt die Tür zu, um dann neben mir eine wieder aufzureißen. Opa muss sich beeilen, damit er noch mitkommt.

Ich gehe zu Fuß, um zu zeigen, wie groß ich schon bin. Opa eilt hinter uns her. Er trägt eine Tasche und eine riesige Wasserflasche. Die Dame am Empfang nickt freundlich, sie weiß wohl schon, wo wir hinwollen.

Was nur hat uns verraten?

Mama geht schnell voraus. Offenbar können Schwangere durch das zusätzliche Gewicht im Bauch schneller vorwärtsgehen. Oder sie ist so schnell, weil sie aussieht wie ein Fußball, keine Ahnung. Ich muss mehr laufen als gehen, aber das packe ich. Hasi hängt mit der Leine um meine

Schultern. Es riecht nach Krankenhaus. Mama mag den Geruch nicht, sie ist momentan ziemlich zimperlich, was das angeht.

»Wie das hier stinkt. Bäh!«

Opa kramt schnell ein kleines Fläschchen aus der Apotheke hervor und reicht es ihr. Sie schnüffelt dran.

»Das war knapp.« Sie klopft sich sanft an ihren Hals und schluckt.

Als wir um eine Ecke kommen, sehen wir, dass die Tür zu dem Raum schon offen steht, dahinter ist eine kleine Turnhalle. Hier riecht es nach Frauenparfüm. Da sind noch andere dicke Bäuche mit Babys drin. Meine Güte, haben die denn alle nichts Besseres zu tun, als großen Brüdern den Tag zu versauen?

»Guten Tag!«, ruft meine Mama den Leuten zu, und alle drehen sich zu uns um.

»Mein Mann hat die Windpocken!« Mama ist genau wie Opa, der brüllt auch so das Wichtigste vom Tage durch die Gegend.

»Oh Gott!« Die Damen sind alle erschrocken.

»Wie schrecklich!«

»Du Arme!« Sie kommen uns entgegen und umarmen sie, dicker Bauch an dickem Bauch.

Mama nimmt dankend die Mitleidsbekundungen entgegen und zeigt dann auf meinen Opa. »Dafür habe ich meinen Papa mitgebracht.«

»Oh!«

»Ah!«

»Hallo, Saraspapa.« Das kenne ich schon. Das ist so was wie Doktor oder Opa. Das ist ein wichtiger Titel.

Dann zeigt sie auf mich und Hasi.

»Und das ist mein Sohn Finn. Den kennt ihr ja schon.«

»Hallo, Finn!«

Da sind noch mehr Kinder, aber die drängeln sich schüchtern an die Bäuche ihrer Mütter. Oder versuchen sie nur das drohende Geschwisterchen wieder reinzudrücken? Clever! Da ich keine Lust habe, einen Spielkameraden in diesem lustlosen Haufen aufzugabeln, warte ich, bis Mama und Opa sich auf zwei Matten gesetzt haben und kuschel mich auch an Mama. Nur um sicherzugehen, dass meine Schwester nicht schon irgendwo rausguckt.

Offenbar gehört es zum guten Ton, erst mal zu fragen, ob die vielen Wehwehchen seit dem letzten Mal abgeklungen sind und dann die Wochenzahl abzufragen: »Und wie weit bist du heute?«

Wer die höchste Zahl hat, hat wohl gewonnen oder so.

Ich bin mir nicht ganz sicher, was das bedeutet, aber ich bin erstaunt, dass keine der Mütter meinen Opa fragt. Der hat doch auch so einen dicken Bauch.

Schließlich kommt eine sehr nette, extrem dünne Frau in den Raum. Da sie nicht gefragt wird, wie weit sie ist, muss sie wohl die Kursleiterin sein. Ach ja, ich erinnere mich, aber die hat die Haare anders.

»Guten Tag, meine lieben Schwangeren! Freu mich so, euch zu sehen!«

Hey, und mich? Und Opa?

Jetzt geht sie rum und begrüßt alle mit Handschlag. Im Gegensatz zu meiner Turnlehrerin ist sie total nett zu allen und überhaupt nicht so streng. Offenbar hat sie nicht vor, uns was beizubringen oder uns durch Reifen springen zu lassen. Das finde ich schön.

»Und Sie sind also Derpapavonsara? Hab schon gehört.

Ist aber toll, dass Sie mitmachen. Soll ich Ihnen einen Stuhl holen? Und sagen Sie, wenn es Ihnen zu viel wird!«

Opa, der eigentlich immer gerne so tut, als wäre ihm nichts zu schwer oder zu unbequem, freut sich über das Angebot. Aber genau in dem Moment, als er offenbar was sagen will, kommt Mama ihm zuvor: »Meinem Papa macht das nichts. Er tobt jeden Tag stundenlang mit Finn durch die Gegend. Und außerdem macht er jeden Tag mit mir meine Entspannungsübungen. Er ist so großartig!« Mamas Stimme wird irgendwie quiekig.

»Oh!«, machen jetzt alle Schwangeren, und einige fassen sich sogar ans Herz. »Wie toll!«

»Tollen Vater hast du!«

»Großartig, Papavonsara!«

Opa verzichtet daher auf den Stuhl. Die Dünne klopft ihm auf die Schulter.

Mama beugt sich zu mir: »Das ist eine Hebamme.«

Oh, die Heb-was?

Die Dünne hebt aber jetzt nichts, sondern setzt sich hin und bittet alle, es sich gemütlich zu machen. Ich setze mich einfach ganz dicht an Mama und die streicht mir dann durchs Haar, das kitzelt so schön auf dem Kopf.

»Wie wir jetzt alle deutlich merken, wächst und wächst der Babybauch und ist nicht mehr zu übersehen. Im letzten Trimester, in dem wir uns jetzt gerade befinden, wird der Alltag deshalb wieder beschwerlicher und manchmal zur echten Herausforderung. Schuhe binden trotz Babybauch? Fast unmöglich. Wir wollen heute zusammen erarbeiten, wie wir das Leben der werdenden Muttis besonders angenehm machen können, damit sie Zeit zum Genießen hat.«

Sofort meldet sich eine.

Die Hebamme nickt ihr freundlich zu.

»Das mit dem Genießen ist ja so eine Sache. Ich meine jetzt so meinen Mann, ne! Man hat so viel Sachen im Kopf und dann weiß ja die Umgebung nie so genau, ne, wie sie so auf eine Schwangere reagieren soll.« Die Frau kann offenbar reden, ohne Luft zu holen. Der Mann daneben sieht mächtig übermüdet aus und nickt genauso wie der Dackel im Auto von Nachbar Kowalski. Blablabla. Die Frau redet mittlerweile so schnell, dass ich gar nichts mehr verstehe. Irgendwie scheint sie sich darüber zu beschweren, dass niemand sie versteht. Ganz ehrlich. Ich weiß warum. Sie sollte einfach weniger reden.

Pfff. Ich lasse mich auf den Rücken fallen und gucke an die Decke des Raumes. Da hat einer Schmetterlinge hingemalt. Opa Wilhelm beugt sich über mich und grinst.

»Du hast es gut!«, flüstert er.

» – das wollte ich hier nur mal so loswerden, ne.« Die Frau holt jetzt endlich Luft.

»Ah, danke. Also ich nehme das mal auf. Und daher gleich mal meine Frage. Ich meine, das wäre gut zu wissen, wie die Väter – und Großväter – wie sie das sehen, was gerade angesprochen wurde. Habt ihr das Gefühl, der neuen, außergewöhnlichen Situation nicht gerecht zu werden?«

Keiner meldet sich. Die anwesenden Ehemänner betrachten intensiv den Bodenbelag.

Kein Wunder. Ich vermute, keiner hat vor lauter Reden verstanden, was die Frau gesagt hat, ne.

»Vielleicht sage ich es noch mal in anderen Worten, ne – « Jetzt redet wieder dieselbe Frau. Die Dünne kann sie gar nicht bremsen. Sie spricht für ihren Mann, der immer noch dackelmäßig nickt und nichts sagen kann.

»Geht das jetzt die ganze Zeit so?«, fragt Opa meine Mama ganz vorsichtig. Die stupst ihn leicht in den Arm. Sie schnüffelt immer noch in kurzen Abständen an der kleinen Flasche mit dem Duft drin.

»Pscht!«, macht Mama, aber sie lächelt etwas. Sie scheint brennend daran interessiert zu sein, was die Schnellsprecherin alles sagt.

»Das kann ja heiter werden, ne.« Opa seufzt.

Mama kichert leise.

»Bin ich denn die Einzige, die hier nicht verstanden wird?« Die Frau scheint ganz aufgebracht. Der Dackelmann streichelt sie und wird aber gleich rigoros von ihr zurückgedrängt.

»Ich verstehe dich«, sagt die Hebamme sanft und hebt ihre Hände dabei, wie um sie aus der Entfernung zu streicheln. Na, so was Merkwürdiges.

»Hat eine von euch ähnliche Erfahrungen gemacht? Ich denke, es ist wichtig, dass ihr das mal rauslasst. Ihr seid werdende Mütter, nur ihr könnt verstehen, was die anderen durchmachen. Sprecht es aus.«

Es melden sich mehrere und manche weinen. Eine kann nicht verstehen, dass ihr Mann noch was will von ihr (was denn? Ich verstehe wieder nichts), die andere ist sauer, weil der andere Mann NICHTS mehr von ihr will (warum erklärt das keiner?).

Boaaa, ich dachte, hier wäre dieses Mal mehr los. Ich stehe auf und gehe zum Fenster. Draußen ist es dunkel, aber in dem Garten brennt buntes Licht und man sieht ein paar Schneeflocken fallen. Ein anderes Kind kommt dazu. Ein

Mädchen. Komisch, gerade die sollte doch brennend an dem Kram interessiert sein, warum sieht die denn auch so gelangweilt aus. Sie zeigt mir ihre Puppe. Ich zeige Hasi. Sie nickt. Zusammen lecken wir die Fensterscheibe an. Dann holt Opa mich zurück zu Mama. Ihm ist wohl langweilig.

»Das zum Beispiel!« Die Schnellsprecherin hat so plötzlich angefangen zu sprechen, dass alle ein bisschen zusammenzucken.

»Da, er steht auf und kümmert sich lieber um das Kind als um die Mutter.«

»Du meinst Denpapavonsara?«

»Ja, Vater oder vielleicht ist er auch nicht der Vater, wer weiß das schon, ne.«

»Bitte? Mein Mann hat Windpocken!«, erklärt meine Mama irgendwie beleidigt, als habe man ihr gerade was Böses unterstellt.

»Ha, der hat wahrscheinlich einfach eine Ausrede gesucht.«

»Gar nicht wahr.«

»Wer weiß.«

»Hallo? Nicht bei allen läuft es so schlecht in der Ehe wie bei dir!« Mama ist jetzt richtig ärgerlich.

Die Hebamme macht »schschscht« und rudert ausgiebig mit den Armen. Alle beruhigen sich etwas.

»Also mein Vater hat sich doch nur um den Jungen gekümmert.« Mama ergreift Opas Arm. Sie will ihn offenbar beschützen vor der Ne-Frau.

»Mir scheint es, ne, als habe er kein Interesse an unseren Problemen. Na, das ist ja auch eine andere Generation. Da gab es ja noch keine Frauenrechte, ne.«

»Mein Vater ist Arzt!« Mama hat jetzt diesen schwierigen Tonfall angenommen. Achtung an alle! Ich an der Stelle von der Ne-Frau würde mal das Weite suchen oder unter einen Tisch krabbeln.

»Männer verstehen uns nicht, ne. Das will ich hier mal in aller Deutlichkeit sagen, ne?«

»Mein Vater schon!«

»Aber, aber liebe Schwangere! Wie auch, sie sind ja Männer, sie bekommen nun mal keine Kinder. Wir müssen mehr kommunizieren!«

Jetzt schreien alle durcheinander. Ein paar Männer legen sich einfach auch auf den Rücken und gucken an die Decke.

Opa hingegen guckt an sich runter, tätschelt seinen dicken Bauch und sagt, als alle sich ein wenig beruhigt haben: »Aber ich hab es echt mit dem Verstehen versucht.«

Alle lachen. Bis auf die Schnellsprecherin. Sie ist nicht zufrieden mit dem Verlauf des Gesprächs. Und schon gar nicht damit, dass alle meinen Opa witzig finden.

»Ach, und der Vater hat echt Verständnis? Wenn man sich da mal nicht täuscht, ne.«

»Ja, hat er!«, verteidigt Mama ihn. »Er ist nämlich in die Apotheke gegangen und hat alles gekauft, was er für mich finden konnte.« Sie berichtet von unserem tollen Einkauf. So, wie Mama das erzählt, war das aber noch viel mehr.

»Oh, wie süß!«, quieken manche, als sie mit dem Erzählen fertig ist.

Die Ne-Frau ist skeptisch und versucht ihre Arme vor ihrem Bauch zu verschränken. »Ha! Und liest er auch Bücher? Bücher, ne, das ist sehr wichtig.«

»Äh.« Mama überlegt, dreht sich dann zu meinem Opa. »Liest du auch Bücher über Geburten, Papa?«

Opa schweigt.

»Siehst du, dein Vater interessiert sich doch nicht, ne! Das hab ich gleich gesagt, ne.« Die Frau scheint ein echtes Problem zu haben. Sie ist ja ganz versessen darauf, falsch verstanden zu werden.

»Natürlich lese ich alle verfügbaren deutschen Bücher zum Thema Geburt!«, greift nun Opa gewohnt souverän ins Geschehen ein. »Ich vertiefte mich erst gestern in die Lektüre von – «, er macht eine sehr weite, sehr große, sehr lange Geste, »äh, von ›Meine Tochter bekommt ein Kind, Hilfe, ich werde Opa‹ (er holt Luft und schaut intensiv in die Luft) sowie die Titel: ›Schnelle Geburt‹, ›Schmerzlose Geburt‹ und ›Alle sonstigen irgendwie gestalteten Geburten‹«

Ergriffen schauen die Frauen und Männer im Raum ihm zu, wie er mit den Armen weite Kreise um sich vollführt. Er räuspert sich: »Ja, aber das war nicht alles. Sehr interessant fand ich auch: ›Alles über Geburten der letzten hundert Jahre‹ und ›Geburt des ersten Enkels‹, ›Geburt des zweiten Enkels‹, ›So helfe ich meiner Tochter bei der Geburt‹. Ganz neu ist das Buch: ›Geburt – das unbekannte Mysterium‹ und ›Geburt, jetzt helfe ich mir selbst‹. Nicht zu vergessen die vergleichende Literatur von Mensch und Kuh in der Geburtsphase.«

Da alle nur schweigen, fährt er eilig fort: »Und ich empfehle dringend die Werke: ›Was Sie schon immer über Geburten wissen wollten‹ und ›Hände weg von Geburtsfehlern!‹ Nicht so gut fand ich: ›Homöopathische Geburt‹, ›Selbstbestimmte Geburt‹, ›Selbstmitleid bei Geburten‹, ›Geburt – und wie Düfte helfen‹, ›Geruchlose Geburt‹, ›Geburt ohne Streifen‹ und natürlich äh, der Klassiker, äh – «, er überlegt kurz und atmet so schwer, als hätte er einen Wettlauf mit mir durch den Garten gemacht. Alle starren ihn unbewegt an.

Der Schnellsprecherin ist sogar das Kinn runtegeklappt. Opa kneift konzentriert die Augen zusammen und fügt endlich triumphierend hinzu: »Und natürlich, das hat mich besonders begeistert, äh, ach ja: ›Die Rückkehr der Geburt‹ und ach, nicht zu vergessen: ›Die Hebammen kehren zurück‹, Teil eins und zwei.«

Pause. Er zupft sein Taschentuch hervor und tupft sich die Stirn. Die Zuhörer sind noch ganz in seinem Bann.

»Ach«, kommt es schüchtern.

»Das ist ja – «

»Oh, wie großartig. Was Sie alles gelesen haben!«, haucht eine Schwangere. Andere nicken begeistert.

»So viel zu lesen darüber, das wusste ich ja gar nicht!«

»Und die haben Sie alle verstanden? Ach, natürlich, Sie sind ja Arzt!«, säuselt eine und hält ihre Hände ergriffen im Knäuel vor ihr Kinn.

»Äh, ja«, Opa nickt energisch, »ich erwäge sogar, selbst ein Buch zu schreiben. Über meine Erfahrungen. Als Großvater. Und als Mann, der sich interessiert.« Opa richtet sich im Sitzen ein wenig auf, und ich sehe, wie Mama heimlich nach seiner Hand tastet und sie feste drückt. Komisch, Mama sieht aus, als würde sie gleich loslachen. Was habe ich da wieder nicht verstanden?

»Sie sind ja großartig, Papavonsara.«

»Ja, Sara, was hast du für einen großartigen Vater!«

Mama reibt sich an den Augen.

»Oh ja. Das hab ich! Und so interessiert!« Sie küsst ihn auf die Wange und streicht dann schnell ihren Lippenstift weg. Mama schminkt sich nämlich jetzt immer. Oder es ist Rote Bete.

Die Schnellsprecherin grollt beleidigt in der Ecke. Als keiner sonst hinguckt, pflaumt sie ihren Mann an, er solle auch mal mehr lesen. Der nickt ergeben. Armer Kerl.

Eine werdende Mutter beugt sich verschwörerisch zu meinem Opa herüber. »Haben Sie auch das Buch über ›FlowBirthing‹ gelesen? Und das über ›HypnoBirthing‹?« Sie schaut ihn dabei so an, dass ich Angst habe, ihr könnten die Augen so rauspurzeln wie letztens Opas altem Teddy.

»Äh, Flohbürsting? Äh, nein, das liegt aber bereit. Werde gleich heute Abend damit beginnen.«

Keine Ahnung, wie Opa das gemacht hat, aber irgendwie lieben ihn jetzt alle. Fast. Die Ne-Frau hasst ihn.

Aber das Wichtigste ist, dass Mama super stolz ist auf ihn.

Auf dem Nachhauseweg verspricht sie ihm, dass er nie wieder mit zu dem Kurs muss. Schade. Ist doch nett.

4

Fang den Hut

Nach dem gestrigen Erfolg bei den Schwangeren ist Opa Wilhelm natürlich heute obenauf. Klar. Ich bin übrigens dann noch voll eingeschlafen bei dem Kram. Dafür bin ich jetzt schön fit.

Ninfa und ich sitzen in der Küche und überlegen, wer als Nächstes in Spanien einem schweren Verkehrsunfall zum Opfer fallen wird und dann unerwartet mit neuer Frisur auftaucht.

Es hat noch mal ein klein bisschen geschneit, deswegen ist Opa noch nicht in der Küche, sondern hantiert mit einem Besen vor der Tür herum. Ninfa geht dauernd hinaus und guckt, ob er sich nicht überanstrengt, aber tut er nicht, denn er redet mit Kowalski von gegenüber, statt zu fegen. Opa hat dann immer eine ganz witzige Mütze auf, die auch über die Ohren geht. Er meint, eine Glatze friert besonders doll. Ich glaube, nun ist Opa Gunnar auch draußen. Na, dann hab ich mehr Zeit dafür, den Spaniern und ihrem mysteriösen Verschwinden und Auftauchen auf die Spur zu kommen. Manchmal verstehe ich ja die Handlung nicht so richtig, aber die Musik im Hintergrund hilft. Wenn zum Beispiel so ganz dramatische Musik kommt mit »Tataa« und gleichzeitig eine Person mit weit aufgerissenen Augen gezeigt wird, weiß ich, dass es schlimm ist. Ist doch supereinfach.

Meine Opas haben genug gefegt und geredet und stehen plötzlich in der Küche. Mit ihnen weht ein kalter Windhauch herein. Toll, gehen wir jetzt rodeln?

»Stimmt es, dass er nicht mehr zu so Kursen mitmuss?« Opa Gunnar scheint ganz entsetzt, und Opa Wilhelm grinst zufrieden. Ninfa hebt beide Arme.

»Ich weiß nicht, wovon Sie reden. Aber falls Sie es wissen wollen, morgen ist Schwangerschaftsgymnastik und, ja, da gehen Sie mit hin!« Sie zeigt auf Opa Gunnar. Er lässt sich enttäuscht auf seinen Platz fallen.

»Muss das sein?«

»Das bekommst du schon hin. Wichtig ist bloß, dass du zeigst, wie interessiert du bist. Du musst dich in eine Schwangere hineinversetzen können.«

»Pah. Schwangerschaftsgymnastik!«

»Wird schon!«

Heute zumindest ist derlei nicht vorgesehen. Das heißt aber nicht, dass Mama nicht ganz genau weiß, wie man als Erwachsener seinen Tag so verplanen muss. Eigentlich hatte ich mich ein bisschen darauf gefreut, dass meine Opas mit mir rodeln gehen. Es gibt da so einen kleinen Hügel, auf denen so verschiedene Kumpels aus der Nachbarschaft und ihre Onkels, Mamas oder Opas mit ihnen herunterrutschen. Das wollte ich auch machen. Ich habe ja schließlich zwei Schlitten. Eigentlich braucht man nur einen, aber meine Opas konnten sich mal wieder nicht einig werden.

Leider hat bislang Mama was anderes im Sinn.

»Ich denke, ich werde mich heute den ganzen Tag nur um meinen Finn kümmern«, verkündet sie, als sie zu uns in die Küche hineinkommt – also erst kommt der Bauch, beziehungsweise meine Schwester, dann folgt meine Mama.

Au fein. Gehst du mit mir rodeln?

Aber sie hat den ganzen Arm voller Spielzeug.

»Es ist wichtig, dass Finn das Gefühl hat, er wird nicht zur Seite gestellt wegen seines neuen Schwesterchens.«

»Äh, was willst du mit dem ganzen Zeug?«

»Das ist Lernspielzeug. Ich will ja, dass Finn ganz doll klug wird.«

»Unsinn, Prinzesschen. Der Junge ist so klug, wie er sein muss. Setz dich erst mal und frühstücke. Für die Schwester.« Ninfa nimmt ihr das ganze Zeug aus den Händen. Opa Gunnar, der mit seinem Körnerfrühstück und der Zeitung noch nicht fertig ist, raschelt interessiert mit den Blättern. »Und so wird Finn dann gleich Professor, oder was?«

»Kindchen, das ist doch Unsinn. Mit mir hat nie einer gespielt früher!« Opa Wilhelm schüttet sich Kaffee nach und trinkt ihn eilig, weil er weiß, dass Mama den sonst gleich angeekelt weggießt, weil sie seinen Geruch nicht mag.

»Du BIST ja auch kein Professor!«, erklärt Opa Gunnar gelassen und verschanzt sich wieder hinter der Zeitung.

»Was weißt du schon! Du Bauer! Dir hat man bestimmt nur einen Sack über den Kopf gezogen als Kind!«

»Aber, aber meine Herren!« Ninfa ist die Einzige, die sich für Mamas Ideen begeistern kann. Sie macht ihr in Ruhe ihren Spezialtee, legt ihr alle Tabletten hin, die sie braucht (sie soll Eisen essen, bäh!).

Anschließend (vorher muss sie noch dreimal aufs Töpfchen) geht Mama mit mir ins große Wohnzimmer unten zu meiner Spielecke. Erst mal toben wir ein bisschen. Na ja. Nur ein klitzekleines bisschen, weil Mama so kugelrund ist. Sie kitzelt mich an den Schultern und knuddelt mich.

»So. Jetzt üben wir mal ein bisschen. Zeig mir mal deine Nase.«

Warum? Lass uns lieber weiterkitzeln!

»Komm, mach schon, Finn, wo ist deine Nase?«

Die ist doch da, wo sie hingehört. Warum fragst du?

»Zeig mal Na-se!«

Erwachsene sind merkwürdig. Erst erzählen sie einem haarklein, was sie alles, sagen wir, was sie gerade bedrückt. Opa Gunnar von Agragsowieso, Ninfa von fehlendem Nagellack. Gestern zum Beispiel hat Opa Wilhelm erzählt von den immer weniger werdenden Singvögeln. Und wenn Opa Gunnar mit mir Bauklötze baut, dann redet er von seinem Hof und dass er froh ist, dass sein Sohn, nein, nicht mein Papa, sondern mein Onkel, den jetzt nimmt. Ich weiß, dass mein Opa sehr stolz ist auf seinen Hof. Und Mama erzählt mir morgens beim Milchfläschchen, wie lieb sie Papa hat und wie lieb sie mich hat und Opa Wilhelm und Opa Gunnar und Ninfa und keine Ahnung, jedenfalls hat sie alle lieb, und ich soll nicht glauben, dass sie mich weniger lieb hat, nur weil ich ein Schwesterchen bekomme. In der Regel holt Mama bei derlei Liebesbekundungen keine Luft und hinterher weint sie wohl deshalb, und ich gebe ihr Hasi und dann weint sie noch mehr, aber lacht auch.

Jedenfalls ist das alles ganz schön kompliziert, aber ich habe für alle Verständnis. Erwachsene sind nämlich leicht zu durchschauen. Man sieht es schon in den Augen, was sie denken. Und dann sieht man es auch ein bisschen am Mund und oft verraten sie sich auch mit den Händen. Zum Beispiel wenn ich mit meinen Opas Verstecken spiele.

Also die beiden verstecken Hasi, und ich soll ihn finden. Einer hält mir die Augen zu und dann wird mein blauer Kumpel versteckt (er ist entweder unter dem Kissen auf dem Sessel oder er liegt unter der Zeitung auf dem Tisch, die beiden kennen nur diese beiden Verstecke). So. Und dann darf ich gucken. Aber ich gucke nie in den Raum. Ich gucke einfach nur einen meiner Opas an. Die gucken nämlich IMMER dahin, wo mein Hasi liegt.

Und jetzt sitze ich hier mit Mama und ich soll sagen, wo meine Nase ist? Entschuldige mal. So wird das aber nichts mit meiner Weiterbildung.

Mama hat es aufgegeben, nimmt meine Hand. Jetzt stupst sie mich mit meinem eigenen Zeigefinger auf die Nase.

»Ja, das ist Finns Na-se!« Sie klatscht in die Hände. Ach, wie süß. Sie freut sich aber auch wirklich über jeden Quatsch. Aber gut. Jetzt kommt garantiert die Sache mit dem – ich wusste es.

»Und wo ist Finns Mu-hund?«

Was bitte?

»Mu-hund?«

Ich hab doch gar keinen Hund. Ach, Mund! Hier, Mama guck, mein Mund.

»Ja, Finn, großartig! Das ist dein Mund! Und gleich auf Anhieb!«

Oh, Mama, die Schwierigkeit ist doch nicht, zu wissen, wo der Mund ist, sondern die Schwierigkeit ist, zu erkennen, was ich hier für Faxen machen soll. Egal. Ich freue mich ja, dass du hier bist. Also los. Die Ohren.

»Und womit hört der kleine Finn?«

Äh, soll ich jetzt hören oder zeigen?

»Ja, womit hört der kleine Finn?«

Ich denke mal, ich soll zeigen, ja? Hier sind meine Ohren. Schau mal, davon habe ich zwei. Hier und hier. Opa Wilhelm spielt das Spiel mit mir immer in der Badewanne. Also ich sitze in der Badewanne und Opa davor. Und wenn ich zu viel mit dem Wasser rumplantsche, muss ich solche Fragen beantworten.

»Ja!« Sie klatscht.

Keine Ursache, gern geschehen. Und das hier sind die Augen. Oh, zu früh.

»Ja, und damit sieht Finn mich! Du bist großartig! Ganz toll! Und nun alles noch mal von vorne.«

Oh nö.

Nachdem ich Mama total glücklich damit gemacht habe, dass ich Nase, Mund, Ohren und Augen wiederfinde in meinem Gesicht, rückt sie endlich Spielzeug raus.

»Schau mal. Das ist ein Eimer. Und in dem sind kleine Würfel.« Sie hält einen Würfel hoch und zeigt ganz merkwürdig auf ihn. »Und da sind kleine dreieckige Klötzchen. Und kreisrunde Klötzchen. Und hier ist ein Deckel auf dem Eimer und du musst da die Klötzchen – oh warte. Ich muss aufs Klo.« Sprach's und verschwand.

Im Flur höre ich, wie sie mütterliche Anweisungen schreit, dass jemand mal im Wohnzimmer aufpassen soll, dass ich nichts kaputt mache und vor allem mir nicht weh tun kann. Was soll ich denn kaputt machen? Der Deckel hat ja schon Löcher! Und wie soll ich mir denn hier im Zimmer was weh tun? Eimer auf den Kopf hauen?

»Ist sie weg?«, höre ich Opa Wilhelm wispern.

»Ja, komm schnell, Willi.« Meine Opas schleichen ins Zimmer und setzen sich zu mir.

Na, langweilt ihr euch oder müsst ihr auch eure Ohren wiederfinden?

»Was soll das denn?« Opa Wilhelm betrachtet den Eimer.

»Hier, die Klötzchen. Die passen da durch.« Opa Gunnar zeigt, wie es geht.

»Blödsinn.« Opa Wilhelm nimmt einfach den Deckel ab und schiebt die Klötzchen im Ganzen in den Eimer rein.

»Deckel druff, fertig.« Er drückt ihn mir in den Arm.

Toll. Das ist ja clever.

Mama kommt wieder.

»Hat er das –«, sie schaut verwirrt auf das Eimerchen, nimmt es und vergewissert sich, dass alle Klötzchen drin sind und der Deckel fest aufliegt. »Hat er das ganz alleine gemacht?« Sie schaut meine Opas an. Die grinsen.

Das sieht doch ein Blinder, dass die nicht die Wahrheit sagen! Mama? Siehst du das nicht?

»Finn ist ein Genie!« Mama ist ganz gerührt. Meine Opas lachen und nicken.

Die Klötzchen werden wieder ausgepackt. Ich nehme sofort einen roten und beiße rein. Schmeckt nicht.

»Finn, zeig noch mal, wie das geht! Komm!« Mama lässt nicht locker.

Okay. Gib her, das geht so.

»Nicht am Eimer ziehen. Steck noch mal die Klötzchen da rein. Guck so. Den dreieckigen hier rein.« Es poltert lustig im Eimer. »Und den runden hier rein.« Wieder poltert es. Ich bekomme den Eimer und guck durch die Löcher. Tatsächlich, da sind die zwei Polterer. Das habt ihr doofen Klötzchen jetzt davon! Steckt da drin und wisst nicht, wie man da rauskommt!

»Finn, hier, schau!« Opa Wilhelm setzt sich dazu. Opa

Gunnar auch. Nun sind die Opas auch schwer dabei. Also gut. Mal sehen. Gib mal her. Das ist ja wieder nicht so schwer. Ich muss nur das Klötzchen über die Öffnung halten, und wenn Mama ganz doll strahlt – wie jetzt – dann ist es die richtige.

Holterdiepolter.

»Hurra!«

Und was genau bringt mir das? Mal sehen, ich versuche mal den Deckel abzumachen. So. Feste ziehen. Guck, das geht.

»Nein, das gilt nicht!« Mama schüttelt streng den Kopf. Meine Opas kichern.

»Ach, ihr steckt dahinter! Los, weg hier. Ihr verderbt mir die Ergebnisse.« Mama muss lächeln und wedelt heftig dabei mit den Händen.

»Oh, bitte. Wir wollen mitspielen.«

»Nichts da. Das ist mein Kind! Wegwegweg.«

Meine Opas stehen mühsam auf und setzen sich in die Sessel, streiten sich kurz um den Teil der Zeitung, wo das Kreuzworträtsel drin ist, und geben dann Ruhe.

»Immerhin redet sie nicht von Juckreiz!«

»Oder Hämorrhoiden.«

»Oder vom Wasserlassen.« Opa Wilhelm klingt amüsiert. Meine Mama hebt daraufhin ruckartig den Kopf.

»Oh. Gutes Stichwort.« Sprach's und verschwand.

So ist das. Und ich hab jetzt einen Eimer mit Löchern.

Holterdipolter.

Das nächste Spiel ist ein Puzzle aus Holz. Da ist ein Wald drauf und eine junge, hübsche Dame mit dunklem Haar und schön fallendem Stoffrock. Sie trägt vergnügt ein

Körbchen. Eine ganze Heerschar von alten, sehr kleinen Männern mit Bart wuseln lustig um sie herum. Das ist ja gemein. Hat die so viele Opas? Ich hab nur zwei. Die Herren tragen aber weder einen Strohhut noch eine Schiebermütze, sondern alberne rote, sehr hohe Bommelmützen ohne Bommel.

»So. Nun puzzle doch bitte mal. Hier sind kleine Griffe und wenn man die Teile rausnimmt, sind da so kleine Vertiefungen. Schau.«

»Ist er nicht dafür noch ein bisschen klein?« Opa Wilhelm lugt hinter der Zeitung hervor.

»Früh übt sich, wer Professor werden will«, brummelt Opa Gunnar, ohne aufzutauchen.

»Genau. Und Hauptsache, er weiß, dass ich gerne mit ihm spiele. Nicht wahr, mein Baby!«

Ach, Mama, das weiß ich doch. Das sieht man dir doch an. Aber gerne, dann will ich mal. Das hier ist rot. Mal sehen, wie das schmeckt.

»Nein, nicht essen. Puzzeln.«

Nur kurz. Vielleicht schmeckt das hier anders. Bäh. Nee, Fehlalarm.

»Hier kommt das rein. Schau, Finn.«

Typisch. Wenn Mama das sagt, dann machen alle Puzzleteile das, was sie sollen, aber wenn ich das mache. Guck, passt nicht.

»Versuch hier.«

Aha. Passt. Nun bin ich sicher. Das klappt nur, weil Mama das so gesagt hat, oder? Opas? Was sagt ihr dazu?

»Feiner Junge!« Sie winken von ihren Sesseln. Ich glaube, sie wollen auch puzzeln. Ich bring ihnen das mal.

»Nein, Finn, bleib.« Mama versucht halbherzig, mich

aufzuhalten. Dann lehnt sie sich an und puzzelt mit den verbliebenen Stücken selber.

»Das war mein absolutes Lieblingsmärchen.« Mama streicht über das Holzpuzzle und sieht ganz süß aus.

»Ja, ich weiß.« Opa Wilhelm guckt wieder über sein Kreuzworträtsel und seine Brille hinweg. »Du bist auch ein bisschen Schneewittchen.«

»Aber hier ist nur einer der Zwerge.«

»Ach, Prinzesschen«, schaltet sich Ninfa kurz ein, die in den Raum kommt, um etwas in einen Schrank zu stellen, »ich denke, du hast noch zwei Ehrenzwerge dazubekommen.«

Meine Opas lachen zufrieden.

Meine Unterrichtsstunde ist offenbar noch nicht fertig. Zusammen mit Mama, die meine Hand führt, werden die Puzzleteile ausgekippt und erneut an ihre Stelle gebracht und jedes einzelne gefeiert. Nur leider wird danach das Zeug schon wieder umgekippt, und ich muss es noch mal machen. Wozu soll das gut sein?

Och nö. Können wir nicht endlich raus?

»Komm, Finn, wir wollen dies hier noch versuchen.«

»Nun lass doch, der Kleine will seine Bauklötzchen anknabbern. Hilf ihm lieber einen Turm zu bauen und ihn umzuwerfen.«

»Nein, ich spiele mit einer pädagogischen Absicht!« Mama kann etwas schnippisch klingen, aber sie meint es ja nur gut. Immerzu lobt sie mich. Ich muss jetzt kleine viereckige Schalen so ineinanderstecken, dass sie aussehen wie, tja, wie, als wären sie nicht da.

»So, schau. Das passt hier rein.« Das viereckige Förmchen passt genau in das andere. Was soll das für einen

Zweck haben? Blau und Grün. Alles klar. Ich mache das nach.

»Großartig.«

Und jetzt? Sind wir fertig damit?

»Jetzt das hier.«

Gelb.

»Und jetzt das.«

Rot.

»Und jetzt du!«

Nicht im Ernst, oder? Wie ist es mit Rodeln?

»Darf er dann endlich mit uns raus? Draußen ist doch so schönes Wetter!«, mault Opa Gunnar.

»Na gut. Vielleicht ist das mit den Formen und dem dreidimensionalen Empfinden noch zu schwer.

Ah, das hört sich nach einem guten Deal an. Und da mach ich dir jetzt auch schnell noch eine Freude. Wie war das? Blau, grün, gelb und rot. Nix dreidim-dings. Einfach Farben.

»Fantastisch, habt ihr das gesehen!« Mama lacht freudig. Na, die habe ich ja im Handumdrehen glücklich gemacht. Sind ja nur Farben. Ich liebe Farben.

»Er hat ein erstaunliches ästhetisches Empfinden für Formen, eine ausgeprägte Begabung für räumliches Sehen! Großartig.« Mama ist ganz stolz und küsst mich.

»Hat er von mir.« Opa Wilhelm steht auf und steht ganz stramm.

»Nix. Von mir. Seid ihr fertig?« Opa Gunnar bewirft ihn mit der Zeitung. Mama nickt selig und streicht mir über die Wangen. Sie ist immer ganz erstaunt von mir. Komisch, dabei bin ich doch jeden Tag so wie jetzt. Müsste sie doch langsam gewohnt sein.

»Dann geht mal schön raus. Finn hat sich das verdient. Und ich muss mal«, sprach's und verschwand.

Prima.

»Dann los, kleiner Mann. Wo ist dein Schneeanzug?« Opa Wilhelm und Opa Gunnar breiten die Arme aus. Ich hab frei! Ninfa hält schon meinen Anzug bereit, wo ich drin aussehe wie ein Herr Amundsen, sagt mein Opa immer. Und dann gehen wir rodeln. Jippi!

Ninfa sagt wieder, dass der Winter dieses Jahr besonders früh dran ist. Wo dran? Egal. Ich finde Schnee richtig klasse. Als er das erste Mal im Vorgarten lag, dachte ich, da sei was kaputtgegangen, aber Ninfa, die ja alles weiß, sagte, das sei Schnee. Da hab ich nicht schlecht gestaunt, als ich feststellen musste, dass Schnee nicht nur an Opa verkauft worden war, sondern überallhin. Denn all unsere Nachbarn waren auf dieselbe Idee gekommen, Schnee in den Garten zu streuen. Und dann hat es angefangen zu schneien. Von oben. So wie Regen, nur viel schöner. Ich wollte genau hingucken, aber dann fliegen einem die Flöckchen ins Auge, und dann sieht man erst mal nichts mehr. Er schmeckt nach gar nichts. Nur kalt. Und er fällt nicht so schnell und so gerade wie Regen. Also insgesamt eine ganz tolle Sache. Bis man ihn anfasst. Das ist eine herbe Enttäuschung. Er ist so schön und so fein und so toll gemacht und dann nimmt man ihn in die Hand und er ist einfach weg! Und wie das weh tut. Als würde einer in die Finger kneifen!

Ich hab mir also abgewöhnt, Schnee in die Hand zu nehmen und ich gucke auch nicht mehr hoch. Und Handschuhe hab ich auch an.

Ich setze mich auf den Schlitten, den meine Opas mir

bereitgestellt haben, und halte mich tüchtig fest. Beim ersten Mal hab ich nämlich gedacht, die Sache verhielte sich so wie bei einem Buggy, aber falsch. Als Opa mich da ziehen wollte, bin ich beim ersten kräftigen Ruck rückwärts runtergepurzelt.

Nicht schlimm, war lustig.

Aber Ninfa und Mama haben geschimpft. Mama stand vor dem Haus ohne Jacke und sie sagte, es sei gar nicht kalt. Mama ist es immer zu warm. Ich denke, meine Schwester heizt ihr ordentlich ein.

Jedenfalls halte ich mich jetzt gerade tüchtig fest und dann ziehen mich meine Opas bis zum Spielplatz. Das ist etwas schwierig, weil er nur über Rasenstücke ziehen kann. Auf den Wegen liegt kein Schnee. Und auf dem Rasen liegt zwar nicht viel, aber da kann man trotzdem gezogen werden. Wir haben Glück, heute rauschen nur drei Fahrradfahrer an uns vorbei, und die Hunde machen einen Bogen um mich.

Schnee macht ein nettes Geräusch, wenn er da ist. Er rauscht sanft und unter den bedächtigen Schritten von meinen Opas pupst er leise. Sehr witzig. Dann sind wir da. Endlich wird gerodelt. Oben darf ich auf den Schlitten drauf, dann wird Schwung gegeben. Opa Gunnar ruft dann: »Bahn frei!« und ich rutsche den kleinen Hang runter bis zum anderen Opa.

»Endstation, bitte aussteigen!«

Und das geht eine ganze Weile so.

Dann ist uns allen richtig schön kalt, und es geht ab nach Hause. Toller Tag.

Puh. Ich bin jetzt so müde, dass ich doch noch mal ein Schläfchen halte.

5

Orangentanz

Wir sind in der Küche. Meine Opas, Ninfa, ich und das spanische Fernsehen (aber stumm). Die gemütlichsten Minuten am Tag sind vorbei. Jetzt beginnt die Action.

Meine Opas diskutieren darüber, wer wann was zu tun hat. Sie meinen mit Mama. Offenbar fällt es ihnen von Tag zu Tag schwerer, die Sache mit der Schwangerschaft auszuhalten.

Ich kann sie verstehen. Dennoch bin ich ganz froh, dass meine Schwester noch da drin ist und nicht schon hier rumläuft und unnötig Unruhe stiftet. Das Verhältnis Frau-Mann in diesem Haushalt ist sowieso schon empfindlich gestört, weil Papa fehlt. Und weil Mama irgendwie zwei ist.

Ich zerpflücke in aller Ruhe die Werbung, die in der Zeitung lag. Dazu zerkaue ich die Ecken und zerfetze sie. Das klebt so schön an den Fingern.

»Wieso muss ich da heute mit? Da war Sara doch gerade erst! Mit dir, Willi!« Opa Gunnar stochert in seinen Körnern herum.

»Leider muss ich dich da korrigieren, lieber Gunnar. Das war GeburtsVORBEREITUNG. Da wird nur geredet. Du musst heute mit Sara zur SchwangerschaftsGYMNASTIK. Da wird gymnastiziert!« Er grinst.

»Und was soll das anderes sein? Schwanger ist schwanger.«

»Sie hat sogar einen Yogakurs belegt. Wer weiß, wer da mitmuss!«

»Ich nicht. Schmink dir und deiner Tochter das gleich mal ab!«

»Ich etwa? Du bist doch der Hippie. Bio und Yoga, was soll denn da der Unterschied sein!«

»Hä?«

»Jawohl!«

Beide Opas atmen schwer durch.

»Was will sie denn noch alles machen? Hat sie denn überhaupt daneben noch Zeit, einfach nur schwanger zu sein?« Opa Gunnar stopft sich mit Körnern voll.

»Einfach? Hier ist nichts einfach mal so eben!« Opa Wilhelm macht eine ganz große Geste und merkt nicht, dass ihm Zeitungsschnipsel am Ärmel hängen.

»Daaaa!«, mache ich.

»Da pflichtet sogar unser Finn dir bei.«

»Er ist halt ein Mann!«

Dabei meine ich nur die Schnipsel. »Männer und Schwangerschaft! Wo gibt es denn so was! Und das in unserem Alter.«

»Also, meine Kühe nehmen das mit dem Kalben irgendwie lockerer.«

»Tolle Kühe!«

Beide nicken.

»Pah, Schwangerschaftsgymnastik. Muss ich da etwa auch mitturnen? Das geht wirklich zu weit, ich bin doch kein Dompteur!«

Nun schaltet sich plötzlich Ninfa ein, die die ganze Zeit über am Fenster gestanden und uns den Rücken zugedreht hatte. Ich kann an den Bewegungen ihrer Schultern und dem ganz leisen Glucksen hören, dass sie sich ausschüttet vor Lachen. Möglichst ernst dreht sie sich um.

»Nein, Gunnar, Sie müssen nicht mitturnen. Sie fahren lediglich die Kleine hin und schauen, dass unsere Sara nicht umkippt. Finn kann Ihnen Gesellschaft leisten beim Warten.« Oh, das klingt gut.

»Na, das wäre was. So als würde ein Schwertransporter umkippen. Oder ein Heuwagen.« Opa Gunnar lacht nun erleichtert.

»Nee, das wollen wir nicht. Pass bloß auf auf meine Tochter.« Opa Wilhelm lacht leise. Offenbar stellt er sich Mama als Viehtransporter vor oder so.

Frech. Aber lustig.

»Na, wenn ich nicht mitturnen muss, dann wird es schon gehen.«

»Das ist die richtige Kampfeinstellung. Wir Preußen bleiben standhaft gegen die drei Unterröcke, jawohl!«

Alle gucken ihn verständnislos an.

»Oh. Nicht bekannt? Der Alte Fritz nannte Maria Theresia und – ähem. Nicht so wichtig. Wichtig ist nur, dass du dich nicht unterkriegen lässt, Gunnar. Aber Vorsicht, die anderen Frauen da sind auch alle schwanger.«

Sie schauen sich schweigend an, nicken leicht und wenden sich dann wieder ihren Tassen zu.

»Ich wünschte«, flüstert Opa Gunnar schließlich, »wir wären weit weg …« Er seufzt und isst lustlos seine Körner. Opa Wilhelm nickt. Und nickt und nickt und nickt. Dann haut er plötzlich auf den Tisch. »Rumms!«, macht es.

Huch! Hab ich mich erschreckt. Jetzt hab ich, glaube ich, etwas Papier verschluckt.

»El doctor! Was erschrecken Sie uns so!«

»Urlaub! Das ist es!« Opa Wilhelm hat ganz leuchtende Augen. Toll. Was ist Urlaub? Darf ich das auch haben?

»Was für Urlaub?«

»Na, einfach weg hier!« Opa zeigt auf die Tür, alle drehen sich um und dann wieder langsam zu Opa zurück.

»Weg?« Opa Gunnar ist verwirrt.

»Ja, weg!«

»Du kannst doch nicht einfach weg hier. Was ist dann mit deiner Tochter? Und unserer Enkelin?«

»Wir brauchten nur jemanden, der auf Sara gut aufpasst.«

Alle gucken jetzt zu Ninfa. Die lässt die Schultern hängen. »Frau Ninfa kann das nicht alleine.« Opa Gunnar schiebt seine Schüssel weg und stützt niedergeschlagen seinen Kopf auf eine Hand.

»Nein, das wäre unsportlich. Das stimmt.«

»Ahhh!«, macht Ninfa, »una Partera.«

»Bitte?«

Das ist Spanisch und heißt irgendwas Nettes bestimmt. Jungs, ihr seid aber so gar nicht auf Zack.

»Eine Hebamme«, übersetzt Ninfa, »für Sara.«

»Eine Hebamme? Ist das nicht zu früh? Die hilft doch erst direkt bei der Geburt.«

»Aber nein, Gunnar, Hebammen kommen schon vorher ins Haus«, erklärt Opa Wilhelm stolz. Er reckt das Kinn weit nach oben. Opa Gunnar kratzt sich am Kopf.

»Ach.«

»Also gut. Liebe Frau Ninfa. Wir haben da mal eine Frage. Wie sieht es aus, wenn wir eine Hebamme besorgen, dürfen wir dann für ein paar Tage wegfahren? Mit Finn natürlich!«

Ninfa wiegt nachdenklich ihren Kopf, dann nickt sie sachte. »Wenn es eine gute Hebamme ist, dann dürfen Sie fahren, aber nur ein paar Tage.«

Opa Wilhelm klatscht in die Hände, Opa Gunnar lacht fröhlich.

»Dann steht der Deal!« Opa Gunnar grinst und hält Opa seine flache Hand hin. Kenne ich. Papa macht das auch mit mir, da muss man mit der eigenen Hand gegenklatschen.

»Der was?« Opa Wilhelm kennt das nicht.

»Ach nichts, Willi. Und du, junger Mann, kommst mit. Wir machen eine Männerrunde! Das wird was!«

»Aber doctor, Sie müssen ohne mich fahren, ich bleibe bei der Prinzessin.« Ninfa fuchtelt mit dem erhobenen Zeigefinger herum.

»Natürlich, Frau Ninfa. Wir kommen schon alleine klar!«

»Wir sind ja schon große Jungs!«

»Na, das bezweifele ich«, Ninfa wedelt mit dem Geschirrtuch, »aber ich verstehe, dass Sie mal wegmüssen. Das hier im Haus, das ist zu viel Frau, da werden Männer ja ganz wuschig.«

Zufrieden schlürfen alle ihre Getränke leer. Auch ich versuche mitzutrinken, aber in meiner Tasse ist nichts mehr drin. Egal. Ich finde es toll, wenn wir so eine Männerrunde sind.

»Aber wohin?«

»Was heißt hier wohin?« Opa Wilhelm wirkt ganz verwirrt. »Natürlich an den Bodensee. Da bin ich immer hingefahren.«

»Bodensee? Oh, nein, da will ich nicht hin.«

»Aber sicher.«

»Nein.«

»Doch.«

»Nein. Ich will Kühe.«

Ach, es wäre aber auch zu einfach gewesen.

»Ruhe, Ruhe, Ruhe!« Zum Glück übernimmt Ninfa. »Sie sollten sich schon auf ein Ziel einigen, meine Herren.«

»Ja, sag ich doch. Bodensee.«

»Nix.«

»Wo wollen Sie denn hin?« Ninfa versucht zu vermitteln und zeigt mit einer ihrer energischen Gesten an, dass Opa Wilhelm jetzt gerade mal Sendepause hat. Der fügt sich.

»Ich bin für die Ostsee. Prerow. Das ist so wie hier.«

»Im Leben nicht! Ich fahre doch nicht wohin, wo es aussieht wie zu Hause! Und dann sind da doch die ganzen Nackedeis! FKK, oder wie dieser Schweinkram heißt! Ich bin doch nicht aus dem Osten!«

»Ach, da meldet sich der Wessi! Du bist einfach nur ein verklemmter – «

»Haaaaaaaaalt!« Ninfa geht dazwischen. Sie deutet mit dem Kinn auf mich, und alle beide Opas geben endlich Ruhe.

Mist. Das klang doch gerade so interessant!

»Also nicht an den Bodensee und nicht an die Ostsee. Gibt es noch was anderes mit See?« Ninfa zerrt einen Reisekatalog hervor, mit dem sie eigentlich immer Fliegen totschlägt. Die erste Seite ist schon ganz zerknittert, aber drinnen sieht er noch ganz gut aus. Es wird nun eifrig geblättert. Ich kann auch eine Seite ergattern und beginne mit meiner sorgfältigen Arbeit. Kaut sich prima.

»Was hat der Junge denn da?«

»Ach, der hat nur Hamburg.«

»Na, jetzt steht Hamburg unter Wasser.« Opa Gunnar windet mir das Blatt aus der Hand und scheint wenig beeindruckt von meinem Werk.

Sie blättern weiter in dem Katalog.

»Hier. Das! Tegernsee.« Ninfa tippt wild darauf herum. Ein Bild mit einem schönen Haus mit Blumen und einer Kuh. Dahinter ein schöner See.

»Hm.«

»Hmhm.« Meine Opas klingen nicht überzeugt.

»Was ist damit? Kuh und See. Was ist mit euch? Wollt ihr nun weg oder was?« Ninfa ist beleidigt.

»Aber das ist doch tiefstes Bayern!«

»Ja, das ist doch total Bayern!«

»Der Bodensee wäre doch auch Bayern.« Ninfa ist auf Zack.

»Aber nur ein kleines Stück.« Wilhelm seufzt und schaut sich das Bild noch mal an.

»Wenn es doch bloß etwas weniger Bayern, weniger Wittelsbacher wäre.« Opa Wilhelm streicht sich über seinen Bart. Einmal nach links, einmal nach rechts.

»Ja, oder mehr Sachsen.«

»Wer? Kenn ich nicht.« Ninfa sieht aus, als würde sie wieder größtmöglichen Unfug vermuten. Irgendwie glaub ich das auch.

»Wir sind doch Preußen.«

»Fleißige Brandenburger«, nickt Opa Gunnar zustimmend. Irgendwie sind meine Oldies sich einig. Lustig. Was ist denn überhaupt Bayern? Sind das nicht Weltmeister oder Deutsche Meister oder irgendwie immer ganz doll was Wichtiges?

»Bayern oder hierbleiben.« Ninfa wedelt mit dem Geschirrhandtuch. Meine Opas reißen erschrocken die Augen auf.

»Gut. Tegernsee.« Huch, das ging schnell.

»Okay. Dann Tegernsee.« Opa Gunnar ist auch ganz eilig.

Das ging ja plötzlich flottikarotti!

»Erst kümmere ich mich um die Hebamme. Dann besorge ich Ihnen eine nette Pension. Wer nimmt den Jungen in sein Zimmer?« Ninfa hat einen Plan. Sehr gut.

»Ich natürlich!« Opa Wilhelm.

»Nein ich!« Opa Gunnar.

»Lass den Unsinn, Gunnar, ich lese ihm immer noch was vor!«

»Ich zähle mit ihm Schafe!«

»Schon gut.« Ninfa verdreht die Augen, »Ich werde zwei Zimmer mit je einem Kinderbett darin bestellen. Machen Sie das dann für sich aus. Ich muss jetzt eine Hebamme suchen.« Sie rauscht aus der Küche.

»Oh, gut.«

»Danke.«

Beide Männer sitzen still am Tisch und sind friedlich. Offenbar denken beide daran, wie es ist, wenn wir im Urlaub sind. Und können ihr Glück kaum fassen.

Uiii, das wird ja toll!

Sie lauschen offenbar angestrengt auf die Geräusche im Haus. Aber es ist ganz still oben, vielleicht nimmt meine Mama die Nachricht gut auf, dass wir Urlaub haben wollen. Und das mit Bayern und so.

»Sara ist ja so ruhig oben.«

»Sie spricht vielleicht mit Greg. Dann hört man keinen Mucks von ihr.«

»Wie oft ruft der an?«
»Fünfmal.«
»In der Woche?«
»Am Tag.«
»Aha.«

Es ist Abend geworden, Opa Gunnar steht mit Mamas Sporttasche und mir im Eingangsbereich vom Haus. Hier steht ein riesiger Bär aus Plüsch, den Opa mir mal gekauft hat. Gar nicht auszudenken, was er meiner Schwester schenkt, wenn die erst da ist!

Wir warten auf Mama, die noch mit Papa telefoniert. Da ist sie schon.

»Können wir los?« Opa klingt müde.

»Du musst nicht mit, Gunnar. Ich weiß ja jetzt, wie schwer es euch beiden Herren fällt, diese ganzen Frauensachen zu ertragen.« Sie ist beleidigt, das höre ich.

»Wird schon. Finn hält es ja auch aus.«

»Ja, mein Prinz. Er ist ganz tapfer, was? Freust du dich auf deine Schwester.«

Nö.

»Ich glaub, er freut sich.«

»Bestimmt.« Opa grinst mich an, ich glaube, er versteht mich. Noch mehr Weiber in diesem Haushalt, das hält ja kein Mann aus!

»Ich fahre das Auto, Gunnar, gib mir den Schlüssel.«

»Besser, wenn ich fahre.«

»Ich will aber.«

»Du sollst dich verwöhnen und chauffieren lassen.«

»Gib mir den Schlüssel.« Mama versucht danach zu greifen. Opa ist schneller.

»Ein bisschen ruhig sitzen, ist gut für dich. Und das Baby.«

»Mich macht es nervös, wenn andere fahren und ich bloß zusehen kann.«

»Dann schließe die Augen.« Opa Gunnar hat die Haustür geöffnet und geht Richtung Auto. Es ist dunkel und das automatische Licht knipst sich selber an.

»Gib sofort die Schlüssel!« Mama und ich zockeln langsam hinterher.

»Ich tue alles für dich, auch fahren, junge Dame.«

»Heißt das, du gibst mir nicht den Schlüssel?« Sie kann es nicht fassen und schaut ausgerechnet mich an. Was hab ich damit zu tun? Ich lasse mich gerne fahren!

»Sara! Ich fahre dich hin, wo immer du hinwillst.«

»Gib doch endlich her!«

»Komm, ich halte dir auch die Autotür auf.«

Mama stampft mit dem Fuß auf, während Opa die Beifahrertür öffnet und mit einer netten Bewegung Mama einlädt, einzusteigen. Mama ist sauer und sagt nichts und bewegt sich nicht. Opa Gunnar steht ganz entspannt da, mit der offenen Tür.

Klick.

Dunkel.

Wir warten.

»Herrgott bist du dickköpfig. Dein Sohn hätte nachgegeben!« Mama fuchtelt mit ihrem freien Arm. Klick. Licht an.

Toller Trick.

Als Mama sich weiter weigert, grinst Opa Gunnar nur und hilft mir in aller Ruhe auf meinen Platz zu kommen und schnallt mich an. Ich sitze hinten in meinem Kindersitz. Bin super gespannt, wie das ausgeht. Ich finde, Opa hält sich gut. Mama natürlich auch. Sie ist eine Löwin.

»Aber zurück fahre ich!« Schau einer an! Sie steigt ein.

»Nun genieße erst mal das Gefahrenwerden.« Opa bleibt ganz ruhig. Er ist ganz anders als Opa Wilhelm, der hätte schon längst nachgegeben.

Wir fahren. Opa Gunnar fährt gut. Nicht zu schnell und er redet auch nicht mit den anderen Verkehrsteilnehmern. Mama redet ja andauernd mit denen. Dass die den Führerschein irgendwo bei einer Frau Lotte gewonnen haben, dass sie keinen Blinker haben, dass sie doof sind. Manchmal zeigt sie auch einen Finger. Was das heißen soll, das weiß ich nicht, aber die Leute, die den gezeigt bekommen, zeigen ihren Finger dann auch.

»Du bist eigentlich doch wie mein Mann.« Mama streicht nachdenklich über ihren beachtlichen Bauch, über den der Gurt stramm und sehr mühsam drübergeht.

»Hm.« Opa Gunnar hat immer seinen Hut bei der Fahrt auf. Ob er Angst hat, dass es durchs Dach regnen könnte? Mist, ich hab keinen Hut auf!

»Du sagst ja gar nichts dazu, dass ich sage, dass du bist wie mein Mann. Dein Sohn.«

»Hm.«

»Was heißt ›Hm‹?«

»Wenn eine Frau sagt, man sei wie der Ehemann, kann man nie wissen, ob das ein Kompliment sein soll.« Er seufzt und fügt dann leiser an: »Oder eben nicht.«

Mama lacht. Hält sich den Bauch.

»Es ist ein Kompliment, lieber Schwiegervater. Du hast einen tollen Sohn.«

»Du bist zumindest NICHT wie meine Frau war.«
»Und?«
»Und was.«
»Ist das auch ein Kompliment?«
»Jau.«
»Aha. Hab gehört, deine Frau lebt in Amerika?«
»Kanada.«
»Ich dachte, sie wäre tot.«
»Ist ja fast dasselbe.«
»Ups. Da bin ich froh, dass ich nicht so bin wie die. Das klingt schlimm.«
»Hm.«
Wir fahren weiter. Mama wirkt ganz plötzlich ganz entspannt und fast fröhlich. Sie schaut raus und schimpft erstaunlicherweise mit keinem da draußen. Auch wenn wir einmal scharf bremsen müssen, weil ein Fahrradfahrer vor uns eindreht.
»Dein Sohn ist toll.«
»Hm.«
»Sag es ihm aber nicht.«
»Hm.«
»Du bist ganz anders als mein Vater.«
»Hm.«
»Du bist echt ein guter Schwiegervater. Nur in der Gesprächsführung sehe ich da Defizite bei dir.«
Opa lacht leise. »Gut, da du schwanger bist, darfst du das kritisieren. Ich rede halt nicht gerne. Aber dies hier ist wohl ein Notfall. Also? Was soll ich mit dir reden?«
»Über meinen Vater?«
»Wilhelm ist ein Guter. Wenn man bedenkt – « Opa hört einfach auf zu sprechen. Das macht er manchmal so. Ich

finde das okay. Ich weiß auch manchmal nicht, was ich noch mehr dazu sagen soll.

»Was denn?« Mamas reden viel. Immer. Dadurch weiß man, dass sie noch da sind. »Wenn man was bedenkt?«

Keine Antwort.

»Wenn man bedenkt, wie er lebt? Meinst du das, Gunnar?«

Er schüttelt langsam den Kopf.

»Was meinst du bloß? Weil mein Vater so reich ist?«

»Nee.«

»Nun sag schon.«

»Hätte ich doch bloß nichts gesagt.«

»Wenn man bedenkt – was denn?«

Opa seufzt entnervt. Jetzt gibt er nach, das ist immer so. »Na, weil er bald mit zwei anstrengenden Weibern zusammenlebt.«

»Bitte?« Mama ist einen kleinen Moment sauer, dann lacht sie laut los. »Also wirklich! Gunnar! Da muss ja die Kleine in meinem Bauch auch lachen und zucken. Hier, sie bewegt sich.« Mama nimmt Opa Gunnars Hand von dem Schaltknüppel in der Mitte und legt seine Hand auf ihren Bauch. Er zieht sie aber ganz schnell wieder zurück.

»Was ist das denn?«

»Was wohl! Deine Enkelin!«

»Die bewegt sich ja!«

»Hallo? Ich dachte, du arbeitest auf einem Hof!«

»Schon, aber die Kühe nehmen nicht meine Hand. Mach das nicht noch mal! Das erschreckt mich ja zu Tode!«

»Das wollen wir nicht. Ich mach Radio an.«

»Nein.« Opa macht es wieder aus.

Sie wieder an.

Er aus.

Radio an.

Radio aus.

»Meine Kühe, wenn die unruhig werden, spiele ich ihnen Verdi vor. Das beruhigt. Aber dieses Geplärre hier aus dem Radio ist ja furchtbar.«

»Du hörst klassische Musik?«

»Nein, aber meine Kühe. Da hinten ist es doch schon, oder?«

»Ja. Da der Parkplatz. Mann, da ist ja sogar eine freie Parklücke. Warum nimmst du die nicht?«

»Wegen dir. Ich nehme die da, da kannst du die Tür weiter aufmachen.«

»Du bist unhöflich.«

»Ihr Frauen verwechselt andauernd die Worte unhöflich mit praktisch. Na, warte, ich hebe dich raus.«

Ach, er meinte gar nicht mich, sondern Mama.

»Ach, wie praktisch!« Mama kichert, als Opa aus dem Wagen draußen ist. »Unhöflich ist eigentlich manchmal ganz erholsam. Aber – pscht –, muss Opa ja nicht wissen.« Mama wartet, bis Opa ums Auto rumgegangen ist und lässt sich dann raushelfen. Huch, das Auto wackelt ja richtig!

»Danke, lieber Schwiegervater.«

»Bitte, liebe Schwiegertochter.«

»Zur Belohnung darfst du jetzt wieder wegfahren. Trink mit Finn irgendwo einen heißen Kakao oder so.«

»Nix.«

»Wirklich? Du willst drinnen warten? Fahr doch besser, ist doch langweilig.«

»Nix. Ich hab deinem Vater versprochen, dass ich hier

warte, bis du fertig bist. Es wird ja wohl irgendwo eine Bank oder einen Stuhl geben.«

»Oh.« Ich glaube, Mama freut sich, dass Opa und ich dableiben. Sie lächelt etwas und schaut nach unten. Ein gutes Zeichen.

»Da sind die anderen, die sind zumindest auch so dick wie du.« Opa zeigt auf eine schnatternde, gutgelaunte Horde dicklicher Frauen. Wir gehen hinter denen her ins Gebäude. Sie tragen Wasserflaschen bei sich. Mama hat auch eine. Wusste gar nicht, dass man Sport mit Flaschen machen kann. Sie gehen alle in einen kleinen Raum, den man vom Flur durch ein großes Fenster sehen kann.

Schick hier. Alles mit Holz.

Und das Fenster zum Gymnastikraum ist auch hübsch. Jetzt sind alle Frauen reingegangen und die Tür ist zu. Man hört die nur noch gedämpft schnattern. Hier im Flur gibt es einen Springbrunnen. Der pullert so hübsch vor sich hin. Ich will da sofort mal gucken gehen. Opa hält mich fest.

»Jacke aus.« Er öffnet meine Jacke. Natürlich klemmt der Reißverschluss. »Stillhalten.«

Na, das hat mir ja gerade noch gefehlt. Der Brunnen! Schnell, sonst ist der gleich weg! Lass mich doch gehen, Opa!

»So, jetzt.«

Ich wurschtele mich aus den Ärmeln und laufe hin.

»Gib mir doch noch die Mütze!« Opa kommt hinterher und plötzlich ist meine Mütze vom Kopf weg. Egal. Ich muss in den Brunnen gucken. Was ist denn da? Da schwimmen ja richtig dicke Dinger drin. Sind die auch alle schwanger?

»Fi! Fi!« Ich zeige drauf, aber Opa scheint gar nicht so begeistert zu sein wie ich: Er guckt durch das Fenster, was die Dicken drinnen gerade machen. Die wedeln mit den Armen und pusten Luft aus. Na ja, wenn es denen doch Spaß macht. Komm, Opa, hier, der Brunnen, da sind Fische!

»Fi!«

»Was sagst du? Oh, da sind ja Fische drin! Schau, Finn, Fische!«

Hallo? Das hab ich doch schon gesagt! Nun hör doch mal zu, Opa, wenn ich was sage!

Durch das Fenster hören wir, was die Vortänzerin zu meiner Mama und den Dicken sagt. Dass sie alles großartig machen und nur so viel Sport machen sollen, wie sie können und wie ihnen guttut. Mama kann alles. Glaube ich. Aber was ist jetzt mit den Fischen hier? Kann ich die mal anfassen?

»Nein, Finn, nicht ins Wasser packen. Ach, jetzt guck, jetzt ist der Ärmel nass. Komm her. Ich zieh den Pulli hier aus.« Opa zerrt an meinem Pullover.

»Und nun noch zweimal!«, höre ich dir Vorturnerin leise rufen. Da muss ich doch noch mal zu dem Fenster. Da ist Mama.

»Mama!«

»Ja, das ist deine Mama.«

Sag ich doch.

»Mama.«

»Jau. Schau, wie gut sie das macht, deine Mama!«

»Mama!«

Ich mag es, meine Mama zu rufen, damit sie guckt. Das ist toll. Ungefähr wie eine Fernbedienung beim Fernseher.

»Mama!«

»Wink mal! Sie guckt gerade!«

Klar, meine Mama guckt mich immer an. Ich winke. Sie winkt zurück. Ups. Sie sieht besorgt aus. Ich glaube, ich gehe lieber wieder zu den Fischen. Da ich keinen Pullover mehr anhabe, kann ich ja nun viel tiefer ins Wasser fassen.

»Halt!« Opa packt mich. Ein Glück, beinahe wäre ich ganz drin gewesen. Diese Fische sind aber auch schnell, meine Güte!

Jetzt wird neue Musik in dem Raum mit den Dicken angemacht. Und sie tanzen wieder. Also, sie tanzen nicht wirklich, sondern sie wedeln sehr elegant mit den Händen. Und dabei pusten sie immer ganz doll Luft raus. Ob sie davon dünner werden? Sieht nicht so aus. Sie wedeln jetzt mal nach links und nach rechts. Aber nur mit den Armen. Na, mehr lässt sich wahrscheinlich auch nicht mehr bewegen. Was denkt sich eigentlich meine Schwester dabei, meine Mama so zu behindern? Schwestern sind doch doof, wollen immer nur stören. Da gehe ich doch wieder rüber zum Brunnen. Huch, hingefallen. Egal. Aufstehen.

»Hast du dir wehgetan?«

Nö. Ich hab es ja nicht so weit bis zum Boden, da tue ich mir nicht weh.

»Schön aufpassen, ja?« Opa kommt jetzt hinter mir her. Im Arm hat er meine Klamotten. Sieht aus, als würde er einen kleinen Plüschberg versetzen wollen.

Mir ist langweilig.

»Was können wir beide jetzt mal machen. Wollen wir ein bisschen ums Haus gehen?«

Oh ja!

Jetzt muss ich alles wieder anziehen. Dazu hab ich aber

nicht so die Lust, da lauf ich lieber gleich zur Tür. Huhu, ist das kalt. Schnell wieder zu Opa.

»Na, nun halt still. Den nassen Ärmel muss ich umkrempeln. Dein alter Opa muss dich wieder anziehen. Ist hier ja eine schöne Anzieherei. Da hüte ich doch lieber einen Sack Flöhe!«

Jucken die nicht? Haben die auch Pullis an?

Na, toll, jetzt stecke ich im Pullover fest. Mama macht das aber besser. Huch. Wo bin ich? Ach, hier. Hallo, Opa. Und jetzt auch noch die doofe Jacke. Erst den einen Arm. Und jetzt den anderen. Ja, kann ich schon. So. Mütze. Raus jetzt.

»Nicht so schnell, was habt ihr es denn immer alle so eilig. In der Ruhe liegt die Dingenskirchen. Was auch immer.«

Wir gehen raus und dann langsam ums Haus. In manche Fenster kann man reingucken. Mama sehe ich auch. Sie sieht mich aber nicht. Ich gehe an Opas Hand. Wenn ich fast hinfalle, hält er meine Hand fester und ich falle nicht richtig, sondern hänge so halb in der Luft. Sehr praktisch. Was hat Mama gesagt? Praktisch ist unhöflich.

Also mir gefällt unhöflich.

Wann sind die denn drinnen endlich fertig mit Wedeln?

Nach einer Weile gehen wir wieder rein und ich muss wieder alles ausziehen. Ich guck noch mal in den Brunnen und dann leg ich mich zu Opa und –

Huch? Ich sitze ja schon im Auto. Hallo, Mama! Wie war das Wedeln?

»Hast du etwas geschlafen? Ach, du warst so süß, als du mir zugewunken hast!«

Klar, ich kann prima winken.

»Du bist der Beste, weißt du das?«

Klar. Kann ich bitte einen Fisch haben, Mama! Aber einen langsamen.

»So. Schnall dich an.« Opa Gunnar kommt ums Auto und steigt ein. »Oder ist der Gurt zu kurz?«

»Sehr lieb, dass du mich fährst, Gunnar.«

Opa guckt Mama kurz an. Er wirkt, als sei er nicht ganz sicher, ob Mama jetzt gleich wieder einen Streit vom Zaun bricht, weil sie lieber fahren will. Irgendwie scheint ihn die Sanftheit meiner Mama skeptisch zu stimmen.

Mama hingegen summt das Lied, nach dem sie eben im Takt gewedelt hat. Wir fahren los.

»Du bist wirklich wie Greg!«

»Danke.«

»Ha, jetzt weißt du, dass es ein Kompliment ist.«

»Und du bist nicht wie meine Frau.«

»Danke.«

Wir fahren eine Weile schweigend weiter. Mama wirkt, als würde sie sich gerne unterhalten. Sie guckt Opa von der Seite an, macht kurz den Mund auf und klappt ihn dann wieder zu. Endlich sagt sie doch was.

»Ist es sehr schwer mit mir?«

»Wie schwer bist du denn?«

»Nein, so meine ich das nicht.«

»Wie dann?«

»Ob es schwierig ist mit mir.«

»Ich komme schon klar.«

»Wegen so viel Frauenkram. Meinen Vater scheint das ganz schön fertigzumachen.«

»Ja, der Wilhelm. Unser Herr Doktor.«

»Du magst ihn.«

»Wer tut das nicht?«

»Du bist doch ganz anders als er.«

»Ach was.«

»Du bist wie Greg.«

»Und du wie Wilhelm.«

»Und ist das auch ein Kompliment?«

»Willst du das wirklich wissen?«

»Äh, nein.« Beide lachen, bis die Ampel, an der wir gerade stehen, wieder grün ist.

»Ich glaube, Wilhelm hätte gern ein bisschen Urlaub.«

»Urlaub?« Mama wird unerwartet heftig. Opa schaut kurz zur Seite auf ihr Gesicht.

»Natürlich nur, wenn das für dich okay ist.«

»Urlaub?«

»Äh, ja.«

»Urlaub?«

»Ja, ein paar Tage frei.«

»Frei? Von was frei? Von was Urlaub?«

»Ich sag ja nichts. Ist ja nur Wilhelm.«

»Mein Vater will weg von mir? Du etwa auch?«

»Ich? Nein.«

Opa, du Schummler!

»Na, das ist ja das Neuste. Mein Vater will frei von mir sein? Will Urlaub?«

Wir sind vor Opas Haus angekommen. Ninfa ist noch da, sie hat aber ihren Hut auf, wollte also gerade gehen. Mama wartet nicht, bis Opa Gunnar ihr aus dem Wagen hilft, sondern rennt gleich zu Ninfa.

»Hm. War wohl nicht so geschickt, von dem Urlaub anzufangen«, überlegt Opa und schaut den beiden Frauen zu, wie sie miteinander reden.

Da hast du wohl recht.

Mama rennt ins Haus. Opa hilft mir endlich aus dem Kindersitz. Ninfa lacht ihr helles, freundliches Lachen. »Na, da bin ich gespannt, wie Sie die kleine Lady dazu bekommen, euch und Finn freizugeben. Viel Erfolg.«

»Gehen Sie schon?« Opa Gunnar klingt besorgt.

»Oh, ja! Und mich bringen keine zehn Pferde mehr in das Haus bis morgen früh!«

Von drinnen hören wir Mama schimpfen.

»Na, dann mal rein!« Opa Gunnar hebt mich hoch und wir gehen hinein.

Opa Wilhelm wirft Opa Gunnar böse Blicke zu. Der zuckt die Achseln und setzt mich auf den Boden.

»Was hast du nur zu meiner Tochter gesagt?«

»Nur dass du gerne ein bisschen Urlaub hättest?«

»Ja! Urlaub von MIR!«

Mama ist ganz schön aufgebracht. Aber warum? Urlaub ist doch toll. Klingt zumindest so. Besser als Windpocken auf jeden Fall. Oder willst du mit? Nein, das geht ja nicht, meine Schwester will dann ja auch mit. Das ist Pech. Vielleicht ist Mama deshalb so sauer.

»Äh. Also.« Opa Wilhelm ist ganz verwirrt. Er sucht nach der richtigen Formulierung. Was macht er jetzt? Oh, da ist ja ein Prospekt!

»Was ist das?« Mama hat es gesehen.

»Nichts. Nichts.«

»Doch. Das ist doch ein Prospekt! Aha, ich bin schwanger und mein Vater will bloß weg.«

»Also wirklich, Willi! Schäm dich!« Opa Gunnar legt den Arm um Mama.

»Wie war das?«

»Gunnar versteht mich!« Mama schnieft etwas. Aber ich glaube, sie heult nicht wirklich, sie ist nur beleidigt. Das klappt aber trotzdem ganz gut. Opa Wilhelm ist ganz starr vor Ehrfurcht.

»Ich muss Pipi.« Mama sagt das immer so, als hätte das Leben und aller Streit und alle Probleme und überhaupt alles dann Pause. Manchmal hält dann auch das Fernsehen an. Mittendrin bleibt es stehen, bis Mama wiederkommt vom Klo. Toll, oder? Meine Mama kann zaubern, während sie Pipi macht!

»Was hast du ihr denn nur gesagt, Menschenskind!« Opa Wilhelm zischelt meinen anderen Opa aufgebracht an.

»Sie hat gefragt, ob dir das mit dem ganzen Weiberkram auf den Nerv geht! Ja. Eben. Da hab ich die Chance ergriffen und mal wegen Urlaub vorgefühlt!«

»Na, das hat ja geklappt.« Opa Wilhelm ist so sauer wie Mama eben. Zu komisch. Dass Erwachsene so viele verschiedene Gründe finden, um immer auf dieselbe Art sauer zu sein!

»Ja. Nein.« Opa Gunnar setzt sich in einen Sessel.

»Eher nein.«

»Vorsicht, sie kommt wieder!«

Mama kommt zur Tür hereingerauscht. Also als Erstes kommt meine Schwester, dann die Mama. Schon klar. Ob das jetzt immer so sein wird? Mag gar nicht daran denken. Ich meine wie das jetzt ist mit Urlaub, ich denke, das wäre für uns Männer alle das Beste!

»Also noch mal in Ruhe.« Mama ist nach dem Pipimachen generell immer etwas umgänglicher. »Du willst ein bisschen wegfahren?«

»Öhm.«

»Nun sag schon.«

»Ja, doch. Also wenn es zeitlich geht. Irgendwie ja, ganz gerne. Kurz. Oder so. Wie es für dich in Ordnung geht.«

»Na, meinetwegen.«

»Mit Finn.«

»Den Jungen willst du mitnehmen?« Sie ist ganz erschrocken. Aber das bekomme ich schon hin.

»Ja. Owi Fi, Ogu Fi!« Ich klatsche aufgeregt in die Hände. Das macht was her. Alle grinsen mich an.

»Oh, wenn mein Prinz sich da so drauf freut, dann ok, dann fahrt ein bisschen weg, ihr zwei.« Mama streicht mir über den Kopf. »Werde dich aber vermissen, mein Großer!« Ich umarme sie dafür.

»Und ich?« Opa Gunnar ist ganz panisch, habe ich das Gefühl.

»Du auch?« Mama dreht sich erstaunlich schnell um. Man soll Schwangere nie unterschätzen, die sind ganz schön flink, wenn sie wollen! »Das ist ja wohl –!« Mama ist entsetzt.

»Äh, ja, ich auch.«

»Du auch?« Mama kann manchmal Dinge ganz schön oft wiederholen. Das bedeutet selten was Gutes! »Und ich dachte, wir seien Freunde!« Sprach's und verschwand.

Meine Opas schauen stumm hinterher.

Dann knallt oben im Haus eine Tür und meine Oldies zucken ein wenig zusammen. Ist sie jetzt Pipi oder sauer?

»Tja.«

»Tja, das hat ja nicht so –«

»Nein, hat nicht geklappt.«

»War aber knapp.«

»Jau, beinahe.«
»Vielleicht beim nächsten Mal.«
»Jau. Dann hat sie sich etwas dran gewöhnt.«
»Wird schon.«
»Ich denke, Urlaub haben wir uns echt verdient.«
»Da sagste was!«

6

Versteckspiel

Mama muss zum Arzt. Und der heißt nicht Arzt, sondern Günnikollogä. Das ist ganz schön schwer zu behalten, das Wort. Aber was ist schon einfach an der Geburt von einer kleinen Schwester.

Heute geht meine Mama ohne Opas dahin. Sie ist sauer auf beide. Warum? Ist doch klar. Weil die in den Urlaub wollen mit mir (und zwar auf keinen Fall mit Frauen und Schwestern). Und weil Mama so richtig sauer ist auf meine Opas, dürfen die jetzt nicht mit mir spielen, sondern ich muss mit zum Doktor Günni. Oder wie der heißt.

Richtig ruhig frühstücken kann ich heute nicht, der Termin bei dem Arzt ist ganz früh. Ninfa fährt uns hin und zurück wollen wir den Bus nehmen. Toll. Ich wollte schon immer mal einen Bus mitnehmen. Weit ist es nicht, wir sind super schnell da.

Im Wartezimmer sitzen nicht nur dicke Frauen, da sitzen auch alte Frauen und ganz junge Frauen und ganz dünne Frauen. Spaß sieht anders aus. Die wirken alle so wie traurige Menschen beim Zahnarzt. Offenbar sind Günnis und Zahnärzte ein humorloses Volk. Spielzeug ist nur sehr sporadisch vorhanden, aber ich gebe mein Bestes bei einem Malbuch. Ist nur ein Stift da und richtig halten kann ich den noch nicht, aber Krakel gehen ja immer.

»Wie fein du das machst!«, sagt die alte Frau neben Mama und grinst. Ob die wohl auch ein Baby bekommt? Dann ist das aber ihr Enkel, oder? Wusste gar nicht, dass Omas die Enkel selber bekommen. Egal. Erwachsene werde ich nie verstehen.

Ohne meine Opas ist es hier langweilig. Einmal bei irgendeinem anderen Arzt, ich glaube, es war Opas Augenarzt, da ist Opa Gunnar auch mitgegangen, weil ihm langweilig war, und da haben die beiden sich im Wartezimmer hingesetzt und da ist ein Stuhl unter dem Po von Opa Wilhelm einfach kaputtgegangen. Sie haben den Stuhl dann wieder repariert, indem sie ihn verkehrt herum auf einen Tisch gestellt und Schrauben und so was benutzt haben. Ganz viele andere Patienten standen bald drumrum und haben sich das angeguckt und kommentiert.

Hier bei dem Günni-Arzt sehen die Frauen zwar auch so aus, als könnten sie einen Stuhl kaputtmachen, aber sie tun es nicht.

Mir ist langweilig. Hier sagt ja keiner was. Und mein Krakel ist fertig. So. Kann ich eine Zeitung anknabbern? Nein? Wird mir auch gleich wieder von Mama weggenommen. Die ältere Frau redet jetzt mit Mama. Wie immer wird gefragt, wie weit sie ist, und dann sagt sie eine Zahl und dann nicken die Frauen immer. Männer können in der Regel mit der Zahl nichts anfangen. Opa hat mal zu einer Nachbarin gesagt, Mama sei in der hundertfünfzigsten. Und da hat die gelacht. Später erfuhr ich, dass man kaum mehr als vierzig haben kann. Dann hat man gewonnen oder so. Mir doch egal. Soll meine Schwester doch einfach drinbleiben. Hinterher will die auch noch, dass ich mit ihr zu diesem Arzt hier gehe.

Jetzt ist die alte Frau dran.

Mir ist langweilig.

Kann ich diese eine Zeitung da nicht doch ein bisschen bearbeiten? Nein? Schade.

Endlich sind wir dran. Äh, nein. Mama soll in einen Becher pullern. Oh, nö. Muss ich da mit? Das ist doch wirklich ein bisschen viel verlangt, oder? In den Becher? Und ohne das Männerteil? Wie will sie da denn treffen? Oh, Mama kann das. Sieh an. Was will denn der Arzt mit dem Becher jetzt? Bäh. Dieser Günni-Arzt hat aber echt einen an der Klatsche. Ach, er gibt den nur weiter an so eine blutjunge Dame im Kittel. Muss ich Opa erzählen. Oh, die nette Frau in dem Kittel sagt, ich darf zugucken. Mir schwant Böses. Ich will jetzt aber nicht zusehen, wie das einer trinkt. Bäh.

Und? Die hängt nur ein Zettelchen da in den Becher? Das war alles? Na, das Zettelchen könnte man doch einfach ins Klo werfen. Aber nur, dass das klar ist. Ich behalte meine Windel hier an! Wo ist Mama? Ah, die ist jetzt beim Arzt. Ich werde in das Zimmer geführt. Mama liegt rum. Was ist das denn für ein monströser Stuhl? Hallo? Warum darf ich jetzt nicht zu meiner Mama in den Arm?

Schrei!

Siehste, ich darf doch zu meiner Mama. Hallo, Mama. Wie ist denn dieser Stuhl so? So kann man aber nicht malen, wenn man so sitzt. Und dann auch noch die Füße hoch? Oh, Fernsehen. Aber der ist wohl kaputt, was? Nur schwarzweiß.

»Und das, kleiner Mann, das ist dein liebes Schwesterchen!« Der Doktor zeigt auf den Monitor und grinst mich dann an, als sollte ich mich jetzt freuen.

Das?

»Schau hier!« Er erwartet wohl, dass ich mich freue.

Nö. Das ist das Ding, das so viel Unruhe in mein Leben bringt? Ich bitte euch! Das Ding habe ich eben bei meiner Krakelarbeit im Wartezimmer auf ein Papier gemalt. Das ist doch … oh nö.

»Guck, hier sind die Händchen. Und da die Füßchen.«

Das Ding sieht nicht aus wie ein Mädchen, das sieht aus wie der Hund von Bauers gegenüber. Und der macht immer Pipi an alle Bäume.

»Freust du dich schon? Du bist ja der große Bruder.«

Jetzt weiß ich auch, warum Opa immer sagt, Fernsehen macht blöd. Das ist doch saublöd. Und dann soll ich auch noch begeistert sein.

»Schau, hier haben wir noch ein Bild in Farbe.« Der Doktor zeigt ein Foto. Das Ding sieht darauf zwar nun deutlich weniger aus nach dem Hund von Bauer, aber es sieht immer noch nicht so aus, wie Mädchen gewöhnlich aussehen. Da fehlen die Zöpfe und ganz ehrlich, Mädchen sind doch alle pink, oder? Da stimmt doch was nicht. Die versuchen Mama irgendwas anzudrehen.

»Wenn ich nur wüsste, was du gerade denkst, Finn.« Mama ist von dem komischen Stuhl runtergeklettert und zieht sich an. Mann, eine Frau zu sein und dieser doofe Stuhl da, das sind aber keine einfachen Sachen. Bin ich froh, dass ich mal so werde wie meine Opas. So richtige Männer, die nur zum Augenarzt gehen müssen und so.

Jetzt reden die über das Baby, dass das alles so prima ist und alles OB. Was ist denn OB? Heißt meine Schwester echt OB? Ich dachte das mit dem Namen wäre noch nicht entschieden? Opa Wilhelm ist für den Namen Luise, weil es wohl eine Königin gab, die er ganz toll findet. Pah, als ob meine Schwester eine Königin wird. Das hätte sie wohl ganz gerne, aber da bin ja noch ich und ich bin der Prinz! Und Opa Gunnar will den Namen Paula, und Papa will, dass sie Susanna heißt, weil er mal eine kannte, die so hieß und sehr schlau ist. Pah. Das Ding da ist nicht schlau, sondern macht nur Ärger. Es wird sowieso gemacht, was meine Mama sagt. Die hat meine Schwester ja schließlich im Bauch und dann darf sie auch den Namen sagen.

»Dass es ein Mädchen wird, ist sicher?«

»Ja, schauen Sie hier. Da, sehen Sie?« Der Günni zeigt was auf einem dieser Schwarzweißbilder, auf denen meine Schwester aussieht wie der besagte Hund. »Da fehlt was, wenn Sie verstehen, was ich meine.« Er lacht.

»Ah, ja.« Mama kann da wohl was drauf erkennen, aber sie ist ja sowieso schlau. Und Ärztin ohne Grenzen und so. Sie lacht jetzt auch.

»Haben Sie schon einen Namen?«

»Ja, sie wird Viktoria heißen.«

Wie war das?

»Oh, was für ein königlicher Name.«

Das ist nicht euer Ernst, oder? Viktoria? Das ist doch kein Name, das klingt wie irgendwas aus der Werbung.

»Aber meine Familie weiß noch nichts davon. Ich werde das einfach dann selber klären.«

»Ihr gutes Recht.«

Der Günni lacht verschwörerisch. Das weiß ich, weil Spongebob auch immer so lacht, wenn er Mister Krabs überraschen will.

»Ich habe da aber noch eine Frage, Herr Doktor.«

»Ja, bitte.«

»Ich suche eine Hebamme, aber das ist nicht so eilig. Es ist aber etwas schwierig, weil meine Familie etwas schwierig ist und da …«

»Da machen Sie sich bitte doch keine Sorgen. Da kann ich helfen, kein Problem. Ich habe hier eine Liste für Sie.« Die Dame, die die ganze Zeit leise danebengestanden hat und irgendwas auf schönes Papier geschrieben hat (vor allem wohl OB), reicht meiner Mama ein großes Blatt.

»Oh, das sind ja eine Menge.«

»Da werden Sie sicher eine finden, die mit Ihrer Familie und dem Baby sehr gut zurechtkommt.«

»Ich fürchte, meine Familie ist etwas angestrengt von mir.« Unvermittelt bricht Mama in Tränen aus. Na, na, aber Mama, was ist nur los?

»Tut mir leid, ich kenne mich nicht wieder. Ich muss immerzu weinen.«

»Das ist normal in Ihrem Zustand. Das kommt von den Hormonen.«

Ach, und ich dachte, es sei vom Baby. Bekommt Mama denn jetzt auch noch Hormone?

»Mein Vater will jetzt in den Urlaub fahren, weil er es nicht mehr aushält mit mir und der Schwangerschaft.«

»Wohnen Sie bei ihm?«

»Ja, da ist doch Platz genug.«

»Natürlich. Ich schlage vor, Sie suchen nach einer geeigneten Hebamme, dann werden Sie sich sicher fühlen und verstanden. Und dann lassen Sie den Herrn Opapa in den Urlaub fahren. Auf den kommt ja nun auch eine Menge zu. So als Opa.«

»Und mein Schwiegervater will auch in den Urlaub.«

»Mit dem Vater?«

»Ja.«

»Wohnt der denn da auch?«

»Ja.«

»Tja, das scheint mir aber eine interessante Familie zu sein.«

»Und Ninfa hat sich eine Wohnung genommen. Ich glaube, ich schlage alle in die Flucht.«

»Und wer ist das?«

»Die Haushälterin von meinem Vater und mein Kindermädchen.«

»Prima!« Er klingt so, als sei er nun endgültig verwirrt.

»Ja, aber die wollen alle weg von mir.« Mama heult wieder.

»So dürfen Sie das nicht sehen. Sie sollten vielleicht die Familie mehr in die Schwangerschaft einbinden.«

»Mein Vater war schon mit beim Geburtsvorbereitungskurs und mein Schwiegervater bei der Gymnastik. Und sie machen täglich meine Entspannungsübungen mit. Und sie richten das Babyzimmer gemeinsam ein, was natürlich eine Katastrophe wird, weil sie beim Kaufen einfach kein rechtes Maß finden …«

»Stoppstoppstopp. Ihr alter Herr ist mitgegangen zur Geburtsvorbereitung? Und der Schwiegervater …«

»Ja.«

»Wie alt sind die beiden denn so?«

»Über siebzig.«

»Äh.« Der Günni ist schwer beeindruckt und wechselt einen Blick mit der stummen Dame im Kittel. Die notiert sich das übrigens alles NICHT. Dabei ist das doch interessanter als OB.

»Finden Sie nicht auch, Herr Doktor, dass die einfach zu wenig Notiz von der Geburt nehmen?«

»Äh. Hm.«

Der Günni wechselt einen weiteren amüsierten Blick mit der jungen Dame im Kittel. Er atmet tief ein und nimmt seine Brille ab und putzt sie mit seinem Schlips. Ach, dafür ist der, jetzt verstehe ich!

»Meine Liebe. Sie werden jetzt diese Hebammen abtelefonieren und dann, wenn das geklärt ist, lassen Sie Ihre tapferen Herren in den Urlaub fahren. Sie werden sehen, das wird Sie sogar entlasten. Und Ihr Mann, der arme Kerl mit den Windpocken, wie nimmt der Anteil?«

»Na ja. Er freut sich, aber der ist wahrscheinlich auch froh, dass er mich nicht sehen muss.« Wieder weint sie.

»Ruft er denn an?«

»Ab und zu.«

»Oh, das klingt nicht gut. Wie oft genau?«

»Fünfmal am Tag. Manchmal sogar nur viermal.«

»Äh. Ja. Verstehe. Sie haben da eine ganz eigene Familie, ich sehe schon. Sie müssen gelassener werden. Nehmen Sie zu Hause ein Bad, und dann planen Sie einfach mit Ihren älteren Herrschaften deren Urlaub und dann, äh, dann entspannen Sie. Eine Hebamme wird Ihnen das Gefühl geben, dass sich äh, endlich einer um Sie kümmert.«

»Ja, endlich soll sich mal einer richtig kümmern.« Mama schluchzt. Ich glaube, so ein Baby im Bauch, das macht irre. Tapfer, tapfer, meine Mama. Ich muss sie erst mal umarmen.

»Oh, noch einer, der sich um Sie kümmert.« Der Arzt streicht mir über den Kopf und schenkt mir eine kleine Figur, die sehr nett aussieht, aber leider nicht gut schmeckt.

»Hier Ihr Rezept.« Die Dame im Kittel führt Mama und mich hinaus, wo Mama einen neuen Termin bekommt. Wieso einen neuen? Was ist mit dem alten?

»Sie müssen etwas entspannter an die Sache rangehen«, flüstert die Dame freundlich und streicht Mama über den Arm. »Für mich klingt es, als haben Sie eine nette Familie. Und Sie sind natürlich diejenige, die das Baby bekommt, aber Sie schaffen das. Sie sind doch Ärztin. Und es ist das zweite. Wie war das denn bei ihm hier?« Sie zeigt auf mich.

»Keine Ahnung. Das ging alles so schnell, ich habe ja noch gearbeitet und da war die Zeit zu kurz.«

»Sehen Sie. Damals haben Sie sich gar nicht so viel Gedanken gemacht. Vielleicht machen Sie sich jetzt gerade zu viel Gedanken.«

»Kann sein.« Mama nickt und zerknüllt das nächste Taschentuch. »Ich will nur alles richtig machen.«

»Oh, das glaube ich. Und das tun Sie. Vorbildlich! Aber schauen Sie sich den kleinen Gentleman da neben sich an. Bei dem haben Sie doch auch alles richtig gemacht. Ich habe noch nie einen Buben gesehen, der so aufmerksam die Welt betrachtet. Da wird sich die kleine Schwester sofort in den großen Bruder verlieben. Ganz sicher!«

Bitte? Das Ding? In mich? Verlieben? Da seid ihr aber alle schiefgewickelt. Das wird ja immer schlimmer hier. Komm, Mama, ab nach Hause!

7
Schnitzeljagd

Das Leben kann so schön sein. Hier in der Küche, draußen ist es noch dunkel, ich bin satt und bekomme gerade eine Banane.

»Bana!«

»Ja, mein Prinz, hier ist deine Banana!« Ninfa sagt es immer so, als wäre sie ein Minion. Wahrscheinlich sind Minions auch aus Kolumbien. Da sind die Leute nett, fleißig und immer zum Knuddeln.

Wir gucken spanisches Fernsehen.

Es keifen sich zwei Herren an und jetzt prügeln sie sich. Huch, sie prügeln sich auf dem Dach eines Hauses. Schwupps, der eine ist runtergefallen. Huch, ganz tief. Ich weiß genau, was das bedeutet. Das heißt, dass der erst in einer Woche wieder mitspielen darf. Ninfa nimmt es nicht so sportlich, sie versteckt sich hinter ihrem Geschirrtuch und redet erbost auf das Fernsehen ein.

Auf dem Flur hören wir Geräusche. Wahrscheinlich Opa.

»Owi!«

»Hallo, ihr zwei!« Es ist Mama.

»Prinzessin, was machst du denn hier?« Ninfa macht das Fernsehen leiser und rückt meiner Mama sofort einen Stuhl zurecht.

»Tee?«

»Gerne.«

»Was hast du denn da für viele Zettel?«

»Das ist für die Hebamme.«

»Du hast eine Hebamme angerufen?«

»Nein, fünfzehn. Sie kommen nachher und wir müssen eine aussuchen.«

»Wie war das?«

Erst dachte ich, Mama habe jetzt endlich ihren Willen durchbekommen und dürfte Opas großes Wohnzimmer umgestalten. Sie mag die alten Möbel wohl nicht so. Sie sind dunkel und antik. Antik finde ich auch blöd. Antik heißt, man darf da nicht reinbeißen und auch nicht Reste von Brei und Milch reinschmieren. Ich halte das Konzept für überaltert. Zumindest wird im Wohnzimmer kräftig umgeräumt. Der lange Tisch wird quer gestellt und dahinter sind vier Stühle. Auf dem Tisch liegen riesige Mengen an Papier. Erst dachte ich, wir machen einen Malwettbewerb, aber dem ist nicht so.

Es geht um die Hebammen. Ihr wisst schon, die, die nichts heben müssen, aber gut für Schwangere sind.

Opa Gunnar schiebt gerade einen Sessel vor den Tisch, so dass es aussieht, als wären die vier Stühle auf der einen Seite des Tisches gegen den Sessel auf der anderen Seite.

»Das wird ja eine richtige Casting-Show.«

Ach ja. Casting-Shows sind auch so was, was Ninfa liebt. Das geht so. Der, der unbedingt gecastet werden will, steht auf einer Seite eines Tisches und mehrere auf der anderen. Das ist so was, was ich wieder gar nicht verstehe. Mama sagt nämlich immer zu mir, zwei gegen einen ist unfair. Was ist dann bitte schön mit vier gegen einen?

Jedenfalls sind im spanischen Fernsehen und auch hier in Berlin immerzu die Leute ganz wild aufs Castingen oder wie man das nennen will. (Opa sagt: Gib dem Ding einen Namen – davon wird es nicht besser, aber leichter es zu ignorieren.)

Beim Casten darf man singen oder tanzen oder Kleider tragen und hin- und hergehen. Ich vermute, Ziel davon ist es, den freien Nachmittag und Abend der Zuschauer möglichst langweilig zu gestalten. Ich schlafe dabei regelmäßig ein.

Meine vier Leute setzen sich. In der Mitte sitzt meine Mama, daneben Ninfa und außen meine Opas. Mama verteilt Stifte und Papier. Also doch ein Malwettbewerb?

Ich sitze hinten in der Ecke. Da kann ich alle gut sehen und hören, aber auch so tun, als würde ich alle Bauklötze noch mal auf ihren Geschmack und ihre Konsistenz überprüfen.

»Wir sollten jetzt mal festlegen, was eine Hebamme, die zu uns passen soll, alles können muss.«

»Gibt es da keine gesetzliche Norm?«

»Pah, Hebammen!«

»Hebammen sind natürlich alle gut, aber wir suchen ja eine, die zu uns passt.«

»Das wird schwer.« Ninfa lacht. Alle gucken sie erstaunt an. Ich finde es lustig.

»Also fangen wir mal an. Papa, du als Arzt. Was sollte eine Hebamme können?«

»Sie sollte sauber und ordentlich sein.«

»Sind die das nicht alle?«

»Ich werde hier nach meiner Meinung gefragt und dann verhöhnt?« Opa Wilhelm ist sauer.

»Schon gut, schon gut. Sauber und Ordentlich. Ich notiere das. Und du, Schwiegerpapa?«

»Naturverbunden.«

»Was soll das denn sein?«

»Ein Gegenentwurf zu deinen preußischen Tugenden, Willi.«

»Müsst ihr denn gleich wieder zanken?«

»Wir zanken nicht!«

»Nein. Das ist ein Findungsprozess.«

»Genau.«

»Ihr beide seht ja Farben.« Ninfa lacht. Sie hat Spaß an der Sache und winkt mir ab und zu freundlich zu.

»Also naturverbunden. Hab ich notiert, was noch?«

»Gebildet.« Opa Wilhelm hebt den Zeigefinger.

»Sie soll nicht Goethe zitieren, wenn das Baby kommt, sie soll zupacken.«

»War ja klar, dass der Bauer wieder nichts davon versteht. Der Alte Fritz hatte recht, als er euch Bauerntölpel die Schulpflicht aufbrummte. Hat leider nur nichts gebracht.«

»Aber das blöde Bildungsbürgertum. Ihr habt auch nichts gerissen, außer andauernd Kriege anzuzetteln und die kleinen Leute um ihren Lohn zu bringen!«

»Hört ihr jetzt mal auf!« Mama hat schon einen ganzen Zettel mit eigenen Wünschen vollgeschrieben. Ninfa schaut ihr über die Schulter und flüstert ihr was ins Ohr.

»Gepflegte Erscheinung. Darauf lege ich Wert, wenn die Dame hier ein- und ausgeht. Und ein gewisses Alter sollte sie schon haben.« Ninfa klopft auf den Zettel.

»Was hast du gegen junge Damen, Ninfa?« Meine Mama lacht.

Opa Gunnar grinst: »Ich bin auch für junge Damen!«

»Du Schwerenöter.« Obwohl Opa Wilhelm strafend den Finger hebt, wirkt er erheitert. Opa Gunnar grinst zurück.

»Ich kann es ja nicht ausstehen, wenn ihr zankt, aber wenn ihr euch einig seid, seid ihr geradezu unheimlich.«

»Unheimlich ordinär!« Ninfa nickt, grinst aber auch.

»Eher originär.«

»Ich hab hier mal was aus dem Internet zusammengestellt«, meine Mama ist wieder ganz ernst und liest vor: »Es gibt hierzulande fast sechzig Hebammenschulen, die mit strengen Aufnahmekriterien eine jeweilige Auswahl treffen. Neben grundsätzlichen Voraussetzungen wie etwa Geduld, Ruhe, einer positiven Grundeinstellung, Verantwortungsbewusstsein und Teamfähigkeit müssen die Bewerberinnen über einen guten mittleren Abschluss verfügen. Alternativ werden auch Bewerbungen mit mindestens zweijähriger Berufstätigkeit als Krankenpflegehelfer/innen oder eine abgeschlossene zweijährige Berufsausbildung plus Erlaubnis als Krankenpflegehelfer/in anerkannt.«

»Äh, ja, das klingt, ja, das klingt fair.«

»Gut. Damit käme ich klar. Du auch, meine Kleine?«

»Wie heißen eigentlich männliche Hebammen?«, fragt Opa Wilhelm.

»Hebehammer?«, schlägt Opa Gunnar vor. Beide Männer lachen, bis sie unter den bösen Blicken von Ninfa verstummen.

Erwachsene, die haben Worte drauf, das ist echt nicht normal. Ich mach mal ein Schläfchen hier hinten. Das kann ja dauern.

Ich wache auf, weil es an der Tür klingelt. Ninfa sitzt neben mir auf dem Boden und lächelt mich an.

»Bist du schon wach?« Sie reicht mir ein Milchfläschchen.

Hab ich was verpasst?

»Wir haben ganz viel Besuch, weißt du?« Während ich die Milchflasche leer trinke und Ninfa zuhöre, erklärt sie mir, dass die Hebammen kommen. Die, die meine Schwester aufheben sollen oder so. Ganz genau verstehe ich das noch nicht. Sollen sie sie doch behalten.

»Nini!« Ich lache.

»Ja, deine Nini bleibt natürlich immer bei dir. Es geht jetzt nur um deine Mama. So, nun muss ich mich dahinten hinsetzen. Trink du schön deine Milch.«

Klar. Auftrag verstanden.

Eine Frau kommt ins Wohnzimmer und sieht überrascht aus, wohl aufgrund der Möbelstellung. Brav lässt sie sich in den Sessel fallen und berichtet kurz von ihren Erfahrungen. Also ich mag sie.

»Was würden Sie denn so machen?«, fragt Mama geschäftig.

»Als Erstes steht die Wochenbettbetreuung an, also die sogenannte Nachsorge. Im Rahmen der Nachsorge kann ich zu Ihnen nach Hause kommen, wenn Sie mit Ihrem Baby das Krankenhaus verlassen haben. In den ersten paar Tagen komme ich häufiger vorbei, danach je nach Bedarf. Viele Mütter finden diese Besuche sehr hilfreich. Denn gerade kurz nach der Geburt tauchen meistens viele Fragen auf – ganz egal, ob es das erste oder das zweite Baby ist. Es gibt ja immer wieder neue Fragen.«

»Geld spielt gar keine Rolle!« Opa Wilhelm macht eine

Bewegung, die anzeigt, dass er das alles hier voll im Griff hat. Die Hebamme scheint wenig beeindruckt. Das gefällt meiner Mama bestimmt. Opa Gunnar hingegen verdreht die Augen.

»Das habe ich gesehen, Gunnar!« Opa Wilhelm mag das nicht, wenn Opa Gunnar so wie Mama auf sein Reichsein reagiert.

»Das klingt großartig.« Mama scheint überzeugt von der Hebamme. Muss die nicht zur Probe mal was anheben?

»Wie alt sind Sie, wenn ich fragen darf?« Ninfa zückt ihren Stift.

»Ich bin achtundzwanzig.«

»Das ist ja blutjung!« Was ist denn jetzt los. Mama findet blutjung schlecht? Verstehe ich nicht. Meine Opas haben doch immer gesagt, blutjung sei … na ja, also ich mochte sie.

Kurze Zeit später nimmt die nächste Hebamme Platz. Geht das jetzt den ganzen Nachmittag so?

Auch hier klingt die Dame ganz außerordentlich sympathisch, aber ist leider auch zu jung. Die danach dran ist, hat offenbar die Haare unordentlich, und dann kommt der Knaller: ein Mann.

»Äh, Sie sind hier wohl falsch abgebogen, was?«

»Nein, ich wurde angerufen.« Der junge Mann ist groß, schlank, hat blondes Haar, ist nicht zu jung und hat schöne Hände. Das mit den Händen weiß ich, weil Ninfa und meine Mama bei Männern sehr auf schöne Hände achten und sich auf eine ganz bestimmte Art und Weise mit den Schultern anrempeln, wenn es zutrifft. Der junge Mann hat zudem wasserblaue Augen, was Mama leise pfeifen lässt.

»Sie sind Hebehammer? Äh, ich meine natürlich Hebamme?«

»Ja, bin ich. Ich hoffe, das ist kein Problem für Sie? Bei Männern nennt man das übrigens Entbindungspfleger oder Geburtshelfer.«

»Äh.« Meine Mama starrt den jungen Mann entgeistert an.

»Jau, das ist ja mal was Neues.« Opa Gunnar kichert.

»Sachen gibt's!« Opa Wilhelm haut es von den Socken.

»Äh«, versucht Mama nun was Sinnvolles beizutragen, »ich weiß ja, dass man niemanden ablehnen kann wegen Geschlecht, äh, ich meine jetzt nicht, wegen, äh, Sie wissen schon. Und schon gar nicht wegen der Augenfarbe –«

»Sie meinen Hautfarbe?« Der Mann nimmt es gelassen. Er ist sehr amüsiert und meine Mama ist ganz klar völlig aus dem Häuschen.«

»Haut? Was hab ich gesagt?«

»Augenfarbe.«

»Ja, äh, das, äh, das stimmt.«

»Mit Hautfarben kommen die hier im Hause klar«, mischt sich Ninfa lachend ein. »Aber ganz ehrlich, junger Mann, wie soll sich denn eine Frau darauf konzentrieren, ein Baby von einem anderen Mann auf die Welt zu bekommen, wenn Sie der Geburtshelfer sind?«

»Sind Sie schwul?«

»Also Wilhelm! Wie kannst du nur!« Opa Gunnar wirft lachend den Kopf in den Nacken. Das macht er nur dann, wenn er den gleichen Gedanken hatte wie mein anderer Opa.

»Papa! Das fragt man doch nicht!«

Der Geburtshelfer grinst, was Mama, glaube ich, noch mehr umhaut. Er schüttelt leicht den Kopf und sagt dann: »Ich wäre es sofort, wenn es helfen würde.«

»Oh.«

»Oh.«

»Nix oh. Ein Mann kommt hier nicht ins Haus. Und schon gar nicht so ein großer, schlanker, hübscher mit solchen Augen!« Opa Wilhelm haut energisch auf den Tisch.

»Jau. Das geht nicht!«

Bislang waren schon zehn Bewerberinnen und ein Bewerber da. Alle abgelehnt. Entweder blutjung oder zu sehr Mann. Langsam habe ich das Gefühl, dass da was dran ist, dass Männer und Frauen doch nicht ganz dasselbe sind. Ich habe bislang die Welt nur in Babys und Erwachsene eingeteilt, aber genauso wie es bei den Babys noch die spezielle, sehr nervige Unterart »kleine Schwester« gibt, kann man bei den Erwachsenen auch nicht alle über einen Kamm scheren.

Das wird aber echt schwierig hier.

Mama und Ninfa sind merklich müde geworden nach all den lustigen Gesprächen. Meine Opas scheinen hingegen regelrecht betrübt.

»Ich werde schon eine Hebamme finden und dann könnt ihr schön in den Urlaub fahren, ja?«

»Schon gut, Kleines. Niemand wird dich hier alleine lassen.«

»Ach, Papa, ich merk doch, wie dich das Thema, sagen wir überfordert.«

»Na, sagen wir lieber herausfordert.«

»Und so was will Doktor sein!«

»Ach, der Bauer nimmt das alles ganz locker, ja? Wie war das denn mit dem Hebehammer?«

»Jau, das war was.«

»Wir finden schon eine gute Hebamme.« Ninfa steht auf und beginnt, das Wohnzimmer wieder so hinzuräumen, dass es aussieht wie vorher. »Kopf hoch!«

»Ich brauch etwas frische Luft.« Opa Gunnar und Opa Wilhelm recken sich. Ich stehe auf und laufe zu ihnen. Ich will ja nicht, dass sie vergessen, dass ich beim Luftschnappen immer gut helfen kann.

»Na, junger Mann, bei dir hat man nie so einen Zirkus veranstaltet, was?«

Ich bin ja auch kein Mädchen.

»Nun seid nicht verzagt, ihr beiden«, Mama gähnt. »Was haltet ihr davon, wenn ihr zum Trost morgen in den Babymarkt geht und das Zimmer für die Kleine aussucht. Ich bin dafür echt nicht in der Lage.«

»Ernsthaft?«

»Wirklich?«

»Du meinst, wir beide dürfen?«

»Auch alles in Rosa?«

Wenn man meine Opas so ansieht, könnte man auf den Gedanken kommen, sie seien in Wahrheit nicht ganz dicht.

Wer kauft denn schon freiwillig rosa?

»Und Finn nehmen wir mit.«

»Macht, was ihr wollt.«

8
Schere - Stein - Papier

Es gibt nichts, was meine Opas nicht können. Aber es gibt auch nichts, in dem sich meine Opas NICHT uneins sein können.

Jetzt gerade, in Ninfas Küche, während Ninfas spanischer Fernsehserie, keifen sich mein Opas an, dass es die wahre Pracht ist. Im Fernsehen parallel dazu keifen sich die beiden Frauen mit den riesigen Frisuren an. Wenn man ein wenig Hasi vors Gesicht hält und nicht ganz so genau hinguckt, könnte man meinen, die beiden Frauen streiten sich mit den Stimmen von meinen Opas.

»Pah! Babymarkt! Wir gehen zu einem anständigen Schreiner und lassen uns die Möbel aus unbehandeltem Holz machen. Oder wir gehen auf den Flohmarkt.«

»Flohmarkt? Flooohmarkt? Wo der Holzwurm drin ist und Läuse? Wir sind hier nicht in einem Kuhstall, Gunnar! Das wird das Zimmer meiner Enkelin!«

»Und meiner!«

»Flooohmarkt? Wir kannst du das nur in Erwägung ziehen!«

»Das Kind braucht Geborgenheit und nicht Formaldehyd!«

»Bitte was?«

»Oh ja! Formaldehyd ist hochgiftig und du findest es in Spanplatten und Teppichböden. Holzspanplatten bestehen zu fünfzig Prozent aus Kleber, fünfundzwanzig Prozent davon sind Formaldehyd!«

»Spanplatten? Ja, glaubst du, meine Enkelin wird Möbel aus Spanplatten bekommen?«

»Ich bin für Flohmarkt.«

»Auf gar keinen Fall.«

»Dann ein Antiquitätenladen!«

»Früher gab es so was gar nicht, so was wie Wickelkommoden. Entschuldige, Gunnar, du scheinst was von gesundem Essen zu verstehen, aber – «

»Hört, hört!«

»– aber von Möbeln verstehst du nichts. Ich habe schließlich Finns erste Ausstattung auch selber ausgewählt. Dir fehlt da einfach der Sachverstand!«

»Du hast keine Möbel ausgewählt, du hast einfach eine Etage des Babymarktes aufgekauft! Das da oben ist doch nicht normal! Finn kann da verlorengehen!«

»Und ein Mädchen braucht noch mehr. Sie wird Kleider tragen und natürlich wird sie viele Bücher lesen. Einen Tisch für kreative Einfälle und natürlich eine Tafel, an der ich mit ihr Puppenkaffee trinken werde.«

»Tee! Meine Enkelin trinkt nur Tee. Und selbstverständlich werde ich mit ihr Puppentee trinken.«

»Dafür bist du nicht kultiviert genug. Das Kind wird später den besten Kreisen vorgestellt. Es wäre nicht ratsam, wenn sie ihre Kindheit mit einem Bauer vertändelt.«

»Sie wird später höchstens Tierärztin und sie wird die Welt der Massentierhaltung bekämpfen und dafür sorgen, dass Nutztiere in dieser Welt respektiert werden! Jawohl. Meine Enkelin wird diese Welt zu einem besseren Ort machen.«

»Es ist meine Enkelin!«

»Nein, meine!«

Plötzlich rummst es laut.

Ninfa hat mit der flachen Hand auf den Tisch geschlagen. Meine Opas sind so erschrocken, dass sie schlagartig verstummen. Ich habe mich natürlich kein bisschen erschrocken, schließlich kenne ich Ninfa und weiß, wann bei ihr der Geduldsfaden platzt. Schnell haue ich auch noch mal auf den Tisch. Aus Sympathie.

Hey, das klingt ja super. Richtig schön laut, fast erwachsenen-laut. Schnell noch mal. Rumms. Hasi du auch? Äh, bei dir hört man irgendwie gar nichts.

»Ihr Kindsköpfe! Aufhören!« Ninfa muss trotz ihrer strengen Ermahnung so lachen, dass ihr ganzer Körper leicht bebt. »Ihr solltet erst mal die Zimmer oben ausmessen, dann könnt ihr euch weiterstreiten.«

»Gute Idee.«

»Ja, das könnten wir machen.«

Ninfa nickt und legt dann einen Zollstock (au, die Dinger sind fein, aber man kann sich böse die Finger dran klemmen) und einen großen Block mit Stift auf den Tisch. Sofort grapschen meine Opas danach, das müssen sie von mir haben. Es ist ein bisschen so, wie wenn nebenan bei Bernhard das Kindermädchen für uns die kleinen Autos auf den Teppich schüttet. Dann kloppe ich mich auch sofort mit Bernhard drum. Wenn das Kindermädchen dann später alles bei uns zu Hause petzt, meint Opa, das mit dem Streiten wäre okay, er hält Bernhard sowieso für einen Trottel. Mama hingegen findet das natürlich toootal unsozial. Und Opa Gunnar sagt einfach nur, Autos wären Mist.

Ninfa sammelt Zollstock und Block wieder ein und

hält den Zeigefinger hoch. Meine Opas halten inne. Dann gibt sie Opa Gunnar den Zollstock und Opa Wilhelm den Block.

»So ist es brav. Und nun geht ihr drei Lausebengels hoch und messt die beiden Räume aus. Los, husch!« Ninfa macht eine Bewegung, als würde sie einen Schwarm Fliegen verscheuchen.

Wir quälen uns durch die beiden doofen Törchen an der Treppe und betreten die beiden Zimmer. Die liegen zum Glück hübsch weit weg von meinen Zimmern. Vor etlichen Wochen waren bereits Handwerker da, die die Wände gestrichen haben.

Rosa.

Ja, im Ernst. Alles rooosa. Wer zum Kuckuck will denn in solchen Räumen ernsthaften Tätigkeiten nachgehen wie Spielen, Schlafen und erfrischend In-die-Hose-Machen? Bei der blöden Farbe kann man sich doch nicht richtig konzentrieren! Aber schön sind solche Räume, wenn nichts drin steht. In diesem Raum sind irgendwelche lustigen Geräusche. Wenn meine Opas so reden, klingt es ganz anders als eben noch in der Küche. Ich laufe jetzt erst mal ein bisschen im Kreis.

»Schön viel Platz hier in diesem alten Kasten. Bist du sicher, wir dürfen einfach irgendwelche Möbel kaufen oder müssen wir Rücksprache halten mit der Stiftung Preußische Schlösser und Gärten Berlin-Brandenburg?« Opa Gunnar haut Opa Wilhelm belustigt auf den Rücken. »Ist ja Platz zum Bankettefeiern und so!«

»Ein großer Geist braucht Platz zum Entwickeln. Und rede nicht immer so abfällig über mein bescheidenes Haus.«

»Deine Nachbarn denken zumindest, dass ihre Hütten größer sind. Nett von denen, dass sie dich hier wohnen lassen. Ist ja fast peinlich, wie beengt du hier lebst.« Opa Gunnar macht so ein Gesicht, als hätte hier einer gepupst.

Ich war das doch nicht, oder? Nein. Bei mir dauert das noch etwas.

»Ja, ja. Deine realsozialistischen Auffassungen kenne ich. Alles soll allen gehören. Geh doch zurück in deine Kolchosen.«

»Das waren die Russen. Wir hatten LPGs. Und stell dir vor, ich bin doch ganz zufrieden mit Privatbesitz, aber ich finde, Menschen mit Geld sollten einen Reichtums-Führerschein machen, dann kommt so ein Blödsinn nicht dabei heraus. Herrgott. Das Mädchen wird ja einen Fimmel bekommen, wenn es hier aufwächst.«

»Stattdessen soll es Gänse hüten?«

»Wäre nicht das Schlechteste. Gestern habe ich Finn ein Märchen vorgelesen. ›Oh du Falada, da du hangest‹.«

»Ha!«, macht Opa Wilhelm da und fuchtelt mit dem Block herum, »da sieht man es doch wieder. Die Gänsemagd heiratet hinterher den König! So sozialdemokratisch kannst du nie sein, dass der Ruf nach der Monarchie verstummt!«

»Alter preußischer Miesepeter!«

»Du weltfremder Achtundsechziger.«

Beide stehen am Fenster und atmen schwer.

Von nebenan hört man Mamas Stimme: »Seid ihr beiden jetzt fertig mit Streiten? Wenn nicht, komme ich gleich dazu und streite mit!«

»Huch!«

»Tür zu!«, flüstert Opa Gunnar eilig. Beide laufen zu der Zimmertür und schließen sie ab.

»Okay, jetzt bloß nicht auffallen, sonst kommt sie wirklich noch!« Es wird immer noch geflüstert.

»Alles klar. Lass uns ausmessen. Ich notiere, du misst.«

Na, das ist ja was. Jetzt klappt es plötzlich. Ich muss aber noch ein paar Kreise laufen, huiiii.

Wir sind in dem großen Babymarkt.

Opa Wilhelm und ich gehen hier öfter einkaufen. Und ich bin sicher, der Weihnachtsmann war hier auch unterwegs, als er sich meine Geschenke besorgt hat. Opa Gunnar hingegen ist hier das erste Mal, das sieht man auch sofort, er ist ganz und gar beeindruckt von der schieren Menge an Kram, den man für Babys und solche, die es werden wollen, kaufen kann.

Opa Wilhelm kann also gerade nicht auf Opa Gunnars Hilfe hoffen, als er mich in den Sitz am Einkaufswagen hebt. Zum Glück kommt eine junge Mutti daher und hilft ihm. So, ich sitze. Was machen wir nun? Was kaufen wir? Muss es unbedingt rosa sein?

»Was soll das denn sein?« Opa Gunnar rümpft die Nase.

»Das, mein lieber Gunnar, nennt man freie Marktwirtschaft.«

»Ich nenne das Irrenhaus. Wie soll man denn hier in Ruhe einkaufen, hier wird man ja bekloppt! Und man kauft nur Mist, den niemand wirklich braucht. Also damals im Konsum bei uns um die Ecke – «

»Ja, ja«, unterbricht ihn Opa Wilhelm, »bevor wir in Ostalgie verfallen, bring ich dir mal was fürs Leben bei. Dass man hier nichts findet, weil man den Wald vor lauter Bäumen nicht sieht, das ist ein klassischer Irrtum, dem man aufsitzen könnte. Ich sage dazu Anfängerfehler. Aber natürlich weiß ein Kenner wie ICH (er macht eine Pause und hebt den Finger – ich heb auch schnell einen) und selbstverständlich unser Finn (ich werde über den Kopf gestreichelt) ganz genau, wie man sich einen Überblick verschafft. Angebot und Nachfrage ist nichts für Feiglinge. Also, lieber Gunnar, schau und lerne.«

Ein Verkäufer kommt auf uns zu.

»Bereits die ersten Weihnachtseinkäufe?«, fragt er.

Irgendwie war draußen auf dem Parkplatz noch Herbst. Hier drin ist schon Weihnachten. Ob der Weihnachtsmann gerade da ist? »Wieso spielen die Jingle Bells?«, fragt Opa Gunnar den Verkäufer. Der aber sieht Opa Wilhelm nur mit ganz großen Augen an.

»Sind Sie nicht –« Was hat der Verkäufer nur? Irgendwie scheint ihn der Anblick von Opa Wilhelm einzuschüchtern. Der räuspert sich offiziell und lange. Dann donnert es durch die Halle: »Ich möchte zu Frau Özil!«

»Bitte?«

»Zu Frau Özil, hören Sie schlecht?« Opa Wilhelm kann ziemlich ungeduldig werden in diesem Laden. Er fragt immer nach dieser einen Verkäuferin, die ist blutjung und ist so ziemlich die einzige Person, die Opa versteht, wenn er was hier kaufen will. Einmal hatte die Verkäuferin frei – das war ein Drama. Wir haben lauter Firlefanz gekauft, und später mussten wir dann doch noch mal hierherfahren, weil wir natürlich das nicht gekauft hatten, was wir wollten.

»Özil? Wir haben keine Frau Özil.«

»Unsinn, guter Mann! Nun laufen Sie schon und holen

Sie sie! Wir haben nicht ewig Zeit!« Opa Wilhelm schafft es mal wieder, dass alle sich zu uns umdrehen. Ich kenne das schon und winke fröhlich in die interessierte Runde.

»Willi, nun sei doch nicht so garstig. Es ist doch egal, wer uns hier was verkauft.« Opa Gunnar versucht zu beruhigen.

»Falsch. Eine gute Bedienung ist das Wichtigste. In einem schlechten Sortiment kann ein guter Verkäufer dir dennoch das Richtige heraussuchen. Aber ein schlechter Verkäufer bringt es fertig, in einem guten Sortiment Unfug herauszusuchen. Vertrau mir.« Opa dreht sich zu dem verwirrten Verkäufer um. »Sie stehen ja immer noch hier!«

»Hier arbeitet keine Frau Özil. Oder meinen Sie den Fußballer?«

»Warum sollte ein Fußballer uns Möbel für meine Enkelin verkaufen?«, fragt Opa Gunnar unaufgeregt. Immer wenn ihn was nicht interessiert, schaut er, ob seine Fingernägel sauber sind. Ich halte ihm meine Fingernägel auch hin, dann muss ich das heute Abend nicht mehr machen lassen.

»Enkelin? Ich verstehe nicht?« Der Verkäufer ist hochgradig verwirrt und zeigt auf mich.

»Ja, Enkelin. Sind Sie schwerhörig?« Nun ist Opa Wilhelm aber kaum noch zu bremsen.

Da kommt ein zweiter Verkäufer eilig dazu, zieht den ersten sanft an den Schultern von meinen Opas weg, als könnte was explodieren.

»Meinen Sie zufällig Frau Özcan? Die ist ja nicht mehr im Verkauf. Die ist jetzt Abteilungsleiterin.«

»Natürlich ist sie das, die Frau ist ja auch fähig. Gut, dass das mal einer merkt. Rufen Sie sie an und sagen ihr, Doktor Semmelmann ist da.«

»Und er hat Verstärkung mitgebracht«, nuschelt Opa Gunnar leise. Er stützt sich mittlerweile auf den Griff meines Wagens.

»Ogu!« Ich kann ihm durch die Haare wuscheln.

»Ich fürchte –«, quält sich der Verkäufer hilflos. »Ich fürchte, die Frau Özcan steht nicht zur Verfügung. Kann ich Ihnen nicht weiterhelfen?«

»Machen Sie, dass Sie ans Telefon kommen!« Opa wird nun laut und ich halte mir die Ohren zu.

»Schscht, du machst den Jungen ja ganz irre!« Opa Gunnar hat die Augen zu. Ihm gefällt es immer, wenn ich so wuschele.

»Oh, war ich zu laut?« Opa Wilhelms Stimme ist sofort zuckersüß. Ich lache vergnügt. Ich finde Opa zu witzig. Nie weiß man, was als Nächstes kommt.

Wir warten nur kurz. Eine mandeläugige junge Dame schwebt auf uns zu. Sie trägt ein Hemd, auf dem dasselbe Bild drauf ist, wie draußen am Haus. Sie hat betörend langes schwarzes, glattes Haar.

»Ach, Frau, äh, Özcan!«

»Herr Doktor Semmelmann, ich grüße Sie!«

Mein Opa macht nun was ganz Verrücktes. Er nimmt die Hand von der hübschen Dame und küsst sie.

Ich will auch!

»Frau Özcan, bitte verstehen Sie, dass ich leider nicht von diesen Herren hier bedient werden kann, es geht um was wirklich Wichtiges. Meinen Sie, Sie könnten mir helfen?«

»Selbstverständlich. Worum geht es? Aber vorher sagen Sie mir doch bitte, wen Sie da mitgebracht haben.«

»Oh. Natürlich. Das ist der andere Opa. Mein Kollege sozusagen. Er soll heute mal lernen, wie man im Westen einkauft.«

»Ich verstehe nicht?«

»Ach, lassen Se mal, gute Frau, den Oppa da versteht man eh nie richtig. Dat is halt so ein richtiger Wessi, weste?« Opa Gunnar kann so ganz komisch sprechen, wenn er will. Nun lacht die junge Dame und nickt.

»Ich werde Opa.« Opa Wilhelm stellt sich ganz aufrecht hin. Die junge Dame lacht hell und freundlich.

»Das sind Sie doch schon. Und was für einer!«, antwortet sie. Sie ist so nett. Sie stupst Hasi sachte an die Nase. Der mag das. Ich auch.

»WIR werden Opa!«, betont Opa Gunnar schnell.

»Ich dachte wirklich, das hätten Sie schon erledigt?« Frau Özcan hat so ihren Spaß mit uns. Sie hat ein Band um den Hals, an dem ein Ausweis baumelt. Ich hab ihn endlich erwischen können und kaue etwas drauf rum. Schmeckt nicht. Nun versuche ich, ihr den Ausweis zwischen die schönen Brüste zu stecken. Opa Wilhelm ist entsetzt. Opa Gunnar hält mir schnell die Augen zu. Ich höre das helle, freundliche Lachen.

»Bitte entschuldigen Sie«, flüstert Opa Wilhelm schüchtern. Und wird ganz rot. Warum? Ich wollte nur ordentlich den Ausweis wegräumen. Mama wäre begeistert von meinem dreidimensionalen Dingsbums.

»Den guten Geschmack hat er von mir«, lacht Opa Gunnar.

»Ach, macht nichts.« Die Dame zwinkert.

Wieso auch, sieht doch aus wie ein Briefkastenschlitz, wenn Frauen vorne so offen sind. »Also Sie werden Opas? Wieso?«

»Bitte? Ach, Finn, natürlich. Das ist unser Erster. Ich meine natürlich, meine Tochter bekommt ihr Zweites.«

»Oh wie schön!«

»Ja, und es wird ein Mädchen.«

»Wunderbar.«

»Wir brauchen ein ganz neues Babyzimmer. Sie wissen, wie wichtig es ist, dass das Kind sofort den richtigen Eindruck von der Welt bekommt. Ich kann da leider nicht auf Ihre Expertise verzichten.« Opa Wilhelm ist ja so klug und kennt so viele Worte. Ich werde auch mal klug. Weil ja mein Zimmer auch von Frau Özcan verkauft wurde. Klar.

Die junge Dame lächelt, dreht sich zu ihren verängstigten Kollegen um und sagt: »Danke, meine Herren, Herr Doktor Semmelmann und ich kommen schon alleine klar.« Sie trollen sich.

»Wollen wir gleich nach oben?« Frau Özcan geht gut gelaunt voran. Ich hasse diese Einkaufswagen, da kann man nicht sehen, wohin man fährt. Aber Opa Wilhelms Stimmung hat sich radikal verbessert, er summt leise vor sich hin, als wir auf die Rolltreppe zufahren und nach oben schweben. Opa Gunnar drängelt sich elegant neben Frau Özcan und wir hören sie vor uns zusammen lachen.

»Haben Sie an eine besondere Farbe gedacht für Ihre Enkeltochter?«

»Äh, gibt es tatsächlich was anderes als Rosa? Ich dachte, dazu sei man verpflichtet.«

Sie lacht. Ich lache mit und Hasi lacht sowieso und dann lacht auch Opa Wilhelm.

»Wir haben auch was in Hellgelb!«

Ja, gelb, bitte gelb!

Wir sind oben angekommen.

»Das Zimmer ist bereits in Altrosa vorgestrichen«, berichtet Opa Wilhelm, der sich mit Mühe auch einen Platz an Frau Özcans Seite erkämpft.

»Gibt es eigentlich auch Neurosa?« Opa Gunnar hat so richtig gute Laune, das merkt man.

»Hihi. Wie schön. Haben Sie eventuell eine Farbprobe mitgebracht, Doktor Semmelmann?«

»Nein, äh, leider nicht.« Opa ist verunsichert. Er kratzt sich oben auf dem kahlen Kopf.

»Ich persönlich würde dann vorschlagen, alles in Weiß zu kaufen, wenn die Wände bereits eingefärbt sind. Schauen Sie hier.« Sie zeigt auf ein Musterzimmer.

Iiiieeeh, lauter Krönchen. Was soll das denn?

»Oh, ein Prinzessinnenzimmer, wie wunderbar!« Opa Wilhelm ist außer sich vor Freunde.

Opa? Hallo? Schau doch hin, das ist doch scheußlich! Opa, wach auf, du bist ein Mann!

»Das nehmen wir!«

»Auf gar keinen Fall! Was glaubst du, wer unsere Enkelin mal sein will! Sie ist doch nicht diese merkwürdige Königin Luise, von der du immer faselst!«

»Was weißt du schon von Königin Luise?«

»Mecklenburg-Strelitz ist im Osten, schon vergessen?«

»Pfff!«

»Pah!«

Na, na, na. Nicht wieder streiten. Frau Özcan hat Mühe, ihr Lachen zu verkneifen.

»Also etwas ohne Krönchen. Bitte schauen Sie mal hier.«

»Langweilig.« Opa Wilhelm guckt gar nicht richtig hin.

»Unsinn. Das ist klassisches, funktionales Design. Ich würde sagen geradezu Bauhaus!«

Wie im Baumarkt? Ach, und wo ist dann die Bohrmaschine?

»Das lehne ich ab.«

»Schnösel.«

»LPGler!«

»Ich denke, eine Kombination wäre gut. Ein bisschen was mit Krönchen und ein bisschen was Schlichtes. Alles in Weiß. Das würde doch gehen? Was sagt die Mutter dazu?«

Die Erwähnung meiner streitbaren Mutter scheint meine Opas schlagartig verstummen zu lassen.

»Könnten Sie uns das mal zeigen?«

Was nun kommt, ist typisch meine Opas. Eine Horde Verkäufer, auch die zwei verunsicherten von eben, müssen herkommen und ein völlig neues Zimmer zusammenstellen. Mitten auf dem Flur. Andere Leute, die einkaufen wollen, kommen da kaum dran vorbei, bleiben aber geduldig stehen. Einige der Schaulustigen geben Kommentare ab. Die Frauen sind meist kugelrund und die Männer sehen meist sehr gestresst aus.

»Sie machen das großartig!«

»Und mit was für Mühe!«

»Vorbildliche Großväter!«

»Bravo!«

Es kommt stellenweise zu Applaus. Opa Gunnar findet das merkwürdig, aber Opa Wilhelm nutzt die Gunst der Stunde, um das Wort an die Umstehenden zu richten.

»Das Lob gehört alleine Frau Özcan, die mich hier so

vorbildlich berät. Applaus für diese kompetente blut-, äh, junge Dame.«

Es hätte mich auch gewundert, wenn wir einfach mal so einkaufen wie andere Menschen. Jedenfalls empfiehlt Frau Özcan meinen Großvätern später noch, der Schwangeren eine kleine Spieluhr mitzubringen, die sie sich auf den Bauch legen soll, damit meine Schwester die Musik hört.

Na, das wird ja immer schöner. Wahrscheinlich soll Mama demnächst auch die Zeitung auf ihren Bauch legen, damit meine Schwester schon mal die Nachrichten lesen kann.

Pfff, kleine Schwestern, sind so was von …

»Hier, hör mal, Finn!« Frau Özcan hält mir die Spieluhr hin. Es ist ein kleiner Marienkäfer.

Oh, na gut, das ist wirklich ganz süß.

9
Ententanz

Ninfa und ich sitzen in der Küche, als meine Opas hereinpoltern, die Zeichnung in der Hand, nach der das Zimmer für meine Schwester eingerichtet wird. Sie sind sich – und das wird niemanden erstaunen – uneins. Es geht darum, ob das Zimmer erst nach gefährlicher Erdstrahlung untersucht werden soll oder nicht.

Klingt wahnsinnig albern.

»Sag mal, Gunnar, du hast doch ganz klar in deinem Leben zu viel geraucht, was? Was soll denn im ersten Stock für Erdstrahlung sein?«

»Du lebst einfach nicht im Einklang mit der Natur. Du meinst ja auch, ein Rosengarten wäre natürlich.«

»Wir stellen das Bett hierhin.« Opa Wilhelm zeigt auf der Zeichnung eine Stelle an.

»Nein hier.«

»Wegen der blöden Erdstrahlung?«

»Nein wegen Feng Shui.«

»Wegen was?«

Etwas abgelenkt küssen mich meine Oldies nacheinander auf meinen Kopf, ohne den Blick von dieser Zeichnung zu nehmen. Sie setzen sich. Ninfa stellt ihnen wortlos Kaffee und Tee hin. Sie wirkt amüsiert.

»Heute kommen die Möbel und die Handwerker für das Prinzessinnenzimmer, nicht wahr?«, fragt sie. Die beiden nicken und trinken, dabei lassen sie auch weiterhin den Zettel (mit ganz vielen Strichen drauf – ich will auch malen!) nicht aus den Augen. Hasi und ich finden den Zettel, den ich nicht haben darf, jetzt sofort doof und langweilig.

»Es gibt heute übrigens eine Überraschung.« Ninfa hat so ihren Spaß, ihre Stimme hebt an zu einem sanften Singsang. Ich mag das und muss sofort lachen.

»Überraschung?« Opa Wilhelm hat wohl so seine Zweifel.

»Nein!« Opa Gunnar ist dagegen, was auch immer es ist.

»Bitte keine Überraschung!«

»Was müssen wir jetzt wieder machen?«

»Werden wir zu Notfallhebammen ausgebildet?«

»Oh, Hilfe.«

»Bitte, Frau Ninfa, reden Sie meiner Tochter endlich aus, dass wir junge, abenteuerlustige Männer sind, die jeden Unsinn mitmachen.«

»Oder jemals Frauen verstehen werden.«

»Und wir sind auch nicht modern«

»Oder flexibel!«

»Bitte, Frau Ninfa, sagen Sie ihr, sie soll uns einfach mal wie zwei alte Männer behandeln, die gerne Zeitung lesen.«

»Und Rosen züchten.«

»Und Bonsaibäume.«

»Seit wann züchtest du Bonsaibäume.«

»Das wollte ich schon immer mal machen.«

»Was soll das denn für ein Hobby sein, etwas klein züchten. Züchte lieber deine Superkühe!«

»Oh, ja, der preußische Wilhelm will natürlich immer nur groß.«

»Groß ist auch von großem Nutzen.«

»Unfug!«

»Blödsinn!«

Mama kommt zur Tür herein.

»Na, Ninfa, was machen die kleinen Süßen?« Mama scheint das Gezanke gar nicht gehört zu haben. Sie hat einen Bademantel an, sie riecht gut, ihre Haare fallen fluffig in die Stirn. Sie geht zu Ninfa, wird sanft von ihr in den Arm genommen und bekommt ihren speziellen Schwangerschaftstee.

»Ist das nicht ein herrlicher Tag heute?« Mama beugt sich zu mir und knuddelt mich. Oh, das ist so schön! Und dann tut sie etwas ganz Erstaunliches. Sie knuddelt Opa Wilhelm und dann Opa Gunnar.

»Ach, ihr beiden, ihr seid so wunderbar.«

Nun setzt sie sich. Offenbar ist ihr nicht bewusst, dass meine Opas sie anstarren, als sei sie von einem anderen Stern. (Das sagt man so. Also diese Leute, die vom anderen Stern kommen, die müssen wirklich ziemlich putzig aussehen.)

»Liebes, geht es dir gut?« Opa Wilhelm greift ihre Hand, die sie dankbar ergreift und ihn anzwinkert. Ganz lieb. Er ist verwirrt. Na, ich würde fast sagen, er hat Angst.

Nun greift sie nach Gunnar.

»Ihr habt mir so geholfen. Das ist so wunderbar von euch!«

»Geht es dir nicht gut, Mädchen?«

»Alles gut. Wunderbar.« Mama wuschelt sich noch leicht müde durch ihr schönes Haar. »Greg geht es soweit gut. Der Arzt sagt, vielleicht ist er bald nicht mehr ansteckend. Erst muss der Schorf abfallen.«

Opa Wilhelm verzieht das Gesicht und stellt seine Kaffeetasse ungetrunken wieder ab.

Ninfa raschelt mit Papier, um es dann meiner Mama zu geben. Die schaut noch mal nachdenklich drauf, um es dann vor sich auf den Tisch zu legen.

»Was ihr beide heute für mich tun müsst.« Sie ist nachdenklich.

»Oh, ich wusste es.«

»Nun kommt das dicke Ende.«

»Sag nicht dick. Meine Tochter ist nicht dick.«

»Halt du dich da raus.«

Mama scheint amüsiert und wirft mir kleine Luftküsse zu, die ich auffange und mir auf die Wange drücke. Mama und Ninfa lachen verzückt. Hasi und ich schmusen kurz. Das mache ich immer, um mein Publikum zu unterhalten.

»Also meine Herren.« Ninfa ruft meine Ahnherren zur Ordnung. Die setzen sich aufrecht hin und erwarten offenbar kleinere und größere Katastrophen auf sich zurollen.

»Heute kommen die Handwerker, die die Möbel aufbauen. Die brauchen eine Aufsicht. Wenn ihr das noch erledigen könnt.«

»Äh. Klar.«

»Selbstverständlich.«

Mama nickt, seufzt und sagt dann erstaunlich langsam: »Und dann – «, sie macht eine Pause und seufzt wieder.

Meine Opas beugen ihre Köpfe gebannt nach vorne. Ups. Opas Schlips ist gleich im Kaffee.

»Ja, dann«, Mama setzt noch einmal an.

Meine Opas platzen gleich vor Spannung.

Mama sagt aber nix.

»Schon wieder Schwangerschaftsvorbereitungskurs?«, wispert Opa ängstlich.

»Was soll das denn sein? Sie ist doch schon schwanger, wieso soll sie sich da noch drauf vorbereiten?« Opa Gunnar stupst ihn heftig an.

»Ach, ja. Geburtsdings.«

»Oder doch wieder diese Diskussionsrunde da?«

»Nichts davon.« Mama kichert. Ninfa steht hinter ihr und lacht in das Geschirrtuch.

»Ja, was denn? Was ist es?«

»Nun sag schon!«

Mama lacht. Ich glaube, sie hat in letzter Zeit noch nie so lange am Stück gelacht. Das ist schön. Sie hat so ein nettes Lachen und so schöne Zähne. Ach, meine Mama ist die Beste. Auch wenn sie zum Teil momentan aus meiner blöden Schwester besteht. »Ich fange mal anders an. Gestern, als ihr da in dem Babymarkt alles leer gekauft habt, haben Ninfa und ich noch weitere Hebammen kennengelernt.«

»Ja?«

»Und?«

»Ihr glaubt es ja nicht. Sie waren alle toll, aber eine, also ich sag euch. Ich wusste schon, als ich die Tür aufgemacht habe, das ist sie.«

»Oh, ja!« Ninfa nickt zustimmend.

»Sie sieht aus wie Meryl Streep. Sieht sie nicht genau aus wie Meryl Streep, Ninfa?«

»Haargenau.« Ninfa nickt. Sie ist sehr ernst dabei. Offenbar ist es unerlässlich für die Befähigung einer Hebamme auszusehen wie diese erwähnte Dame.

»Wer zum Kuckuck ist Märy Schrieb?« Opa Wilhelm

wird ungeduldig. Ich lege Hasi in seine Hand, er nimmt ihn an seine Wange, herzt ihn und gibt ihn mir zurück.

»Kenne ich nicht.« Opa Gunnar schüttelt enttäuscht den Kopf. »Wer soll das sein?«

»Du kennst Meryl Streep nicht?«

»Ist das zu glauben? Er kennt Meryl Streep nicht!«

Opa Wilhelm runzelt die Stirn. So was mag er gar nicht, also schwenkt er um. Oder ist es ihm doch gerade noch eingefallen, wer das sein könnte? Nein, glaub ich nicht, ich glaube, er schummelt.

»Äh. Doch.«

Opa Gunnar wirkt erstaunt, dann scheint er auch plötzlich von Erinnerungen heimgesucht.

»Ja, ich auch.«

»Wer kennt die nicht.«

»Klar.«

Mama und Ninfa sehen sich kurz an, lachen dann und endlich schiebt Mama die Zettel über den Tisch.

»Dann packt mal hübsch eure Koffer. Morgen geht es los. Bestes Hotel am Platz. Ihr habt es euch redlich verdient!«

»Bitte?«

»Was is'n los?«

Mama reicht ihnen triumphierend einen Brief. Meine Opas stecken die Köpfe über den Zetteln zusammen. Auch ich gucke drauf. Zu sehen sind ein schönes Haus mit pinken Blumen auf den Balkonen, wunderbares Wetter, ein See und Schnee.

»Tegernsee?«

»Wir dürfen in den Urlaub?«

»Ja? Wirklich? Urlaub?«

Heißa! Da kommt Freude bei meinen geplagten Opas auf. Sie jubeln und umarmen erst mich und dann sich. Das sieht man selten!

»Aber leider kann Frau Pietsch nicht mitkommen. Sie muss meinen Greg pflegen. Das versteht ihr sicher. Ihr müsst also alleine mit Finn zurechtkommen.«

Und Hasi.

»Klar.«

»Das schaffen wir mit links.«

Mama nickt zufrieden. Fasst mich an beiden Händen, küsst mich. »Du bist bei den beiden gut aufgehoben.«

»Und er schläft natürlich in meinem Zimmer.« Opa Wilhelm legt den Arm um mich.

»Nichts. Er schläft bei mir.« Opa Gunnar drängelt ihn zurück.

»Ganz ruhig. Ich habe in jedes eurer Zimmer ein Beistellbett stellen lassen. Ich kenne ja meine Pappenheimer.« Mama bekommt von Ninfa einen geriebenen Apfel vorgesetzt mit einem Klecks Sahne obenauf. Ich nutze die Aufregung und mopse mir mit einem geschickten Griff diese Schale und nasche schnell.

»Und wie lange?«

»Eine Woche.«

»Gut.«

»Sehr gut.«

»Damit ihr mal ein bisschen was anderes seht als immer nur eine dicke Schwangere.«

»Du bist doch nicht dick.«

»Nein, gar nicht. Du bist richtig schlank. Man merkt kaum, dass du schwanger bist.«

»Ihr Lügner!«

»Aber vorher macht ihr meinen Sohn wieder sauber.« Mama zeigt auf mich.

Ups.

10

Ich packe meine Koffer

Nun geht es also los. Urlaub. Endlich machen wir mal Urlaub. Ich hab noch nie Urlaub gemacht, und wenn es einer verdient hat, dann ja wohl ich. Der ganze Stress hier mit der Erziehung dieser Erwachsenen.

Urlaub scheint allerdings selbst auch mit Stress verbunden zu sein. Es wird ein ungeheurer Aufwand getrieben, um Kleidung und andere Utensilien in Taschen und Koffer zu packen. Dabei sind die Erwachsenen sehr eigen. Es scheint nicht irgendwas eingepackt zu werden, sondern bestimmte Sachen. Und wenn sie erst mal eingepackt sind, mögen sie es nicht so gerne, wenn man sie für sie wieder auspackt. Na ja. Ich wollte ja nur helfen.

Zumindest sind jetzt die Koffer alle fertig, stehen an der Haustür und wir sitzen in der Küche. Ich trage bereits meinen Gurt mit Hasi und eine frische Windel. Kann also losgehen.

Es klingelt.

»Das ist das Taxi!«

Ist aber gar nicht das Taxi, sondern der Fahrer von dem Taxi. Das Taxi selber steht ziemlich unbeeindruckt in der Auffahrt. Der Mann schleppt netterweise alle Koffer zum Auto und wuchtet sie in den Kofferraum, wie der Name schon sagt.

Mama küssen, Ninfa küssen und Frau Pietsch kommt

auch noch angebraust. Wird auch geküsst. Immer her mit den Küssen.

»Für unterwegs!« Frau Pietsch hebt eine kleine Tasche mit Butterbroten hoch. Ninfa lacht. Von ihr haben wir auch so eine Tüte. Na, das sieht ja schon mal lecker aus.

Alle drei Frauen stehen an der Tür und winken uns, als das Taxi mit uns losbrummt. Ich winke zurück und freu mich riesig auf den Urlaub. Wann der wohl kommt?

Der Bahnhof ist riesig. Ich wusste gar nicht, dass man so große Gebäude bauen darf. Und eine Unmenge Leute rennen hin und her. Sie gucken sich gegenseitig gar nicht an, deswegen rempeln sie sich ab und zu an. Ich drücke mich ganz fest an Opa Wilhelm und Hasi. Opa Gunnar trägt meinen und seinen Koffer. Opa zieht seinen hinter sich her.

»Du brauchst einen neuen Koffer«, sagt Opa Wilhelm.

»Nix. Der ist noch sehr gut. Echtes Leder. Gehörte mal meinem Vater.«

»Ist aber unpraktisch.«

»Generationen von Menschen haben solche Koffer benutzt, warum soll der jetzt plötzlich unpraktisch sein?«

»Generationen von Menschen haben auch ohne Penicillin gelebt. Man kann sich nicht allem verschließen.«

»Muss ich das jetzt die ganze Woche anhören?«

»Ich wollte nur einen wohlgemeinten Rat geben.« Opa Wilhelm bleibt stehen vor einem Poster mit ganz vielen kleinen Buchstaben und Zahlen in einem hübschen Muster.

»Dahin.«

Wir gehen zu einer Treppe, die sich selber bewegt. Ich bleibe stehen und muss erst gucken.

»Geht das mal weiter da vorne?«, mault einer von hinten.

»Das Kind muss erst gucken!«, brüllt Opa Wilhelm nach hinten.

»Sie glauben auch, der Humanismus war nur für andere, was?«, keift nun auch Opa Gunnar. Ich habe keine Ahnung, was der maulige Mann dazu gesagt hat, aber gemault hat dann keiner mehr.

Ich tappe vorsichtig auf eine Stufe und werde sofort von diesem geheimen Ding nach oben geschwebt, oder so. Opa hält mich. Hinter mir höre ich die Stimme einer Dame.

»Wie entzückend! Mit dem Enkelchen unterwegs?«

»Sie haben es erraten, meine Dame.« Opa Wilhelms Stimme bekommt einen ganz zarten Schmelz.

»Und wohin fahren Sie?«

»An den Tegernsee!«

»Oh, wie wunderbar. Gute Reise wünsche ich!« Die Dame winkt, ich winke zurück, was die Frau zu noch mehr »Wie entzückend!«-Ausrufen bringt.

»Du hast es ja raus, wie man die Damen begeistert«, brummt Opa Gunnar.

»Danke«, sagt Opa Wilhelm.

»Ich meine doch nicht dich!«

Oben angekommen, müssen wir eine Strecke gehen. Viele Beine und Koffer schwirren um mich herum, und ich drücke mich noch enger an Opa. Dann riecht es nach Brötchen und nach Mittagessen. Und nach Kaffee. Noch so eine selbstfahrende Treppe. Hepp, ich bin drauf. Puh. Und wenn man da runterguckt. Huch, das ist ja cool.

Und dann sind wir da. Also noch nicht da, wo der Urlaub wohnt, sondern da, wo die Loks nachts schlafen. Ganz groß.

»Da!«, rufe ich. Und meine Opas bücken sich sofort zu mir herunter.

»Meinst du die Lok? Schau, schön, oder?«

Hey, die fährt ja weg!

»Da!«

»Nein, mit der fahren wir nicht, wir fahren mit einem Zug, der ganz weiß ist. Der kommt erst in ein paar Minuten.

Da bin ich aber beruhigt.

Meine Opas gehen mit mir die Schienen entlang und bleiben plötzlich stehen, stellen ihre Koffer ab und warten. Andere Menschen gehen an uns vorbei. Ich habe immerzu das Gefühl, wir sollten diesen Menschen nachgehen. Aber meine Opas wirken so entspannt. Dann höre ich Stimmen und sehe Vögel in dem großen Gebäude herumfliegen. Und merkwürdigerweise ist das Gebäude an einer Seite auf. Hat da einer vergessen, eine Wand hinzubauen? Die metallischen Stimmen sagen lauter Sachen, die man nicht entziffern kann.

»Börlün hmmmhmhmhmhmhmhmmm.« So klingt es. Also ehrlich, die Erwachsenen haben die Welt aber merkwürdig konstruiert. Ich würde doch mehr darauf achten, dass man alles besser versteht.

Ein kleines Mädchen mit einer Puppe kommt an uns vorbei. Es nickt mir zu. Ich kann dem kleinen Fräulein ansehen, dass sie auch nicht zufrieden ist mit diesem Gebäude. Die Mutter scheint hochgradig irritiert. Sie sieht mich an, dann meine Opas, offenbar wirken die seriös genug, um sie etwas zu fragen.

»Entschuldigen Sie. Ist das der Zug nach München?«

Interessanterweise zeigt sie auf die leeren Schienen direkt vor uns.

»Ja, genau.«

Wo? Wo ist der? Ist der unsichtbar? Hier steht doch gar kein Zug? Was genau habe ich wieder nicht verstanden?

Die Dame scheint beruhigt und stellt sich zu uns. Das Mädchen wird etwas unelegant hin und her gezerrt, lässt es aber mit Gleichmut über sich ergehen. Auch meine Hand wird nicht eine Sekunde losgelassen. Opa Gunnar sorgt dafür, dass das Mädchen neben mir stehen kann.

Sie zeigt mir ihre Puppe. Ich Hasi. Wir nicken uns zu.

Meine Opas unterhalten sich mit der Dame. Über die Bahn, über das Wetter und über München.

Das Mädchen und ich brauchen nicht zu sprechen. Wir hätten eh nur ein Thema: Warum sind Erwachsene nur so schwer zu verstehen?

Es gongt dicht neben uns. Wir zucken zusammen, was unsere Erwachsenen amüsiert.

»Wie süß.«

»Ja, sie haben sich erschreckt.«

Nix ist hier süß. Das Mädchen sieht es genauso. Immerhin wurden wir in den letzten Minuten nicht herummanövriert.

»Da kommt er!«

Was jetzt? Der unsichtbare Zug? Ich dachte, er wäre schon da. Man zerrt uns einige Schritte nach hinten. Warum auch immer. Das Mädchen zeigt auf einen kleinen, süßen Hund in unserer Nähe. Er zittert. Kein Wunder.

»Dann gute Reise!«, sagt die Frau und winkt uns. Das Mädchen und ich tauschen Blicke. Sie hebt die Puppe, ich Hasi.

»Ist das der richtige Wagen?«

»Was für ein Wagen? Ist das denn nicht ein Zug?« Opa Gunnar ist verunsichert. Er greift die Koffer.

»Ja doch, laut Wagenstandsanzeiger. Äh, nee, da steht umgekehrte Wagenreihenfolge. Kommt, wir müssen nach hinten.« Opa Wilhelm und sein rollender Koffer weisen uns den Weg. Also wühlen wir uns am Bahnsteig durch panisch hin- und herrennende Menschen. Manche mit Kindern, die mich alle so ansehen wie das Mädchen eben.

Erwachsene. Sie sind so merkwürdig. Eben noch ganz entspannt, dann plötzlich aufgescheucht wie Hühner. Und nur weil ein Wagen oder ein Zug oder unsichtbare Gongs sie erschrecken.

»Hinein!«, ruft Opa Gunnar von hinten amüsiert. Eine hübsche Dame mit dunkler Weste hilft.

»Kommen Sie, mein Herr.« Sie nimmt Opas Rollkoffer, hebt diesen hinein und unterstützt mich dabei, meine kleinen Füße auf die großen Stufen zu setzen. Der Abgrund zwischen den sicheren Steinen und dem Zug macht mir etwas Angst. Hopps. Da bin ich endlich drin.

Opa Gunnar kommt dicht hinter mir her. Wir folgen Opa Wilhelm in einen großen Wagen, wo die Leute links und recht ganz ordentlich sitzen. Immer zu zweit. Da sind einige Plätze frei, aber da setzen wir uns nicht hin, sondern gehen weiter.

Opa! Wo guckst du denn hin? Opa guckt nach oben und nicht auf die Sitze. Erwachsene sind so verwirrend.

Endlich kommen wir zu leeren Sesseln, die nicht brav hintereinanderstehen, sondern einander zugewandt. So wie bei Opa im Wohnzimmer. Mit Tisch.

»Hier. Der Junge soll da ans Fenster.«

Mühsam klettere ich bis zu dem Platz, lasse mich fallen und sehe spontan gar nichts mehr. Rechts Wand, vor mir (gleichzeitig leicht über mir) der Tisch und links sehe ich Opas Bauch, als er sich endlich auf den Sessel hat fallen lassen. Da hat mein Sessel richtig mitgewackelt, als Opa gelandet ist!

Opa Gunnar sitzt mir gegenüber. Ich sehe seine Hose und seine Schuhe.

»Der Junge sitzt aber tief.«

»Oh.«

Andere Leute, die ihre Plätze gefunden haben, sortieren ihre Jacken in ein Fach unter der Decke. Und die Koffer kommen in einen Schrank.

»Gut, dass der hier nicht so voll ist.«

»Hat Sara gut gemacht, nicht so in der Rush Hour.«

»Rush Hour?« Opa Gunnar zieht die Augenbrauen hoch.

»Ja, das sagt man so.«

»Aha. Leg mal dem Jungen meine Jacke unter den Po, dann sitzt er höher.«

Meine Opas wühlen ihre Jacken hervor, ich muss aufstehen, wobei ich quasi unter dem Tisch lande, und dann setze ich mich auf den wackeligen Plüschberg aus Jacken.

»Besser?«

Besser. Jetzt kann ich aus dem Fenster gucken. Aber da sehe ich nur die Stelle, wo ich eben mit dem Mädchen noch war. Na, weit sind wir aber in unserem Urlaub noch nicht gekommen.

Huch! Was ist jetzt? Das »Draußen« wird zur Seite gezogen und es summt im Raum. Ich gucke Opa Wilhelm an. Der beugt sich zu mir rüber und zeigt raus.

»Schau, wir fahren.«

»Jau. Los geht es!«

Wir fahren doch gar nicht, Wir stehen doch, das da draußen fährt. Huch. Tatsächlich! Ich bin echt beeindruckt. Das Gebäude geht weg und nun fahren wir zwischen einigen hohen Häusern rum.

»Berlin«, brummt Opa Gunnar, als wäre er sich nicht sicher, ob er das mag oder nicht.

»Berlin!« Opa Wilhelm hingegen ist sicher sicher, dass er das mag.

Wir fahren eine Weile. Da kommt die junge Dame mit der Weste, die mir beim Einsteigen geholfen hat. Anstatt sie anzugucken oder zu sagen, dass sie blutjung ist (was bei Opa Wilhelm lediglich bedeutet, dass er sie nett findet), kramen meine Oldies längliche Karten raus.

»Noch Zugestiegene?«, singsangt die Dame und bekommt von anderen Passagieren Karten oder gar Handys entgegengehalten. Sie guckt überall sehr genau drauf. Als sie unseren Tisch erreicht, strahlt sie. Ich will ihr Hasi hinhalten. Irgendwas muss ich ja auch vorzeigen, oder?

»Na, junger Mann, mit deinen Opas unterwegs?« Die Frau kontrolliert die Karten meiner Opas. Sie lacht, als sie Hasi sieht. Sie nimmt ihn, schaut ihn an und reicht ihn mir zurück. »Der darf heute kostenlos mitfahren.«

Na, haben wir ein Glück!

Opa Gunnar guckt der Dame hinterher. Ob er wohl Angst hat, dass seine Karte nicht in Ordnung war?

Opa Wilhelm zischt energisch.

Opa Gunnar setzt sich gerade hin und kichert.

Das ist also Bahnfahren. Und was jetzt?

»Aufwachen, wir sind in München und müssen umsteigen!« Opa Wilhelm streicht mir über den Kopf.

Hasi? Ah, hier bist du. Wo sind wir? Ach, ja, im Zug. Und jetzt hier raus? Meine Opas haben Mühe, alles zusammenzusuchen. Jacke, Hasi, mich, Koffer. Dann geht es raus. Die Dame mit der Weste hebt mich auf den Bahnsteig. Und das ist jetzt Urlaub?

Wir gehen ein bisschen draußen rum. Es ist so wie vorhin. Nur woanders. Aber ähnlich. Viele Beine, ein paar Kinder und Tiere. Wir Kinder lassen uns geduldig hinterherzerren und haben nur die eine Sorge, dass unser Plüschtier oder unsere Brezel nicht verloren geht. Die Erwachsenen sorgen für den Trubel und tragen die Koffer.

Opa Wilhelm fragt jemanden nach dem Weg. Wir müssen dahin, wo die kleineren Züge stehen.

»Da. Tegernsee. Da steht es: Bayerische Oberlandbahn. BOB.« Es dauert ein bisschen, bis wir auf einem neuen Bahnsteig sind, und steigen dann in die wartende Bahn. Der Zug sieht von innen völlig anders aus. Und die Sitze haben keinen Tisch dazwischen. Ich darf wieder ans Fenster, die Koffer bleiben dicht bei uns stehen. Zum Glück ist nicht viel los.

»BOB?«, fragt Opa Gunnar.

»Ja, Bayerische Oberlandbahn.«

»Müsste es dann nicht BOLB heißen?«

»Guck raus und such nach Kühen!« Opa Wilhelm sagt das zwar streng, muss aber lachen.

Und dann fährt dieser BOB los. Eine nette Frauenstimme sagt uns jedes Mal was in einer seltsamen Sprache, wenn der Zug wieder hält, und dazu: »Ausstieg in Fahrtrichtung rechts.« Irgendwie mit vielen Rs, aber andere Rs als bei Ninfa und ihrem Fernsehen.

»Schau, wie schön die Berge aussehen. Und da!«

Mann, da kann man ja viel gucken!

Endlich sagt sie: »Tegernsee. Hier endet der Zug.«

»Ach, ich dachte, der Zug endet vorne beim Fahrer!« Opa Gunnars und Opa Wilhelms Laune steigt. Sie kichern wie kleine Mädchen. Liegt bestimmt an der guten Luft und daran, dass Opa Gunnar endlich wieder Kühe angucken kann.

Als wir aussteigen, steht sofort ein junger Mann vor uns. Er greift nach Opas Koffer. Ich zucke zusammen. Jetzt ist genau das eingetroffen, wovor uns Mama so eindringlich gewarnt hat, nämlich ein Raub.

Raub geht so. Sachen, die mir gehören, nimmt jemand ohne zu fragen, weg. Hier also Opas Koffer.

Opa ist natürlich so höflich und sagt zu dem Dieb »Bitte!« und da es ein netter Dieb ist, sagt er »Danke!« und dass er das Diebesgut da vorne in den Wagen tun wird und wir dürfen ruhig zugucken. Komisch.

Das ist doch kein Raub, denn Räuber bitten einen in der Regel wohl nicht, ihnen zu folgen, oder? Nein, meine Opas sind immer noch wahnsinnig am Lächeln.

Wir werden zu einem großen Auto gebracht. Hinten ist ein Kindersitz und ich klettere sofort da rein. Mit Hasi. Der Typ mit den Koffern bringt uns zu dem Hotel und gibt uns die Koffer dann zwar nicht wieder, aber ich höre, wie er zu jemand von dem Hotel sagt, er soll die Koffer auf die Zimmer von meinen Opas bringen.

»Na, hol mich doch der Teufel.« Opa Gunnar bleibt erst einmal mitten in der Glastür stehen und staunt. Opa Wilhelm, der derlei Interieur wahrscheinlich gewohnt ist, geht mit mir an der Hand in eine riesige Halle. Ein junger Mann steht hinter einem Tresen und strahlt uns an. Kennt der uns?

»Willkommen im Hotel Mairbach. Sie müssen die Semmelmanns sein?«

»Ich nicht.« Opa Gunnar hüpft etwas zur Seite, als die Glastüren wieder zugehen wollen.

»Doch, er auch.« Opa Wilhelm informiert den Mann unerschütterlich, und Opa Gunnar lacht.

Das ist also Urlaub. Wenn meine Opas sich einig sind.

Na, das gefällt mir.

Das Hotel ist groß. Und das Zimmer von Opa Wilhelm auch. Mit Wohnzimmermöbeln. Ganz hell und vornehm. Und ein Extrazimmer mit Bett. Mein Bett steht hier in dem Wohnzimmer. Hier stehen auch die geklauten Koffer. Und wenn man aus einem der riesigen Fenster guckt, dann ist die Welt nicht glatt, sondern wellig. Aber was für Wellen. Mit Bäumen obendrauf. Huch!

»Da!«

»Das ist ein Berg, mein Junge. Ein BERG!« Wenn Opa anfängt, einzelne Worte energisch auszusprechen, dann will er, dass ich das Wort nachspreche. Klar, den Gefallen tue ich ihm gerne.

»Beee!«

»Berg. Genau. Du bist schon ein halber Bayer!«

Das Zimmer ist ganz hell und sehr schön. Opa geht ein paar Schritte und sagt immerzu: »Was für angenehmes Design!« Was auch immer das sein soll. Er räumt seinen Koffer aus und alles in die Schränke und ich helfe ihm, indem ich ihm einzelne Socken gebe. Er findet es natürlich phantastisch. Dann klopft es und Opa Gunnar steht vor der Tür, der wohnt nämlich nebenan.

»Doller Schuppen! Das hat Sara aber gut ausgesucht!«

»Ja. Mit meinem Geld. Aber sei es drum. Das haben wir uns verdient. Mal was anderes als Urlaub auf dem Bauernhof, wie?«

»Jau. Und bislang niemand schwanger.«

»Psst! Ich schlage vor, wir gehen mal runter und trinken einen Kaffee, um mal das Hotel etwas kennenzulernen. Später gehen wir spazieren, ja?«

»Jau.«

Sie nehmen mich zwischen sich und an die Hand und los geht es zum Aufzug. Ich mag den. Es zieht so lustig in den Knien, wenn wir da drin sind. Und der kann zaubern, Tür zu, Tür auf und schon ist man woanders. Warum haben wir das nicht zu Hause?

»Die Lobby gefällt mir. Sehr schick.« Opa Wilhelm schaut sich um. »Aber wo müssen wir jetzt lang?«

»Ich hätte es ja lieber etwas gediegener. Ich dachte, wir sind hier in Bayern.«

»Du glaubst auch, dass die alle in Lederhosen rumlaufen, wie?«

»Na, aber in so einem Stoiber-Jäckchen schon.«

»Die Jacke heißt nicht Stoiber, sondern tatsächlich Tegernseer.«

»Ach, das weiß der Herr Doktor auch. Du bist ein Besserwisser.«

»Nur nicht neidisch werden. Du darfst uns dann beim Spaziergang alles über Kühe erzählen. Wir gehen da lang.«

Endlich kommt eine junge Frau auf uns zu. In Weste.

»Kann ich Ihnen helfen?«

»Wir würden gerne eine Tasse Kaffee trinken.«

»Und Tee.«

Und ich will Kuchen.

»Gerne, folgen Sie mir bitte.« Sie geht ein Stück voran und zeigt dann auf zwei Türen, die weit offen stehen. »Das Hotel hält vier Möglichkeiten für die bereit, eine Kleinigkeit oder ein Mahl zu sich zu nehmen. Einmal hier die Tagesstube. Dort geht es zum Pavillon. Sehen Sie? Erreichbar durch den Arkadengang und dort das Gasthaus. Zum Garten hin haben wir dann noch die Sushibar.« Sie nickt und beugt sich zu mir herunter. »Hallo. Du machst Urlaub mit deinem Vater und Onkel, vermute ich?«

»Aber nicht doch! Ich bin der Großvater.«

»Ich auch. Also der andere Großvater.« Opa Gunnar ist das ein bisschen peinlich, er wird unruhig.

»Wirklich? Na, das hätte ich ja nicht gedacht!« Die Dame lächelt.

Opa Gunnar und Opa Wilhelm werden ganz verlegen. Ist denen warm? Sie sind beide plötzlich ganz rot.

»Ich wünsche Ihnen einen angenehmen Aufenthalt.«

»Äh, ein Frage habe ich noch. Gibt es zufällig hier im Haus so etwas wie einen Buggy. Für den Jungen?«

»Aber natürlich, Herr – «

»Doktor Semmelmann und äh, Gunnar.« Opa scheint etwas verwirrt und schrecklich eifrig.

»Wir können Ihnen natürlich gern einen kleinen Wagen für Ihren Enkelsohn zur Verfügung stellen. Ich sage gleich vorne Bescheid.«

»Oh. Äh. Ja.«

Die Dame geht davon.

Meine Opas schauen ihr verwirrt nach. Was ist denn nur los mit denen, sie sind doch gewohnt, dass andere machen, was man ihnen sagt?

»Hatte ganz vergessen, wie schön das ist, Urlaub zu machen.«

»Ich hatte noch nie Urlaub«, brummt Opa Gunnar und zeigt dann in die Tagesstube hinein. »Da gibt es Kuchen.« Tatsächlich sitzen dort Gäste, die ansehnlich große Stücke Torte verdrücken. Hier sind wir richtig!

Die Stube, den Ausdruck kenne ich, das sagt Opa manchmal, wenn er seinen Steuerberater hereinbittet. Dann sagt er immer »hinein in die gute Stube«. Aber dies hier sieht kein bisschen nach Wohnzimmer aus. Die Wände sind von oben bis unten aus hellem Holz. Auch die mächtigen Tische und Bänke sind aus Holz und viel Plüsch. Opa grüßt die anderen Leute, die grüßen freundlich zurück. Ob er die alle kennt?

»Da, ans Fenster. Finn, da kletter mal hin.« Doch bevor ich die Bank erklimmen kann, steht ein Mann neben uns, er trägt einen Stuhl.

»Für den jungen Mann eventuell diesen Stuhl hier?«

»Wunderbar!«

Ja, nicht schlecht.

Ich werde hineingehoben und habe von da aus einen genialen Blick aus dem Fenster über den Tisch und rüber zu den Leuten. Jetzt sehe ich, dass da ein großer Hund unter dem Tisch liegt. Ob der ihnen gehört, oder ob die den noch gar nicht bemerkt haben?

»Wauwau!« Ich zeige darauf. Offenbar hat man nur auf ein paar Worte von mir an die Menge gewartet, es wird sofort freundlich gelacht und mir zugewunken.

»Was für ein goldiges Enkelkind!«

»Ja, danke!«

Meine Opas bestellen sich erst mal Kaffee, Tee und Torte. Gebracht werden aber noch zusätzlich zwei hohe Gläser mit irgendeinem Sprudel drin.

»Das Hotel heißt Sie herzlich willkommen.«

»Oh! Sekt!«

»Ah! Wie mondän!«

»Darf ich Ihrem kleinen (hier macht er eine Pause und lächelt) Sohn auch etwas bringen?«

»Das ist unser Enkel!«

»Ja, wir sind die Opas!«

Mann, die Leute von diesem Hotel sind hier sonst so auf Zack, aber das scheinen die sich hier echt nicht merken zu können. Egal, irgendwie nehmen meine Oldies das nicht krumm. Im Gegenteil. Wenn man genau hinsieht, kann man erkennen, dass beide jedes Mal richtig froh sind, wenn man sie für die Väter hält. Albern.

»Vielleicht eine Apfelsaftschorle?«

»Gern.«

Toll. Bekomme ich auch so ein Glas? Nein, ich sehe schon, ich bekomme ein kleines, stabiles Glas.

»Stößchen!«, ruft eine ältere Dame vom Nachbartisch. Meine Opas drehen sich um und lächeln. Aber irgendwie erstarrt das Lächeln in ihren Gesichtern. Interessiert drehe ich mich um. Gar nicht so leicht in meinem Kindersitz. Die Frau ist alles andere als blutjung. Sie hat offenbar Angst um ihren Schmuck und trägt ihn deshalb lieber bei sich. Sieht schwer aus. Ihr Kleid ist pink, um die Schultern liegt weißer Püschelkram. Ich glaube, das ist Pelz, und Mama würde deshalb sofort einen Streit vom Zaun brechen.

»Juhu!«, ruft sie uns rüber und winkt mit ihrer Hand, als wären ihre Finger klebrig. Mit jedem Finger einzeln. Sie hat eine kräftige Stimme, die mir gleichzeitig Angst macht und fasziniert.

»Wer ist das denn? Kennst du die?«

»Ist das nicht Clothilde von der Heide?«, flüstert Opa Wilhelm und versucht gleichzeitig zurückzuwinken. Klappt nicht, er verschüttet ein bisschen vom Sprudel aus seinem Glas. Eine Westenträgerin kommt sofort zu uns. Aber sie schimpft nicht mit uns, sondern wischt die paar Tropfen weg und bietet an, neuen Sprudel zu holen. Dann werden die Gläser meiner Opas noch einmal schwungvoll erhoben, auch ich muss meins vorsichtig hochheben (Opa Gunnar hilft), und wir stupsen unsere Gläser gegenseitig an, dass es klirrt.

Toll.

Und dann der Kuchen. Endlich.

Der Spaziergang verspricht eine Wucht zu werden. Meine Opas holen unsere Jacken und dann geht es los.

»Wir hatten einen kleinen Wagen für unseren Enkel reservieren lassen«, sagt Opa Wilhelm an der Lobby zu dem Mann, der natürlich eine Weste trägt.

»Ja, Doktor Semmelmann und Doktor Gunnar haben einen Wagen reservieren lassen.« Der junge Mann hat diese Informationen offenbar aus dem Computer vor sich. Opa Gunnar fängt an zu lachen. Opa Wilhelm stupst ihn an, damit er damit aufhört.

»Ist was nicht in Ordnung?«

»Alles bestens. Kommen Sie, Doktor Gunnar.«

»Sehr gerne, Doktor Semmelmann.«

Wir werden durch die schöne Lobby mit dem vielen Holz an der Decke und den vielen Steinen am Boden und an der Wand geführt. Bis zur Glastür. Draußen steht ein kleiner Wagen. Kenne ich schon. Das nennt man bei uns zu Hause Bollerwagen. Aber dieser hat innen Plüsch und eine Bank und Decken. Und da liegt noch ein Umschlag.

»Donnerwetter!«

»Noch vier Pferde davor und König Ludwig wäre neidisch«, lacht Opa Wilhelm. Der Mann mit Weste lächelt. »Und für Sie haben wir hier noch Stadtpläne. Schauen Sie, hier ist das Hotel.«

Ich werde in den Bollerwagen hineingehoben, mit Decken umpüschelt und dann ziehen meine Opas den Wagen. Jippi! Schneller!

Es liegt nur ein ganz bisschen Schnee auf dem Boden, aber die Berge um uns herum wirken alle hell und freundlich. Die Sonne scheint und es ist sehr klar und frisch. Viele Leute tragen diese dunklen Brillen, die ich aber nicht mag. Irgendwie sehen Menschen mit solchen Dingern auf der Nase gruselig aus.

Opa Gunnar hat die Karte vor der Nase und Opa Wilhelm zieht. Es scheint leicht zu gehen. Natürlich bemühe ich mich auch, besonders leicht zu sein.

Hasi? Wo bist du denn? Warum liegst du denn unter meinem Popöchen? Komm her. Schau da, die Berge!

»Be!«, rufe ich und zeige.

Meine Opas mögen es hier. Alle paar Meter bleiben sie stehen, streichen sich mit ihren Handschuhen den Schweiß von der Stirn, atmen tief ein und aus und rufen so was wie: »Herrlich!« oder »Donnerwetter!« und dann auch noch »Kaiserwetter!«

Wir gehen beziehungsweise fahren einen längeren Weg entlang. Vorbei an kleinen Läden, in deren Schaufenster Sachen sind, wo meine Mama sagen würde: »Das braucht man nicht!« und dann lange seufzend davor stehen bliebe. So Sachen wie Blusen und Röcke und Schals, aber auch Tassen, Schalen und Kissen. Ich persönlich finde ja diese Läden toll, wo es so schön drin riecht. Da geht Papa immer mit mir rein, wenn Muttertag ist. Hier in diesem Ort, der so ähnlich heißt wie »Ratterratter«, gibt es besonders viele Läden mit Kleidung und zwar so Frauenkleider. Meine Opas mögen die, sagen aber sofort kategorisch, dass sie keinesfalls Sara, also meiner Mama, so was mitbringen können. Sie befürchten, ihre Augen würden dann ausgekratzt. Gleichzeitig sind sie aber der Meinung, dass meiner Mama diese Kleidung stehen würde.

Und sie sagen was von Holz vor der Hütte. Und so was. Und lachen.

Endlich sind wir am See. Der ist mächtig groß. Und nur weil man auf der anderen Seite die Berge sehen kann, ist es kein Meer.

»Was für ein Anblick!« Opa Wilhelm breitet die Arme aus.

»Donnerwetter!« Opa Gunnar ist begeistert.

Und ich dachte, das sei Kaiserwetter.

Das Wasser des Sees ist blau. Vielleicht ist er voller Tinte? Und die Häuser ringsherum sehen ganz anders aus als bei uns in Berlin. Alle mit Balkonen aus Holz. Und dazwischen stehen so tolle Häuser mit einem hohen spitzen Dach. Und viele Bäume und sowieso die Berge. Die sind ja so was von riesig, viel höher als mein Teddy in Opas Flur. Wer die wohl hierhergebracht hat?

»Lass uns da mal hinsetzen.«

»Ja, der Junge will sicher mal ein bisschen gehen.« Ich werde rausgehoben und meine Decke wird auf eine Parkbank mit Blick auf den See gelegt. »Das ist, damit deine Großväter keinen kalten Popo bekommen«, erklärt Opa Gunnar. Sie setzen sich. Unschlüssig fange ich an zu nuckeln. Keiner merkt das. Nur Hasi, aber der verrät nichts.

Im Winter ist das Gehen für ein flottes Kind wie mich sehr beschwerlich. Ich habe dann immer so einen dämlichen, dicken Ganzkörperanzug an und eine Bommelmütze auf dem Kopf. Meine Hände stecken meistens in Handschühchen, aber meine Opas haben zum Glück vergessen, mir diese Monster anzuziehen. Mir ist immer schrecklich warm in dem ganzen Zeug und bewegen kann ich mich kaum, schaffe es nicht mal so richtig nach unten zu gucken. Was bin ich denn? Eine Kugel? Also stehe ich da, schaue auf den Tintensee und finde auch, dass das Donnerwetter ist.

»Bee!«, rufe ich und zeige auf die Berge.

»Ja, Berge! Gefällt es dir hier?«

»Oh, er kann schon Berge sagen!«

Als wir zurück ins Hotel kommen, wird es schon dunkel draußen. Ein anderer Mann, aber in der gleichen Weste, steht in der Lobby hinter dem Tresen. Er kommt sofort herbeigeeilt, um uns den Bollerwagen abzunehmen und einzuparken. Nach kurzer höflicher Plauderei gehen wir auf unsere Zimmer. Ich bin heute Nacht bei Opa Wilhelm, der sich nach einer kurzen Zankerei um mich und das »Finnschlafrecht« durchgesetzt hat. Morgen schlafe ich offenbar bei Opa Gunnar. Na, mir egal. Ich brauche nur Hasi.

Zum Abendessen kochen wir uns nichts selber, sondern gehen in das Restaurant des Hotels, wo wir einen Tisch haben, der uns für den Rest der Woche gehört, wenn wir wollen. Mein Stuhl steht schon bereit und meine Opas heben mich rein. Hasi fällt runter und wird von der Bedienung – ja, mit Weste – aufgehoben.

»Könnten Sie dieses Gläschen eventuell aufwärmen?« Opa Gunnar zaubert aus seiner weiten Hose eines meiner Gläschen hervor. Toll. Hast du da noch mehr von drin?

»Aber sicher. Darf ich dem Jungen auch etwas zu trinken bringen? Einen Holunderbeerensaft vielleicht?«

»Gerne.«

Meine Opas bestellen beide eine Axt. Aber wie kann man das essen? Aha. Das ist keine Axt, aber wahrscheinlich heißt es so, weil man es nur mit einer Axt durchgeschnitten bekommt, so sieht dieser Fleischberg, der jetzt kommt, zumindest aus. Allerlei Ahs und Ohs machen sie, bevor sie sich auf ihre riesigen Teller stürzen.

»Juhu!«

Nicht schon wieder die! Die ältere Dame vom Nachbartisch ruft irgendwas rüber.

»Was will die bloß von uns?«

»Frag nicht.«

»Kennst du die?«

»Du würdest sie auch kennen, wenn du statt der Apothekenumschau auch mal das Feuilleton lesen würdest. Das ist eine bekannte Sängerin.«

»So bekannt kann sie ja gar nicht sein. Ich kenn sie schließlich nicht.«

»Das ist doch eine echte Sängerin! Kultur! Oper und nicht Lagerfeuermusik.«

»Ach so.« Opa Gunnar will noch was sagen, weil er etwas ärgerlich ist, lässt es aber dann und wendet sich wieder seiner Axt zu.

»Ich liebe Haxe.« Er leckt sich die Lippen.

Ach, so heißt das.

Auch die Leute mit dem Hund unterm Tisch winken uns zu. Sie scheinen unsere Männerrunde nett zu finden. Ich will mal nicht so sein und winke zurück.

»Unser Finn ist ein Star!« Opa Wilhelm mag es, wenn ich so gut bei anderen Leuten ankomme.

Ja, Urlaub ist schön. Aber ich bin echt müde. Jetzt noch das bisschen Brei und den Saft und dann – ups – ich hab gepupst, aber das musste sein. Na, solange die Leute darüber lachen können, wird es schon nicht so schlimm sein.

11

Topfschlagen

Hallo? Hallo? HALLO?

Das Licht geht an.

»Was hast du, mein Kleiner, warum weinst du so? Geht es dir nicht gut? Owi ist doch da!« Opa Wilhelm steht vor dem Bett und sucht offenbar meinen Hasi, um ihn mir in den Arm zu legen.

Opa, irgendwas ist. Mir ist so komisch am ganzen Körper.

»Beruhige dich doch.«

Ich bin doch ruhig. Ich weiß auch nicht, wer hier den Lärm macht. Mir ist nur komisch. Aber da du ja hier bist und Hasi, bin ich ja jetzt ganz beruhigt. Und vor allem, wenn Licht an ist, dann bin ich quasi wieder Herr der Lage. Hatte ganz vergessen, dass wir ja hier in dem Hotel sind. Meinst du, du könntest Mama mal schnell herholen?

»Was hast du nur? Warum weinst du so?«

Ich weine doch nicht. Ich bin nur etwas unpässlich. Huch. Guck mal meinen Arm an. Ganz rot.

»Oh Gott, was ist denn mit deinem Arm? Warte, ich rufe deinen Opa Gunnar!« Opa läuft mit nur einem Hausschuh los hinaus auf den Flur und ruft: »Gunnar! Gunnar! Ein Notfall! Ein Notfall!« Dann höre ich heftiges Pochen an der Nachbartür.

Ach, so schlimm ist das gar nicht mit dem Arm. Ich

muss nur diese blöde Decke mal von mir runterkriegen. Mir ist warm. Hasi? Bist du auch rot? Nein, du bist blau. Es wird schon leiser hier im Raum. Sag mal, Hasi, bin ich das etwa mit diesem Lärm? Ach, gut dass da jetzt meine beiden Opas kommen. Vielleicht spielen die mit mir.

»Was ist denn los! Er ist ja ganz und gar aufgelöst! Armer Finn! Beruhige dich!« Opa Gunnar steht vor dem Bett. Er wirkt deutlich wacher als Opa Wilhelm, hat auch schon normale Kleidung an.

Toll. Gehen wir raus mit dem Bollerwagen?

»Schau dir den Jungen an. Er ist ganz rot.«

Opa Gunnar schaut vorsichtig unter meinen Schlafanzug und schreckt plötzlich hoch.

»Er hat Ausschlag! Am ganzen Körper! Der arme Junge!«

Huch!

Es wird wieder lauter im Raum. Wer schreit hier bloß so erbärmlich?

»Oh Gott, er wird ersticken. Wir müssen in ein Krankenhaus! Schnell, schnell!«

»Ganz ruhig, Willi.« Opa Gunnar hebt mich hoch und zieht mir den Schlafsack aus. Dann schaut er noch mal unter den Schlafanzug. Ich sehe es jetzt selber. Ich bin ganz rot. Und mir ist ganz heiß.

»Schau, wenn der Junge schreit, bedeutet das doch, dass er Luft bekommt.«

Ich schreie doch gar nicht. Oder doch? Hasi? Komm mal her.

Opa Gunnar pustet. Das tut gut.

»Eben hat er geschrien wie am Spieß!« Opa Wilhelm hat seine Lesebrille geholt. Er wirkt unsicher.

»Jetzt ist er wieder still. Guck.«

Na, jetzt nuckele ich ja am Daumen, da ist das mit dem Schreien auch schwierig.

»Er hat Fieber.«

»Nein, das glaub ich nicht. Es ist eher was mit der Haut.« Opa Gunnar macht mehr Licht an und schaut mir auf den Rücken.

Ich reiche Opa Gunnar meinen Hasen, aber er legt ihn nur weg, statt ihn auch zu untersuchen. Irgendwie witzig: Opa Gunnar ist ganz ruhig, während Opa Wilhelm im Kreis läuft.

»Ich rufe den Notarzt.«

»Zieh dich doch erst mal an, Willi. Solange gehe ich mit dem Jungen runter. Aber erst mal wickele ich ihn. Und ich versuche mal, die Haut zu kühlen oder so.« Er hebt mich aus dem Bett und bringt mich in das Badezimmer.

Opa Wilhelm läuft weiterhin im Kreis.

»Zieh dich an, Willi!«, ruft Opa Gunnar noch und dann stellt er mich in die Dusche. »Und das will ein Doktor sein! Komm, Kleiner, ich dusche dich mal ab.« Opa Gunnar hält mich mit einer Hand und macht mit der anderen die Brause an. Ich bin schon ganz ausgezogen.

»Vielleicht bist du gegen was allergisch.«

Was ist aladings? Ist das was zum Essen?

»Soll ich Sara anrufen?«, brüllt Opa durch die angelehnte Badezimmertür.

»Reg dich doch einfach mal ab. Der Junge kann atmen, und er steht hier munter in der Dusche und untersucht das Wasser, das wunderbar warm aus dem Duschkopf kommt. Du bist es, der ihn aufregt.« Opa Gunnar duscht mich ab und tastet vorsichtig über meine Haut.

»Du bist gegen irgendwas allergisch. Wir gucken mal, ob es durch kühleres Abduschen besser wird, ja?«

Klar. Kann ich von dem Schaumzeug haben? Ich würde so gerne riechen wie Opa Wilhelm. Ich tanze ein bisschen im Kreis.

»Na also. Dir geht es gut, nicht wahr? Vielleicht ist es die Bettwäsche. Oder hast du was Falsches gegessen?«

Ich lache ihn an und haue auf den Wasserstrahl, der aus dem Duschkopf kommt. Jetzt ist auch Opa Gunnar ganz nass.

»Warum warst du eigentlich schon angezogen?« Opa Wilhelm steht nun schwer atmend im Raum. Mein Lachen scheint ihn etwas zu beruhigen, aber als er meine rote Haut sieht, flippt er wieder aus.

»Das Kind ist ganz rot!«

»Ruhig!« Opa Gunnar wickelt mich in eine Decke, trägt mich durch das große Wohnzimmer in das angrenzende Schlafzimmer und legt mich auf Opa Wilhelms Bett.

»Windel«, kommandiert er Opa Wilhelm. Irre ich mich, oder mag er es ganz gerne, ihn rumzuscheuchen?

»Äh. Hier.«

»Unterhemd.«

»Hier.«

»Hose.«

»Hier.«

»Pullover.«

»Hier.«

»Socken.«

»Hier. Sag mal. Ich bin doch nicht dein Assistenzarzt.«

»Keine Sorge, so was wie dich würde ich nur als Pförtner einstellen. Du musst Ruhe bewahren und gucken, was der Junge macht. Der hat nur geweint, weil er im Dunkeln wahrscheinlich gemerkt hat, dass was nicht stimmt und dann auch nicht mehr wusste, wo er war. Schau, er findet alles auf der Haut störend, aber ansonsten ist er okay. Los runter in die Lobby.«

»Meine Güte! So viel hast du ja noch nie geredet! Und warum bist du schon um fünf Uhr morgens angezogen.«

»Eben deshalb.«

»Wegen was?«

»Weil fünf Uhr morgens war.«

»Respekt.«

Mit etwas zu viel Hektik und einigen zusätzlichen Kreiseln sucht Opa die Schlüsselkarte und wir stehen auf dem Flur.

»Oh.« Opa Wilhelm hat seine Jacke vergessen. Nun die Mütze. Jetzt die Karte. Aha. Endlich können wir los. Opa Gunnar brummt und ich lache. Leider habe ich wieder ganz viel an und es juckt schrecklich auf der Haut. Aber nicht so schlimm. Toll an der Sache ist, dass niemanden stört, dass ich genüsslich am Daumen lutsche.

»Wir brauchen einen Arzt«, ruft Opa Wilhelm nun.

»Schscht! Hier wollen die Leute noch schlafen!«

»Ja. Gut. Los, runter in die Lobby!«, zischelt er nun. Wir fahren runter.

Obwohl es draußen noch dunkel ist, steht ein junger Mann hinter diesem Tresen, auf den Opa Wilhelm jetzt zustürmt.

»Schnell, guter Mann, wir brauchen einen Notarzt!«, brüllt er nun völlig überdreht. »Unser Enkel hat Ausschlag bekommen. Vielleicht von der Bettwäsche oder von dem Essen gestern. Machen Sie schon! Es geht um Minuten!«

Der Westenmann am Tresen ist einen Moment tief erschrocken, als er mich und meine Haut sieht (ich muss ja fürchterlich aussehen! Genial! Ob ich so bleiben kann, bis ich das zu Hause Bernhard von nebenan zeigen kann?), und greift dann energisch zum Telefon.

»Gaaaaanz ruhig, Willi. Setz dich da her. Du bist ja ganz fertig. Schau doch. Finn ist ganz ruhig.«

Klar, ich nuckel ja auch. Opa sollte auch nuckeln.

»Notfalldienst hat heute Doktor Kellerhuber. Das ist hier zwei Straßen weiter. Jemand fährt Sie hin.« Der Westenmann lässt kaum den Blick von mir. Vielleicht hat er Angst, ich könnte ihn anstecken? Und schon kommt eine junge Frau aus dem Nebenzimmer mit einem Schlüssel in der Hand. Auch sie starrt mich erst mal erschrocken an.

»Oh!«, haucht sie.

Mann, das ist ja super! Kann ich mal wissen, wie ich aussehe?

Opa Gunnar ist nun still. Vermutlich, weil Opa Wilhelm ganz plötzlich so still ist und Opa Gunnar keinen Grund mehr hat, ihn zu betreuen. Das kenne ich von meinem Papa. Solange er andere bemuttern kann, ist er die Ruhe selbst. Wenn er dann alleine dasteht und nichts mehr zu tun hat, kommt die Panik.

Opa Wilhelm hat sich offenbar daran erinnert, dass er Doktor ist. Oder er hat sich überlegt, wie meine Mama wohl schimpfen wird, wenn die das hier erfährt.

Könnt ihr mal bitte ein Foto von mir machen?

Sehe ich wirklich so cool aus?

»Da ist der Fahrer!«, haucht die junge Frau. Und deutet matt nach draußen. Meine Opas erheben sich, wanken kurz und eilen dann zum Wagen. Oh, die frische Luft tut gut. Kann mich mal einer aus der blöden Jacke rauslassen? Hey!

»Schnell! Ein Notfall!« Opa sitzt vorne. Opa Gunnar sitzt mit mir im Arm hinten. Mir wird warm und es juckt wieder.

Nach nur wenigen Minuten bremsen wir scharf vor einem ebenso schönen Holzbalkonhaus wie unserem Hotel. Nur kleiner. Als wir ankommen, gehen Lichter an, denn es ist noch schrecklich dunkel draußen. Die Tür geht auf.

»Is des des Künd mit dem Osschlag?«, brüllt jemand. Also ich glaube, dass der Mann das gesagt hat und damit mich meint, es klingt nicht ganz so, wie ich es gewohnt bin.

»Ja, bitte, helfen Sie uns. Ein Notfall! Ein Notfall!« Opa Wilhelm beginnt wieder nervöser zu werden. Opa Gunnar nun auch. Komisch, ich dachte, wenn man Ärzte um sich hat, ist alles in Ordnung? Etwa nicht?

»Ja doch!«, murmelt der Mann und deutet an, wo Gunnar mich absetzen soll. Ich werde in ein Zimmer gebracht und ausgezogen.

»Gott im Himmel!«, brüllt Opa Wilhelm wieder, als er mich sieht, und ich fange vor Schreck an zu weinen.

»Nun beruhigns sich doooch!« Mama hat mal gesagt, Opa wird erst so richtig panisch, wenn jemand anderes die Verantwortung übernimmt. Lustigerweise sagt Mama das auch über Papa. Verantwortung muss echt schwer sein. Ich nuckele ein bisschen und es wird wieder still im Raum. Angenehm.

Opa Gunnar hat plötzlich auch ganz weit aufgeschreckte Augen. Was ist nur los? Seit dem Duschen finde ich, dass es weniger juckt. Und draußen war es auch besser.

Ich werde aus meinen Sachen ausgewickelt.

»Wie habts ihr den Bub denn eingepackt? Wollt ihr mit dem zum Nordpol?«

Oh, da waren wir noch nicht. Fährt da ein Bus hin?

»Vielleicht hat er Atemnot?« Opa Gunnar bewegt seine Schultern, als würde es ihn auch jucken, was mich irritiert.

»Bekommt der Junge genug Luft?«

»Jetzt setzt euch beide da mal hin und kaschpert nich so rrrum.« Der Mann deutet streng auf zwei Stühle. Meine Opas setzen sich, um eine Sekunde später wieder aufzuspringen und zu mir zurückzukommen.

Der Arzt hat ein kaltes Instrument und drückt es mir auf meinen nackten Bauch.

Hallo? Spinnst du? Das ist schweinekalt!

»Oh Gott! Warum weint er nur?«

»Was fehlt ihm?«

»Tun Sie doch was!«

»Schnell!«

Der Arzt sagt irgendwas, was niemand versteht. »Irgendwas mit »Hoaltdiegoschn«. Ich hab keine Ahnung, was das bedeuten soll, aber Opa Gunnar und Opa Wilhelm verstummen augenblicklich.

»Hat der Junge gestern irgendwas Ungewöhnliches getan oder gegessen?«, fragt der Arzt nun ganz sanft und betont deutlich. Wenn der doch nur mal dieses kalte Ding weglegen würde! Ich greife nach dem blöden Teil und drücke es dem Arzt auf die Wange. Hier, damit du mal merkst, wie kalt das ist, Doofmann.

»Na, moagst du wohl net?«

Aha. Langsam verstehen wir uns. Kannst du auch deutsch sprechen?

»Süßer Bubb!«

Nix süß. Ich sehe furchterregend aus und Sie sollen mir sagen, wie das so bleiben kann, bis ich bei Bernhard war.

»Und? Soagst ihr noch was?« Der Kellerhuber guckt meine Opas an, die schweigend und leicht verzweifelt auf mich heruntergucken. Ich grinse sie etwas an, aber irgendwas in meinem Gesicht lässt sie erstarren. »Was war gestern anders?« Der Mann versucht, meine Opas dazu zu bewegen, wieder zu sprechen.

Es dauert etwas, bis sie die Sprache wiederfinden. Opa Wilhelm räuspert sich.

»Alles war anders als sonst.«

»Jau.«

»Aha. Urlauber. Wo kommts ihr her?«

»Berlin.«

»Brandenburg.«

»Ah, Saupreuß!«, lacht der Arzt und einen Augenblick sagt keiner was, dann lacht aber Opa Wilhelm sein lautes, tiefes Lachen. Opa Gunnar legt den Kopf schief und scheint amüsiert.

»Hat einer von euch Kindsköpfen den Jungen abgeduscht?«

»Jau.«

»Heißt das ja?«

»Jau.«

»Das war gut. Der Junge hat nur eine kleine Allergie.«

»Vielleicht der Holunderbeersaft?«

»Hat er den gekriegt?«

»Jau. Trinkt er sonst nie.«

»Weglassen jetzt. Und packt den Jungen nicht so dick ein. Der schwitzt zu sehr.«

»Jau.«

»Ich geb euch noch ein mildes Babyduschgel mit. Und dann lasst den Bub eine Weile nackig rumlaufen im Hotel. Wo wohnt ihr? Im Mairbach?«

»Jau.«

»So ist recht. Und ihr beide, ihr trinkt gleich einen anständigen Enzian, damit ihr wieder Farbe ins Gesicht bekommt. Alles gut. Gut gemacht.« Er klopft Opa Wilhelm, der sich mittlerweile wieder auf einen wackeligen Stuhl gesetzt hat, auf die Schulter.

»Na, wartet, ihr bekommt hier schon einen.« Der Mann verschwindet. Ich sitze zufrieden und nackig bis auf die Windel auf dem Behandlungstisch. Man hat mir einen kleinen Plüschball gegeben, den ich genüsslich ankaue. Der Arzt kommt wieder mit einem Tablett und klirrenden Gläsern.

»Ich hab nämlich jetzt Feierabend. So, und der Bub bekommt Wasser. Prost. Ich bin der Alois. Alois Kellerhuber.«

»Wilhelm Semmelmann.«

»Gunnar. Und der hier ist Doktor in der Charité gewesen und eben völlig aus dem Häuschen.«

»Ach. Sag bloß. Aber dös is normal, wenns um die eigene Familiön göht. Und was bistn du, Gunnar.«

»Bauer.«

»Guter Mann.«

Hallo? Und ich? Fragt mich keiner, was ich bin? Ich bin Finn, der rote Schrecken!

Huhu! Ich bin so furchterregend!

Mist. Die beachten mich gar nicht mehr. Ich brauche noch einen Umhang, und dann kann ich Mädchen erschrecken. Und kleine Schwestern!

12

Hänschen piep einmal

Als wir wieder im Hotel angekommen sind, kennt man uns schon gut. Der Mann in der Lobby eilt uns gleich ein Stück entgegen und nimmt Opa Gunnar die Jacken ab. Ich liebe es, wie mich alle anstarren. Dieses blanke Entsetzen. »Wie geht es dem Bub?«

»Nur Allergie. Ach, da muss man sich keine Sorgen machen.« Opa Wilhelm trägt mich. Das tut er nur, weil er sich Sorgen macht. Opa Gunnar und er haben auf dem kurzen Weg hierher fünfmal in meinen Kragen geguckt, ob meine Haut schon normaler aussieht.

Ich hoffe nicht!

»Tapferer Junge!«, seufzt der Mann in der Weste und zeigt eifrig in die Richtung des Frühstücksraumes. »Wollen Sie schon frühstücken?«

»Jau.«

»Die Jacken lasse ich hochbringen«, sagt der Mann schnell. Dann kommt ein anderer, etwas älterer Mann. Auch der schaut mich geschockt an.

Fa-bel-haft!

»Können wir irgendetwas für Sie tun?«

»Nein, alles gut. Es war wohl der Holundersaft oder die Bettwäsche. Das geht alles wieder von selber weg. Gar kein Problem. Ich bin selber Arzt, wissen Sie. Ich sehe das nicht so dramatisch.«

Opa Gunnar hüstelt.

»Äh und Doktor Gunnar sieht das natürlich genauso entspannt wie ich.«

»Jau. Wollen wir was essen?«

»Ja, gute Idee. Nach dem Enzian brauche ich endlich was zwischen die Kiemen.«

»Enzian? Ach, sie waren bei Alois?«, fragt der ältere Herr.

Der Westenmann nickt lächelnd: »Ja, der Alois, dem seine Familie, die macht den Enzian selber. Da bekommt man immer einen Schluck, wenn man nicht aufpasst.«

»Wir Berliner mögen ja lieber Bier.«

»Sie meinen Berliner Weiße?«

»Ja, ist das etwa kein Bier?«

»Ahgee, scho recht«, sagt der ältere Herr. Erlauben Sie mir, Sie heute besonders zu verwöhnen. Und natürlich lassen wir das Bett von dem Bub sofort neu beziehen.«

Opa Gunnar seufzt erleichtert. »Ich hol mal Finns Brei, setzt ihr euch schon mal hin.«

Wie werden von zwei Westenträgern und dem älteren Herren in den Frühstücksraum begleitet. An dem Tisch, an dem wir gestern gesessen haben, sitzt jetzt ein großer Bär mit einer roten Schleife.

»Es tut uns schrecklich leid, falls der Ausschlag von einem Produkt unseres Hauses ausgelöst wurde.«

Opa dankt würdevoll und ich untersuche den Bären. Er sieht übergewichtig und etwas dümmlich aus, aber gutmütig. Hasi und ich stehen ja mehr auf den intellektuellen Typ, aber er wird sich schon anpassen.

»Der Alois hat uns ganz schön ausgeschimpft wegen dir!«, sagt die nette Frau neben mir. Ich lächele und genieße ihr entsetztes Gesicht.

Fa-bel-haft! Kann mich mal einer fotografieren? Mit dem Bild können wir dann kleine Eichhörnchen erschrecken. Opa guckt mir wieder in den Kragen. Mit einem Finger testet er die Temperatur meiner Haut.

»Das wird schon wieder!«

Nein, bloß nicht so schnell!

Opa Gunnar kommt zurück. Er hat einen dünneren Pullover von mir mit. Das Gläschen mit Brei wird ihm eilig abgenommen, weil die Leute in der Küche das extra auf eine Schüssel umschütten wollen. Ninfa findet so was albern. Mama auch. Sie mögen es nicht, wenn man zu viel Geschirr dreckig macht. Aber die hier im Hotel haben wohl eine Menge Geschirr.

»Hilf mal«, mault Opa Gunnar, als er mir den dicken Pulli über den Kopf ziehen will und ich stecken bleibe. Autsch, jetzt nicht ziehen, meine Ohren fallen sonst ab!

»Ja, doch. Erst den Knopf öffnen.«

»Welchen Knopf?«

»Hinten!«

»Seit wann hat jemand hinten einen Knopf am Pullover.«

»Du solltest öfter mal Babykleidung einkaufen.«

»Unsinn. Wo ist nun der Knopf?«

»Ich seh nichts ohne Brille.«

Eine hilfreiche Weste kommt angelaufen, also ich vermute einfach mal, dass es eine der Westen ist, denn die Stimme klingt so bayerisch und so hilfsbereit.

»Ich helfe Ihnen. Soll der Pulli aus?«

»Oh. Ja. Bitte.«

»Das haben wir gleich.«

Und da bin ich wieder! Tag auch!

»Und den soll er anziehen. Alois sagt, wir ziehen den Jungen zu warm an.«

»Ach, ich würde das wahrscheinlich auch machen, aus Angst, mein Kind könnte erfrieren.« Die Frau riecht gut und hat ganz kühle Hände. Ich mag das.

»Haben Sie keine Kinder?«, fragt Opa Gunnar und erntet sofort ein Kopfschütteln von meinem anderen Opa. Der findet nämlich immer, dass Opa Gunnar die Leute zu viel fragt. Ich hingegen finde, man kann die Leute gar nicht genug fragen. Hat er offenbar von mir.

»Aber nein.« Die Dame wird ein bisschen rot. Nett sieht das aus, aber ich bin roter! Da bestehe ich drauf!

Opa, guck doch hin, die ist blutjung!

Aber meine Opas haben gerade nur Augen für mich.

Ich trage nun ein luftigeres Outfit und da ist auch schon der Brei und frische Äpfelchen und Bananenscheiben.

»Von unserem Biobauern.«

»Jau.« Opa Gunnar nickt wissend. Ob die Ninfa angerufen haben, um zu fragen, was ich gerne zum Frühstück mag? Fehlt nur die spanische Sendung.

Obwohl meine Opas so unterschiedlich sind, gibt es auch Dinge, die sie absolut gleich machen. Jetzt, zum Beispiel. Sie essen jeder ein Ei. Eigentlich sollen sie sich das Essen von so einem riesigen Tisch holen, aber heute wird alles gebracht und die beiden immerzu gefragt, ob es ihnen und mir gut geht.

»Hut ab, der Alois muss ja hier mächtig Rabatz gemacht haben.« Opa Wilhelm findet das lustig. Opa Gunnar auch.

»Hmmmm!«, mache ich und rudere etwas mit den Armen.

»Der Junge will auch eins. Hoffentlich ist es bio!«

»Wird schon.« Opa Gunnar und Opa Wilhelm nicken mir zu.

Beide nehmen ihr Messer, halten es an die Eispitze und ZACK ist oben ein kleines Hütchen vom Ei abgeschlagen. Dann zanken sie sich ums Salz und löffeln das Ei heraus.

»Hm«, mache ich noch einmal mit Nachdruck, und da kommt schon der erste Löffel. Und gleich der zweite vom zweiten Opa.

So ist es fein. Sie sind mir beide erziehungstechnisch gut gelungen. Urlaub mit Opas ist top.

»Guck ihm noch mal in den Kragen.«

Okay, diese Art der Fürsorge allerdings nervt etwas. Nun lasst mir doch mein rotes Aussehen.

Dann betritt die ältere Dame den Raum. Huch, wie riecht es denn hier plötzlich. So ganz süß und bäh. Oh, das wird schlimmer, je näher die Dame kommt.

»Guten Morgen, die Herren. Oh Gott, wie sieht denn das Kind aus!«

Ha, es wirkt noch!

»Er hat eine Allergie!« Opa Wilhelm sieht die Dame nachdenklich an. Erhebt sich dann, ergreift ihre Hand und küsst sie.

»Ein Kavalier!« Die Dame ist begeistert. Ihre Stimme ist klar und viel zu laut. Sie wirkt, als wolle sie sich am liebsten zu einem meiner Opas auf den Schoß setzen, dann schaut sie wieder mich an und weicht einen Schritt zurück.

»Ist das etwa ansteckend?«, ihre Stimme klingt jetzt ganz schrill und ich bin so entsetzt darüber, dass ich heulen muss. Das ist der wohl zu viel und sie entfernt sich eilig.

Super!

»Der Junge ist ja wohl etwas geschäftsschädigend!«, sagt Opa Gunnar entschuldigend zu der jungen Frau, die nun auftaucht und meinen Opas Tee, Kaffee und Orangensaft nachschenkt.

»Das ist Clothilde von der Heide. Sie ist Sängerin und gibt hier ein vorweihnachtliches Konzert. Sie ist etwas – « Die junge Dame räuspert sich und spricht den Satz nicht zu Ende. Aber meine Opas wirken so, als hätten sie es verstanden.

»Anstrengend?«

»Nervig?«

»Parfümiert?«

»Eigen?«

Beide grinsen belustigt.

»Sie verstehen schon«, lächelt die Westenfrau und geht.

»Na, haben wir ein Glück, dass Finn so schlimm aussieht.«

»Also bitte! Darüber macht man doch keine Scherze, Gunnar!«

»Reg dich ab. Guck lieber nach, ob es besser geworden ist.«

Opa Wilhelm schaut in meinen Kragen und brummt zufrieden.

Mist!

»Was wollen wir gleich machen?«

»Spazierengehen. Und vielleicht finden wir ein nettes Geschäft mit Spielzeug.«

Beide schauen mich an und sehen so aus, als würden sie gleich vor Bedauern in Tränen ausbrechen.

»Eine Eisenbahn hat er noch nicht.«

»Aber aus Holz.«

»Natürlich. Ohne Reizstoffe!«

»Oder einen Bauernhof.« Opa Gunnar hebt mahnend den Finger.

»Du wieder. Arbeiter- und Bauernstaat, was?«

»Ach, und die Preußen waren alle hochindustrialisiert, oder was?«

»Also gut. Ein Bauernhof wäre auch in Ordnung. Aber aus Holz.«

»Natur pur.«

Das klingt natürlich vielversprechend.

Ich sitze wieder in meinem Edelbollerwagen und Opa Gunnar hat mir gerade wieder in den Kragen geguckt. Eben hat Mama angerufen. Das war witzig. Meine Oldies haben nach zwei Minuten verzweifeltem Versuch, so zu tun, als sei alles bestens, die Wahrheit sagen müssen. Aber Mama war ganz locker, die meinte, ich sei allergisch gegen diverse Fruchtsäfte. Ich sollte nur Apfelschorle oder Wasser und natürlich Milch trinken. Meine Opas versprachen hoch und heilig, ab jetzt darauf zu achten.

Die Geschäfte haben schon Weihnachtsschmuck ausgelegt und mir gefällt das alles recht gut. Opa Gunnar zieht den Wagen und Opa Wilhelm liest die Karte. Selbstverständlich geht das nicht lange gut.

»Wo sind wir denn jetzt?«

»Wir sind immer noch in Rottach-Egern!«

Und ich dachte, der Ort heißt Ratterratter.

»Wo genau?«

»Äh!«

»Gib die Karte her!« Opa Gunnar ist aber echt energisch. Es wird mir schon wieder in den Kragen geguckt.

Nun zieht Opa Wilhelm den Wagen, und Opa Gunnar hat die Karte in einen Papierkorb geworfen.

Auch gut.

Den ersten Einkauf erledigen wir in einem Buchladen. Opa Wilhelm kauft, nachdem er jedem Kunden mitgeteilt hat, dass ich eine Allergie gegen Fruchtsäfte habe, zwei Kilo Fachbücher zu diesem Thema, während Opa Gunnar mit der Dame an der Kasse über ein Poster von der Sängerin aus dem Hotel redet.

»Oh, unsere Clothilde! Ja, die singt immer in der Vorweihnachtszeit. Das ist schön. Aber teuer. Und laut.«

»Und sie kauft immer hier ein!«, ruft eine Dame von hinten, die Opa Wilhelm die gewünschten Bücher raussucht.

»Aha.«

»Sie ist aber etwas – «

»Ja?« Opa Gunnar macht ein interessiertes Gesicht.

»Sie ist Künstlerin. Wissen Sie?«

»Ooh (Pause) Ja …!«, kommt es von hinten zwischen den Fachbüchern.

»Passen Sie bloß auf sich auf, Sie passen ganz und gar in ihr Beuteschema.«

»Bitte was?«

»Sie wissen schon!«

Meine Opas haben das offenbar verstanden und nicken.

Dann geht es weiter die Straße entlang. Es sind nur wenige Menschen auf der Straße, aber ich finde das nett. Zu Weihnachten soll hier ein Herr Teufel los sein, habe ich gehört. Wer das wohl ist?

»Hier sollten wir was für Sara kaufen.« Meine Opas gucken wieder in so einen Kleiderladen rein. Im Schaufenster sind Damen mit bunten Blusen, Schürzen und viel Busen.

»Nimmer!«

»Die bringt uns um.«

»Aber fesch schaut es aus!«

»Sehr fesch.«

»Hast du schon mal Weißwurst gegessen, Willi?«

»Ja, hab ich. Ein Kollege an der Charité war aus Bayern. Bei dem zu Hause gab es immer Maibock und Weißwurstessen einmal im Jahr.«

»Schmeckt das?«

»Ach Gott, Wurst ist Wurst.«

»Sagt ein Preuße.«

»Pscht!«

Wir zuckeln weiter.

»Da.«

Ich zeige auf ein Schaufenster auf der anderen Seite der Straße. Da ist Spielzeug.

»Schau, der Junge hat es gefunden.«

»Mein Enkel!«

»Nein, meiner.«

Wir überqueren die Straße, was total lustig ist, weil Opa Gunnar erst mal alle Autos anhält und Opa beim Verlassen des Bordsteins fast den Bollerwagen umkippt. Aber die wartenden Autofahrer winken mir nur zu. Und dann kommt noch ein riesiger Traktor vorbei und hupt. Toll.

Der Laden freut sich offensichtlich so sehr, uns zu sehen, dass er Dingdong macht, als wir reinkommen.

»Haben Sie auch eine Eisenbahn?«

»Oder einen Bauernhof?«

»Natürlich!« Die Dame trägt ein buntes Kleid wie eben im Schaufenster und führt beide tiefer in den schönen Laden hinein. Ich werde von der Jacke befreit und darf herumlaufen. Meine Opas sind beschäftigt, und ich wühle mich erst mal durch einen Berg an bunten Kissen und Bären. Hier scheint mir meine Expertise gefragt zu sein. Opa Gunnar entdeckt mich sofort, aber statt mich zu ermahnen, zieht er mir nur meinen Schal auch noch aus.

»Er hat eine Allergie gegen den Fruchtsaft aus dem Hotel!«, erklärt er stolz.

»Oh Gott.«

»Halb so wild«, fügt er abgeklärt hinzu.

Hier gibt es tolle Sachen. Aus Holz, aus Leder, aus Glas (Ich mag die bunten Murmeln, darf da aber nicht ran) und aus Stoff. Es riecht angenehm hier. Nicht so süß. Irgendwie nett und ein bisschen nach Mama. Ach, Mama.

»Wir hätten dann hier eine kleine Holzeisenbahn und hier den Bauernhof!«, höre ich die Dame sagen und dann höre ich undefinierbare Begeisterungsrufe meiner Opas. Ich untersuche solange einen großen Korb mit Plüschtieren. Mal sehen, ob die hier einen brauchbaren Hasen haben. Nein, nein, nein, auch nicht, du siehst doof aus, du hast selber Allergie und du? Ach, du siehst ganz nett aus. Aber was bist du nur? Ist das eine Nase? Ach, bist du ein Elefant?

»Magst du den Elefanten?«

Sag ich es doch.

Die Frau schaut mich an. »Du siehst ja süß aus. Wenn – «

Wie war das? Ist meine rote Farbe etwa schon abgegangen? Und wo sind überhaupt meine Opas?

»Owi?«

»Ich bin hier, Finn. Komm mal her!«

Ich laufe los und lasse die Frau stehen. Hasi und den Elefanten habe ich dabei.

»Owi?«

»Hier schau mal, was dein Owi hat. Eine Eisenbahn mit Schienen!«

Langweilig.

»Ogu?«

»Ich bin hier bei dem Bauernhof.«

Ich zeige beiden Opas meinen Elefanten, aber sie sind wenig beeindruckt.

»Ich glaube, Ihr Enkel möchte den Elefanten.«

»Unsinn, er interessiert sich für diese Bahn hier. Gibt es dazu auch einen Bahnhof und mehr Weichen?«

»Natürlich.« Kurze Zeit später vertieft sich Opa Wilhelm in die Betrachtung von Schienenteilen.

»Ich brauche mehr Kühe!«, sagt Opa Gunnar entschlossen, während ich erfolglos versuche, ihm meinen neuen Kumpel Elefant vorzustellen.

Wir sind wieder im Hotel. Ich musste leider den ganzen Nachhauseweg laufen, weil der Bollerwagen voller Kisten war. Jetzt liege ich in meinem Bett, trinke den Rest meiner Milch und bin herrlich müde. Im großen Hotelzimmer meines Opas höre ich leises Eisenbahngesumme (batteriebetrieben! Meine Mama wäre voll dagegen) und das Muhen diverser Kühe (ohne Batterien). Meinen Opas ist nämlich aufgefallen, dass eine Eisenbahn plus ein Bahnhof das ideale Spielzeug für mich wäre.

Egal. Hasi und ich schlafen jetzt eine Runde.

Und du, Elefant, setz dich dahin und passe gut auf meine Opas auf.

13

Der Plumpsack geht um

Das Hotelzimmer von Opa Wilhelm ist das größere, und deswegen haben die beiden natürlich den Holzbauernhof und die Holzeisenbahn dort aufgebaut. Ich habe aber offenbar heute Nacht bei Opa Gunnar geschlafen. Man hat mich also noch mal rumgetragen. Die haben sicher bis spät noch gespielt. Ich darf das nie!

Hi, Elefant. Du auch hier? Und ich bin jetzt echt wach. Was wollen wir spielen?

Dass es schon Morgen ist, merke ich daran, dass Opa Gunnar schon wach ist. Er steht immer ganz früh auf, dazu braucht er keinen Wecker. Er kann sich im Dunkeln anziehen. Toll. Ich würde wahrscheinlich meine Hosen falsch herum anziehen, oder – der Klassiker – hinterher alles auf links anhaben.

Das ist auch so ein typischer Erwachsenenausspruch »auf links tragen«. Links und rechts sind übrigens haargenau das gleiche, nur halt auf der anderen Seite. Warum man das so unbedingt unterscheiden muss, hab ich noch nicht verstanden. Mein Papa verwechselt das ganz oft. Dann sagt meine Mama zu ihm: »Guck mehr links im Regal! Links liegt das, was du suchst.« Und dann sucht Papa das auf der falschen Seite, und dann sagt Mama: »Das andere Links, Schatz!«

Eigentlich höre ich sonst immer, dass Frauen links und

rechts nicht unterscheiden können. Und dass Frauen auch nicht Autofahren können. Ich habe vor, das meiner Mama dann mal zu sagen, wenn ich ganze Sätze so formulieren kann, dass ein Erwachsener das auch in den feinen Nuancen kapiert. Erwachsene sind ja da etwas schwerfällig. Offenbar wissen Frauen nicht genau, WAS sie können oder nicht. Ich sehe nämlich andauernd Frauen, die Autofahren und Parken können. Das muss denen doch mal einer sagen, dass die das eigentlich nicht können! Ich werde das dann zu gegebener Zeit klären. Oder ist Mama gar keine Frau? Nein, so ein Unsinn. Sie hat ja lange Haare. Und das untrüglichste Zeichen dafür, dass sie eine echte Frau ist, ist NATÜRLICH, dass sie Bücher liest, die Papa nie lesen würde.

Papa liest Krimis. Mama auch. Papa liest Geschichtsbücher. Mama auch. Papa liest Reiseführer. Mama auch. Papa liest Babygebrauchsanweisungen. Mama auch (und kann sie sofort auswendig). Papa liest lustige Liebesgeschichten (und kann sie vorher schon auswendig). Mama auch.

Aber Mama liest Schän Oostän.

Genau. Papa liest das NIE! Er findet das »langweilig«. Offenbar werden diese Bücher auch als Film angeboten, wo Frauen in tollen Nachthemden durch schöne englische Gärten gehen und unwahrscheinlich viel zu besprechen haben.

»Langweilig!«, findet Papa. Es gibt da eine Geschichte, die die beiden sich immer erzählen, wenn sie beide ganz besonders albern sind. Dann sagt Papa: »Ich liebe dich ganz doll.« Mama sagt dann gelangweilt. »Ich liebe dich mehr.« Papa dann (extra verzweifelt): »Ich liebe dich bis zum Mond und zurück.« Und Mama: »Ich liebe dich mehr.«

»Ich liebe dich mehr als das Universum!«

»Dann geh noch einmal mit mir in einen Schän Ostän-Film!«

»Neeeeeiiiiiin!«

»Also liebst du mich nicht!«

Und dann lachen sie, weil Papa mal mit Mama in solch einen Film gegangen und sofort eingeschlafen ist (Papa benutzt dann das Wort »komatös« – klingt supercool) und so doll geschnarcht hat, dass Mama ihm eine Jacke über den Kopf legen musste.

Ich will auch ins Kino! Und ich will unbedingt diese Dame namens Schän Ostän kennenlernen. Ich denke, wenn ich mich mit der gut verstehe, dann hab ich keine Probleme mehr, auch mal so eine tolle Frau wie Mama zu finden. Guter Plan!

Wie dem auch sei, jetzt liege ich im Bett und höre zu, wie Opa sich angezogen hat und leise zur Tür geht, um Opa Wilhelm zu wecken. Es ist so unglaublich leise hier, dass meine Ohren problemlos alles hören können, was in diesem großen Hotel passiert. Als die Tür auf war, hörte ich das Klicken von Geschirr und Besteck. Das kam von unten. Wahrscheinlich wird für uns das Frühstück gemacht. Man hört einen Hahn krähen. Echt! Kikeriki! Wie auf der Kinderkassette. Der spricht hier aber wahrscheinlich bayerisch. Irgendwo fährt ein Bus. Aber alles ganz leise. Berge sind offenbar gerne leise. In Berlin ist ja immer was zu hören, aber hier gibt es Momente, wo meine Ohren so was wie Urlaub haben.

Absolute Stille.

Dass es so was überhaupt gibt!

Nun höre ich Opa Wilhelm und Opa Gunnar fluchen. Nun muss Opa Wilhelm lachen und schimpft spaßig: »Autsch, ich bin auf eine Schiene getreten.«

»Und ich auf eine Kuh!«

Dann kommt Opa Gunnar wieder zurück. Er riecht morgens ganz doll nett nach seinem Rasierwasser und der Duft von Kaffee kommt von unten aus der Küche.

»Ogu?«

»Ja, mein Kleiner, ich bin da. Opa Gunnar ist da. Willst du aufstehen?« Er macht eine kleine Lampe an und setzt sich an mein Bett und wartet, bis ich mich aufgesetzt habe. Das mag ich an Opa Gunnar. Der hat Zeit. Ich reibe mir die Äugchen, suche mir meinen Hasi und da ist auch der Neuzugang, der Elefant.

»Bereit fürs Leben?«

»Daaa!« Ich zeige Hasi als Zeichen, dass das Leben kommen kann. Er hebt mich hoch und wickelt mich. Bei ihm dauert das immer ganz lange. Macht nix.

Als wir auf den Flur treten, ist Opa auch schon vor seiner Tür und hängt ein Schild dran. Opa Wilhelms Rasierwasser riecht morgens auch mehr als sonst.

»Was machst du denn?«

»Bitte nicht stören.«

»Warum?«

»Muss ja nicht das ganze Hotel wissen, dass wir da eine Holzeisenbahn aufgestellt haben.« Beide kichern verschwörerisch, und ich stelle mir vor, wie das ganze Hotel zusammenströmen würde, weil sie auch damit spielen wollen. Klar, da würde ich auch so ein Schild hinhängen: »Hände weg von der Bahn, die gehört uns!«

Als wir zu unserm Tisch in den schönen Holzraum kommen, sitzt da schon diese ältere Dame. Meine Opas stutzen.

»Was macht denn die da?« Opa Gunnar mag die wohl nicht so sehr.

»Oh, ist das nicht unser Tisch?«

Aber die Dame winkt fröhlich. »Ich habe angewiesen, dass Sie mit mir frühstücken, das stört Sie doch nicht, oder? Ich habe mich nach Ihnen erkundigt. Doktor Semmelmann und Doktor Gunnar?«

»Äh.«

»Hm.«

»Kommen Sie. Ich habe Sie schon die ganze Zeit beobachtet, Sie sind ja wunderbar stattlich gebaut. Und dann dieses Kind, das ist ja so charming!«

Oh nö. Ich bin doch der Rote Schrecken! Ich sag ja schon die ganze Zeit, ich brauche ein Cape, um als Superheld erkannt zu werden!

Opa Gunnar setzt mich nicht in den Kinderstuhl, sondern guckt sich suchend nach den Notausgängen um. Zögerlich setzen meine Opas sich, und ich schaue mir die Dame genau an.

Sie klackert bei jeder Bewegung. Wie meine Rassel von früher. Erst dachte ich, ihre Gelenke sind das, aber es sind dann doch die vielen Ketten, die sie um den Hals trägt.

»Ich habe mir gedacht, wir verbringen den Tag zusammen!« Sie lächelt und ihr dunkelroter Mund zeigt eine Reihe grellweißer Zähne, die aussehen wie aus Plastik. Sie sieht überhaupt aus wie eine Barbie mit zu viel Farbe und in runzelig. Jedoch nur am Hals und an den Händen. In ihrem Gesicht zeigen sich nur Falten, wenn sie spricht. Sonst macht es eher den Eindruck, als habe sie zu wenig Haut für zu viel Gesicht. Es spannt etwas. Ob das weh tut?

Wenn Papa seinen Rucksack packt und der dann so von außen aussieht wie das Gesicht hier, dann kann der Rucksack sofort platzen.

Die Bedienung kommt und bringt mir schon meinen Brei und Äpfelchen.

»Oh, wie entzückend. Das Kind kann selber essen? Wann geht er denn in die Betreuung?«

»Was für eine Betreuung?« Opa Gunnar runzelt die Stirn.

»Versteh die Frage nicht, Frau von der Heide.« Opa Wilhelm ist zwar höflich, aber irgendwie scheint er das nicht gerne zu machen.

»Na, Sie werden das Kind doch gleich abgeben.« Die Dame von der Heide (warum ist sie eigentlich nicht dageblieben?) zeigt auf mich.

Ich bin nicht DAS KIND. Ich bin der Rote Schrecken!

»Nein. Wir geben ihn nicht in die Betreuung vom Hotel«, erklärt Opa Wilhelm.

»Wieso auch? Wir sind doch seine Betreuung.« Opa Gunnar zieht seinen Arm weg, kaum dass Frau von der Heide ihre Hand daraufgelegt hat. Vielleicht war ihm die zu schwer, mit den ganzen Ringen.

»Papperlapapp. Sie geben das Kind gleich ab. Ich erledige das gerne für Sie, meine Herren. Fräulein?«, sie ruft der Dame in der Weste hinterher, die sofort zurückkommt. Offenbar fällt es der jungen Dame schwer, die alte Barbie anzulächeln. Komisch. Wenn sie meine Opas und mich sieht, dann strahlt sie immer so nett.

»Was kann ich für Sie tun, Madame?«

»Sagen Sie mal Bescheid, dass das Kind heute in die Betreuung geht. Ich verbringe heute den Tag mit den Herren.«

»Wenn Herr Doktor Semmelmann und Herr Doktor Gunnar das wünschen, mache ich das gerne.« Fragend schaut sie meine Opas an.

»Nein!« Opa Gunnar knallt die Teetasse auf den kleinen Teller.

»Keinesfalls! Da haben Sie was falsch verstanden, meine Liebe«, sagt Opa Wilhelm schnell. Dann verwickelt er die Dame in ein Gespräch über Operetten und sie scheint zunächst ganz verzückt. Doch dann wandert ihr Blick wieder zu mir. »Nun stellen Sie sich doch nicht so an, Doktor Semmelmann, der Junge ist dort wunderbar aufgehoben.« Und an die Westenfrau gewandt: »Nun reservieren Sie bitte endlich einen Platz.«

Opa Gunnar atmet schwer und Opa Wilhelm hat es komplett die Sprache verschlagen. Mit großen Augen schaut er der Dame dabei zu, wie sie in aller Seelenruhe ein Croissant zerfusselt. Er mag sie nicht. Ich auch nicht. Soll die doch selber in die Betreuung gehen. Wir haben für so was gar keine Zeit! Wir müssen Steinchen in den See werfen, wandern, mehr Holzeisenbahn und Bauernhof kaufen, Bötchen fahren, Schnee angucken.

Und Opa Wilhelm will auf einen Berg drauf und runtergucken.

»Wir sind heute anderweitig verplant«, presst Opa Wilhelm endlich hervor.

»Natürlich sind Sie das nicht«, sagt die Dame. »Sie sind von mir verplant. Viele Männer wären froh, wenn ich ihnen meine Gunst erweisen würde. Also ich stelle mir das so vor – «

Meine Opas lassen ungläubig die Schultern hängen. Sie sehen genauso verzweifelt aus wie zu Hause, wenn Mama ihnen manchmal die ganzen ekligen Schwangerschaftssachen erzählt.

»Vom Regen in die Traufe. Na prima«, flüstert Opa Gunnar und köpft schwungvoll sein Frühstücksei.

Och nö. Ich will nicht von meinen Opas weg!

»Guten Morgen!«, erschallt es durch den Raum. Das ist der Arzt von gestern. Meine Opas drehen sich hilfesuchend nach ihm um.

»Ach nein, der Doktor Kellerhuber.« Die Dame klingt, als würde sie ihn nicht mögen.

»Ja, der Doktor ist hier, um uns zu retten, äh, heilen, hoffe ich?«, beginnt Opa Gunnar halbherzig, und Opa Wilhelm hilft nach: »Weil unser Finn doch diese ansteckende Krankheit hat.«

Nun zuckt die Dame zusammen.

»Bitte?«

Der Kellerhuber ist verwundert. Er schaut einen Augenblick meine Opas, dann mich und dann die Dame an.

»Ja, Alois, was sagt das Labor?«, fragt Opa Wilhelm gedehnt.

»Das Labor?«

»Alois, altes Haus, du sagtest doch, dass diese Krankheit von Finn sich auf – «, Opa Gunnar gehen die Ideen aus, typisch, » – die Stimme legen kann?«

Ist er sich da nicht so sicher? Warum macht er so komisch mit den Augen?

Der Doktor steht neben mir und guckt ratlos.

Opa Gunnar deutet mit dem Kinn nun energisch zu der Dame.

»Ach! Die Krankheit! Oh, ja. Die Krankheit. Der Bub und die Krankheit. Ja, klar!«

Meine Opas atmen auf, während die Dame sich ihr buntes Tüchlein fester um den Hals drückt.

»Was für eine Krankheit?«, fragt sie nun schüchtern.

»Ausschlag. Im Hals. Stimmbänder und so«, sagt Opa Wilhelm mit fester Stimme.

Echt? Ich merke da gar nichts von.

»Der Junge kann gar nicht mehr sprechen. Ist es nicht so, Finn? Sehen Sie? Er sagt nichts.«

Die Dame schaut mich an.

Äh, verstehe ich nicht.

»So was wie Maul- und Klauenseuche.« Opa Gunnar kennt ja dolle Sachen! Dabei ist der doch gar kein Arzt.

»Ja, genau, Doktor Gunnar. Ich bin extra gekommen, um Sie zu bitten, noch einmal in mein Speziallabor zu kommen. Mit dem Jungen und Ihrem Kollegen hier. Ich muss Sie untersuchen, da Sie beide sehr gefährdet sind.«

»Und ich?«, ruft nun die Dame.

»Sie, Madame, sollten sich ein bisschen fernhalten, wenn es geht, ja?«

Sie springt erstaunlich flink auf und läuft hinaus. Wir hören, wie sie das gesamte Hotelpersonal anweist, ihr unverzüglich Desinfektionsmittel zu kaufen.

Meine Opas strahlen übers ganze Gesicht.

»Daaa!«, ruf ich, so laut ich kann. Von wegen, nicht sprechen.

Mir wird von drei Händen augenblicklich über den Kopf gestrichen.

»Gott sei es gedankt!« Opa Wilhelm springt auf und umarmt Alois, der wirft den Kopf in den Nacken und lacht laut auf.

»Na, ihr zwoi, ihr müscht aber ordentlich den Ort auf, was? Und was macht der Bub?«

Oh, nicht wieder einer, der mir in den Kragen guckt!

»Da sieht man gleich, dass alles wieder gut ist, was?«

Er streicht mir über die Wange und setzt sich dann auf den Platz von der Dame.

»Passt bloß auf, ihr zwei, wenn Clothilde erst mal an jemandem einen Narren gefressen hat, lässt sie den nicht so schnell von der Angel. Ihr solltet heute das Weite suchen.«

»Ach, wir wollten nach Tegernsee rüber und dort in das kleine Museum.«

»Hä? Museum?« Opa Gunnar ist nicht gerade begeistert. »Und diese Clo-Dingens, die steht nur auf den Willi. Ich hab nichts damit zu tun.«

»Du Schuft! Schieb sie nicht mir zu.«

»Doch doch. Du musstest ihr ja gleich die Hand küssen.«

»Sie ist ein Star!«

»Ich scheiß drauf!«

»Schscht, nicht vor dem Jungen!«

Alois lacht laut.

»Das Museum in Tegernsee ist nicht weit genug weg, fürchte ich. Ich schlag euch was vor. Ihr kommt mit an den Schliersee. Mein Bruder, der den Enzian macht, geht heute dort in die Destillerie.«

»Destillerie?« Opa Wilhelm grinst.

»Gute Idee!«, nickt Opa Gunnar und beißt fröhlich in sein Brötchen.

Wir fahren mit dem Bus hin, müssen aber in einem Ort namens Mund oder so ähnlich umsteigen. Also einmal raus und dann wieder rein. Das alleine ist schon supertoll, denn die Busfahrer sind viel netter als die in Berlin, die nicht mal hingucken, wenn Mama oder Papa sich mit meinem Buggy abmühen. Hier am Tegernsee sind die Busfahrer total süß, auch wenn sie furchtbar schnell bayerisch reden und ich kaum ein Wort von dem verstehe, was die so alles sagen. Der erste Bus ist ganz leer und wohl etwas spät dran, aber der hat einfach den anderen Bus angerufen und gesagt, der soll warten. Als wir einsteigen, wird der Buggy sofort reingetragen. Und jeder Busfahrer kennt natürlich Alois. Vielleicht weil die alle Allergien haben.

Wir jedenfalls setzen uns vorne hin und Alois erklärt uns alles, was draußen rumsteht. »Da müsst ihr essen gehen. Gutes Fleisch. Und da gibt es gutes Bier. Und da geht die Julia. Schau, die ist heute aber fesch. Und da ist Maria. Wo geht die denn hin?« Alois und der Busfahrer gucken interessiert hinter der Maria her. Maria ist das, was mein Opa Wilhelm »blutjung« nennt. Männer interessieren sich also alle sehr für Damen in diesem Zustand. Denen wird hinterhergeguckt, und wenn sie das merken, wird gegrinst.

Der Bus steht an einer Ampel und der Busfahrer macht die Tür einfach auf und Alois hechtet die Treppe runter und pfeift hinter dieser Maria her. Die winkt und lacht. Ganz anders als in Berlin. Da darf der Busfahrer nicht mal die Tür aufmachen, wenn jemand hätte einsteigen wollen. Er darf die Tür nur öffnen, wenn er zentimetergenau an der Haltestelle steht. Und noch was: Eine Berliner Frau, hinter der hergepfiffen wird, zeigt in der Regel als Zeichen ihrer Begeisterung dem Pfeifer den Mittelfinger. Hier wird nur gegrinst.

»Da ist Schorsch. Was hat der mit dem Fuß?«

Wieder wird die Tür aufgemacht.

»Hey, Schorsch. Wos hostn?«

Die Antwort darauf ist für mich nicht entschlüsselbar, aber der ältere Herr hebt den besagten Fuß ein bisschen an und zeigt dann die Straße entlang. Alois hüpft aus dem Bus, packt den Schorsch und bugsiert ihn in den Bus.

»Setz dich her. Wir bringen dich hin.« Und schon fährt der Bus weiter.

In Berlin steigen die Leute freiwillig in die Busse. Hier in Bayern scheinen sich die Leute nicht so recht zu trauen. Oder sie gehen gerne zu Fuß, auch wenn sie nur einen haben. An einem Haus, vor dem nicht die Spur einer Haltestelle zu sehen ist, wird Schorsch vorsichtig aus dem Bus wieder rausgelassen.

Wenn ich groß bin, werde ich Busfahrer am Tegernsee, dass das mal klar ist. Dann fahre ich meine Opas, alle anderen Opas und Leute mit kaputten Füßen durch die Gegend.

Wir fahren eine ganze Weile weiter, bis wir den Tegernsee nicht mehr sehen können, dafür aber ein anderer See auftaucht.

»Daaa!«

»Ja, Bub, wir haben hier mehrere Seen. Das ist der Schliersee«, erklärt mir Alois.

»Ihr habt's gut!«, sagt der Busfahrer, der eigentlich nur bis zum Bahnhof des Zielortes hätte fahren sollen, aber uns dann doch direkt da abgesetzt hat, wo wir hinwollen.

»Ihr macht einen richtigen Männerausflug, was? Lasst es euch schmecken, und der kleine Bub da, ist ein Pfundskerl!«

Aha. Staatskerl heißt das korrekt. Aber die Bayern wissen es halt nicht besser.

Zum Dank holt Alois von einem kleinen Kiosk dem Busfahrer einen Kaffee. Und bringt eine Brieftasche. Die Frau vom Kiosk winkt von Weitem aus ihrer kleinen Burg, bestehend aus Zeitungen und Kaffeewerbung.

»Die hier, sagt die Ramona, hat der Bergerschorsch vergessen. Kannste da mal vorbeifahren?«

»Klar. Den muss ich eh noch was fragen.« Der Busfahrer legt die Brieftasche vorne an die riesige Busscheibe und winkt mir dann beim Aussteigen.

Die Destillerie am Schliersee ist wieder ein Haus aus Holz.

»Jetzt geht es los!«

Der Bruder von Alois, der Johannes, kommt mit einem fröhlichen Menschen namens Florian zu uns raus und bitten uns nach reichlichem Händeschütteln hinein. Die Erwähnung und Beschreibung von Clothilde und ihrem morgendlichen Versuch, uns zu kapern (und mich an einen merkwürdigen Ort namens »Betreuung« zu verbannen), verursacht Gelächter und Mitleid gleichermaßen.

Um uns herum stehen ganz viele große Holzfässer. Aha. Und was macht man da Lustiges mit?

»Kolossal!«, ruft Opa Wilhelm aus und streicht sich über seinen Bart.

»Jau. Nicht schlecht!«

Nun stehen die Männer um diese Holzfässer, freuen sich und reden lang und breit über etwas, das »Wüski« heißt.

Erst denke ich, die reden über Katzenfutter, aber es ist was zum Trinken. Nur für Männer. Erwachsene Männer.

Mist. Ich fall da wohl raus.

Opa Wilhelm nimmt mich fest an die Hand und wir gehen aus dem Haus raus über einen kleinen Steg, der in einen anderen Raum führt. Wieder ganz groß und wieder aus Holz. Das Einzige, was fehlt, ist Holzspielzeug, stattdessen wieder eine unüberschaubare Menge an Holzfässern. Langweilig. Sehr langweilig. Außerdem riecht es hier ungewöhnlich. Süß und gleichzeitig nicht süß.

Ich darf alleine herumlaufen und schaue zwischen die autogroßen Fässer, die alle superordentlich in einer Reihe liegen, ob ich etwas zum Spielen finde. Keine Chance. Total ordentlich hier. Ob die wohl auch eine Ninfa haben?

Endlich finde ich etwas, was Spaß machen könnte: Eine Rampe! Ich flitze los und rase runter. Hui! Das geht schnell.

Meine Opas wirken abwesend und lauschen Alois' Bruder.

Ich laufe noch ein Stück weiter, aber Hasi und ich achten darauf, meine Opas immer noch gut hören zu können. Mama, Ninfa oder Frau Pietsch lassen mich ja in der Regel nicht aus den Augen. Das ist so langweilig. Sobald sie mich nicht mehr sehen, rufen sie in kurzen Abständen – leicht panisch – meinen Namen.

Aber hier ist es offenbar okay, wenn ich mal auf eigene Faust Untersuchungen anstelle. Opas sind halt viel cooler. Und sie wollen mich wahrscheinlich zu einem echten Staatskerl erziehen oder Pfundskerl.

Ich bin wieder oben auf der Rampe angekommen und kann jetzt auf die Fässer und meine Opas runtergucken.

Sie stehen an einem Fass, das genauso aussieht wie alle anderen Fässer und klopfen und riechen und schlürfen und lachen.

Erwachsene sind schon eine besondere Sorte Mensch. Albern.

Gelangweilt sehe ich mich um und entdecke ein großes Fenster: Man sieht eine Wiese, dahinter die Berge, die oben eine weiße Haube aufhaben. Es ist ganz still. Nur eine Katze schleicht lustlos herum. Die hat auch keinen zum Spielen. Nach einer kurzen Daumennuckelpause mache ich mich wieder auf zu meinen Opas. An der Rampe gucke ich. Sie stehen an einem anderen Fass. Und? Was soll da jetzt anders dran sein? Ich höre sie lachen und schaue auf sie herunter. Es riecht intensiver als eben.

»Komm, Bub!«, ruft der Alois.

»Soll er auch mal probieren?«

»Da würde mich meine Tochter sofort erschießen.«

Großes Männergelächter.

Und so laufe ich (trapptrapptrapp – tolles Geräusch!) die Rampe wieder herunter und suche die vielen belustigten Herren zwischen den Reihen Holzdinger. Erst klappt es nicht, aber da sie so laut lachen, geht es dann doch ganz schnell.

Meine Opas sind bester Laune und haben klitzekleine Gläser in der Hand. Sie schnüffeln und nippen. Und sie kichern ganz fröhlich.

»Ganz ehrlich, Wilhelm«, sagt der Alois ein bisschen zu laut. »So scheiße sind die Saupreußen gar nicht!«

»Obacht, mein guter Alois! Das ist alles nur Tarnung!« Opa Wilhelm hebt den Finger.

Opa Gunnar neigt sich zu mir herunter. Er schnüffelt.

Aber diesmal an mir. »Aber so schnell scheißen die Preußen dann doch. Komm her, Windel wechseln.«

Nachdem das geklärt wurde, gibt es eine sogenannte Brotzeit. Ich kenne bisher ja nur Hochzeit, aber Brotzeit ist bestimmt auch was Tolles.

Und ich muss sagen, nicht nur die Busfahrer hier haben es voll drauf, offenbar auch die Bäcker. Die Schrippen, die hier nicht Schrippen heißen, sondern irgendwie so, als würde man sich den Mund verrenken, sind lecker und mein Bäuchlein ist bald sehr, sehr zufrieden und meine Äugchen haben genug gesehen. Der eine Opa legt mir seine Jacke als Kopfkissen bereit und der andere Opa legt die Jacke über mich als Decke und dann schlafe ich eine Runde. Hasi auch. Hoffentlich schnarcht Hasi nicht, damit die Männer noch in Ruhe mehr Wüski probieren können. Es macht ihnen doch gerade so schön viel Spaß.

14

Lauf, mein Pferdchen, lauf Galopp

Ich bin fertig angezogen und mache mehrfach mit Nachdruck »hmmm!« und zeige auf die Zimmertür.

»Ja, kleiner Mann, wir gehen gleich frühstücken, aber vorher müssen wir noch die Eisenbahn und den Bahnhof zusammenräumen. Sonst kann das Hotelpersonal hier nicht durchsaugen.«

Ach, ich dachte Ninfa oder Frau Pietsch saugen hier, wenn wir nicht da sind. Interessant.

Endlich geht es nach unten. Ich darf selber gehen, was schön ist, und Hasi und ich wissen auch, wo wir lang müssen. Wenn diese Türen von dem Fahrstuhl zugehen, ist noch Flur, wenn sie aufgehen, ist plötzlich Lobby. Da sitzt Ferdi, der mich begrüßt mit »Hallo, kleiner Bub!« und meinen Großvätern mit einer etwas tieferen, offizielleren Stimme einen angenehmen, guten Morgen wünscht.

Im Frühstücksraum sitzen um diese Zeit nur wenige Leute. Langweilen sich denn die Leute nicht um diese Zeit in ihren Betten? Na, muss jeder selber wissen.

»Guten Morgen, du Frühaufsteher!« Das ist die Lara. Wir kennen jetzt die Namen von all den Leuten, weil wir gestern Abend noch hier gegessen haben. Und man hat uns irgendwie wegen Clothilde bedauert. Alois ist jetzt übrigens unser Freund.

Die Lara hat auch eine Weste an und ist immer sehr

nett. Und nach den grinsenden Gesichtern meiner Opas zu urteilen, ist sie blutjung oder so. Sie hebt mich in den Stuhl und setzt Hasi an meine Seite. Dann bindet sie mir das Lätzchen um. Sie findet, dass mir das ausgesprochen gut steht.

»Hier ein Brief von Madame Castafiore!«, sagt sie jetzt und reicht meinem Opa Wilhelm einen Brief, der sogar bis zu mir unfassbar süß riecht.

»Von wem?«, fragt Opa Wilhelm, während Opa Gunnar einen seiner wenigen lauten Spontanlachanfälle bekommt.

»Das ist gut! Das muss ich mir merken!«

»Verstehe ich nicht.«

»Madame Castafiore!« Opa Gunnar streicht Lara ganz kurz über den Arm. »Sehr gut.«

Lara lächelt verschmitzt und flüstert: »Wir nennen sie alle hier so. Sie ist ja reich und auch Sängerin wie in dem Comic.« Dann sagt sie etwas lauter: »Tee und Kaffee kommen sofort, meine Herren.«

Opa hat bereits den süßen Umschlag geöffnet. Zwei edel bedruckte Stücke Pappe und ein rosafarbener Brief kommen zum Vorschein.

»Wir sind eingeladen. Von unserer von und zu Weltstar der Operettennächte Clothilde von der Heide. Italienischer Abend.«

»Hoffentlich werden nicht wieder ihre Juwelen geklaut.« Opa Gunnar lacht.

Opa Wilhelm hingegen runzelt die Stirn.

»Wovon redest du überhaupt?«

»Aber Willi, hast du denn nie ›Tim und Struppi‹ gelesen?«

»Das sind doch Comics, oder? Ich?«

»Das ist Literatur! Weltliteratur!«

»Unsinn.«

»Aber sicher.«

»Goethe und Schiller sind Literatur! Du Banause!«

»Selber.« Opa Gunnar grummelt etwas herum. Als Lara kommt, fragt er plötzlich ganz liebevoll: »Könnten Sie hier mal meinem Genossen einen Gefallen tun und aus dem Buchladen den entsprechenden Tim und Struppi besorgen lassen. Er weiß nämlich nicht, wer die Castafiore ist.«

»Kein Problem. Wir haben in dem Spielzimmer alle Bücher vorrätig. Ich hole es Ihnen sofort.« Und verschwindet.

»Du erwartest nicht, dass ich das lese!«

»Doch!«

»Ich lese keine Comics! Was willst du denn noch? Ich lebe bereits in einer Kommune!«

»Und spielst mit Bio-Holzspielzeug. Du Armer!« Opa Gunnar schmunzelt.

Lara kommt zurück und reicht Opa Wilhelm ein großes, buntes Buch. Opa Wilhelm bedankt sich artig, sobald Lara aber weg ist, legt er es ungesehen weg.

Hey, vorlesen!

»Guten Morgen, meine jungen Freunde!« Das ist Alois. Was ist nun wieder? Will der mir wieder in den Kragen gucken?

»Hast du nichts zu tun?«

»Heut ist Mittwoch. Wollte fragen, ob ihr heuer Nachmittag auf den Wallberg wollts.«

»Öh, ja. Wenn das weit weg ist von Madame Castafiore!«, grinst Opa Gunnar.

Alois hat sich bereits gesetzt und lacht. Jetzt macht er

Witze darüber, dass er mittwochs ja eigentlich Golfspielen muss, aber der Schnee das verhindert. Während er so redet, findet Alois erst die bunten Pappen (ich weiß jetzt, dass das Eintrittskarten für ein Konzert sind – und Konzerte mag mein Opa Wilhelm eigentlich ganz gerne – Alois wohl auch) und dann den Comic.

»Aaaaaah!«, ruft er und blättert sofort drin herum. »Wer hat hier denn so guten Geschmack? Der Bub? Das ist recht, wenn der früh an gute Literatur herangeführt wird!« Alois zeigt mir die Bilder darin. Toll.

»Und hier ist sie. Wie sie leibt und lebt.«

Tatsächlich. Das ist ein Bild von Clothilde. Wie kommt die denn da rein? Eine gut gepolsterte Frau mit weißen Haaren, knallroten Lippen, viel Schmuck und offenem Mund.

»Oh!« Opa Wilhelm ist plötzlich interessiert. Und beginnt zu lesen, während Opa Gunnar und Alois mir erklären, dass wir heute Nachmittag auf einen echten Berg hochfahren und dann, das ist wohl das Tollste, von oben runtergucken.

Solange es keine Holzfässer gibt, ist mir alles recht.

»Das Konzert ist morgen Abend«, sagt Alois noch und reicht Opa Gunnar die Karten zurück. »Hingehen solltet ihr schon. Sie ist nervig, aber sie kann was. Und außerdem bin ich auch da. Und ich glaube, mit euch wird das witzig.«

»Und der Junge?«

»Ohne ihn macht ihr gar nichts, was?«

»Nie.«

»Ehrensache.« Opa Wilhelm sagt das, ohne hinter dem Comic hervorzugucken.

»Den schmuggeln wir rein.«

Ich wollte schon immer mal schmuggeln. Was ist das überhaupt?

Den Vormittag haben wir in einem sehr schönen Museum verbracht in Tegernsee. Da waren auch eine Menge bunter Bilder an der Wand, und Opa Wilhelm schien plötzlich, durch Opa Gunnars vorsichtige Überredung, doch sehr angetan von so was, das wie Comic aussieht. Er lacht immerzu.

Museum, das muss ich kurz erklären, das ist ein Haus ohne viel Möbel, wo Opas genauso gerne hingehen wie in Destillerien. Nur wird hier nichts getrunken, sondern hauptsächlich geguckt. Eigentlich besteht ein Museum aus lauter riesigen Räumen, die irgendwie Wohnzimmer sind, nur mit zu wenig Sesseln. Es sind auch selten Fenster drin, aber dafür wahnsinnig viele Bilder an der Wand. Und Opas gucken sich diese Bilder dann an. Ich darf natürlich wieder nichts anfassen, außer die kleine Holzbank in der Mitte. Also gehe ich halt mit meinen Opas mit und höre zu, was sie sagen.

»Hier! Köstlich!«, sagt Opa Wilhelm andauernd, dabei ist auf den Bildern selten was zu essen drauf.

Dann gehen sie zum nächsten Bild und gucken sich das lange an und schmunzeln.

Museum ist eigentlich ganz schön, aber auf die Dauer langweilig. Vielleicht sollte man mir das alles mal vorlesen? Nein? Hallo? Hier unten? Erinnert ihr euch noch, dass ich auch da bin? Schaut! Hasi ist schon eingeschlafen.

Im Shop kauft Opa Wilhelm anschließend einen ganzen Stapel Comics und Bücher mit Bildern von dem Mann, der das hier alles gemalt hat und den Opa Wilhelm so köstlich findet.

»Sie sehen auch ein bisschen aus wie er!«, sagt dann die Frau an der Kasse und zeigt auf das Bild des Mannes, der das gezeichnet hat. Olaf hieß der. Das war ein Koloss von Mann ohne Haare und dafür mit ganz sprühenden Augen. Das wäre auch ein prima Opa gewesen!

Im Hotel warten wir auf Alois. Opa Gunnar und ich lesen (ich gucke nur) »Tim und Struppi«.

Der Hund ist ja so süß! Wie mein Hasi!

Opa Wilhelm liest auch die neuen Bücher. Dann endlich kommt der Anruf, dass Alois da ist. Diesmal mit Auto. Ein riesiges Auto, aber gegen den Trecker meines Opas Gunnar kommt der nun doch nicht an. Ich nutze die Fahrt für ein Nickerchen. Als ich aufwache, sind wir auf einem Parkplatz und vor uns steht ein Haus und über uns ein Berg.

»Nun fahren wir hoch.«

Brauchen wir dazu nicht das Auto?

Aber nein. Man fährt mit Autos, die keine Reifen haben, sondern mit riesigen Wäscheklammern an einer Wäscheleine hängen. Man muss etwas warten, dann kommt man in so eine Art Garage. Da kommen die kleinen Autos angeschwebt und klackern laut, weil die Türen aufgehen. Und dann sehe ich was, was eigentlich verboten ist. Die Leute steigen ein und aus, obwohl das kleine Auto langsam weiterrollt – also sofern etwas ohne Reifen rollen kann. Grund, warum das nicht stehen bleibt, ist, dass sich die Leine oben immer weiterbewegt und mit ihr das Auto.

»Na, Bub. Erste Fahrt mit einer Gondel?« Ein junger Mann hilft uns.

Huch, nun sind wir dran. Zu viert geht es in das kleine Glashäuschen. Wir sitzen. Die Tür klackt beim Schließen und nun fühlt es sich an wie auf einer Schaukel. Meine Opas greifen gleichzeitig nach kleinen Griffen. Alois lacht.

»Alles super sicher hier.«

Wir werden offenbar jetzt nach oben auf den Berg gebracht.

»Hmpf«, macht Opa Gunnar und guckt stur an die Decke statt aus dem Fenster.

»Schöne Aussicht, was?« Alois ist begeistert und freut sich, wenn es ruckelt und das kleine Auto lustig hüpft. Unter uns sind plötzlich kleine Bäume und Büsche. Es sieht ein bisschen so aus, als würden die Bäume spazieren gehen und wir schweben über ihnen und gucken ihnen dabei zu.

Toll. Alois erklärt mir alles. Und meine Opas wirken etwas verkrampft, sagen aber zu allem: »Aha. Hmhm. Interessant.« Aber rausgucken tun sie nicht.

Es ruckelt noch einmal heftig, dann sind wir oben angekommen.

»Jetzt einen anständigen Kaffee!«, ruft Alois, springt in eine weitere Garage, wo jemand uns in Empfang nimmt und aus dem Auto hilft. Meine Opas wanken ein wenig.

»Ein anständiger Schnaps wäre mir jetzt recht.« Opa Wilhelm geht langsam und richtet seine Mütze.

»Uff«, macht Opa Gunnar. Hier ist es kühler, aber heller als eben.

»Die Aussicht wird euch gefallen!« Alois geht voran. Und echt. Das ist ja so was von toll hier. Ganz viel Gegend. Ich glaube, so viel Gegend habe ich noch nie gesehen. Auch meine Opas blühen auf. Wir gehen ein bisschen hin und her. Und gucken. Machen Fotos für Mama.

Meine Opas gehen auch mal aufs Klöchen, und ich werde gewickelt, wobei Opa Wilhelm dafür auf die Damentoilette geht, wo ich auf ein klappbares Wandregal gelegt werde. Dass Opa zum Wickeln in eine Frauentoilette gehen muss, findet er peinlich.

»Emanzipation geht anders«, murmelt er dann immer. Aber wenn er mich dann erst mal wickelt und ich ihn anlache, dann hat er seinen kleinen Schlechtelauneanfall schnell vergessen.

»Tut mir leid, meine Damen, zu stören. Ich habe meine Mission zu erfüllen!«, sagt Opa immer, wenn er die Damentoilette betritt. Und dann gucken alle Frauen und Mädchen erst richtig entsetzt. Und dann sehen sie mich und finden Opa ganz toll. Er ist der Windel-Held!

Endlich wieder draußen, geht das Gesuche nach dem anderen Opa los. Opa Gunnar hält sich nie an die Verabredung, wo wir uns nach dem Wickeln treffen, sondern geht immer weg, weil ihm so langweilig ist. Verstehe ihn.

Endlich finden wir ihn mit Alois an einem langen Holztisch sitzen.

»Kaffee ist schon da!«

Und wenn Opa Wilhelm das hört, hat er in der Regel schon keine schlechte Laune mehr.

»Und wo bleibt der Kuchen?«

»Daaa!« Ich zeige auf das Tablett, das uns gerade gebracht wird.

Läuft doch!

Dieser Berg, auf dem wir gerade sitzen (die Opas) und rumlaufen (Alois und ich), ist vom lieben Gott gemacht. Sagt Alois. Er sieht dabei ziemlich zufrieden aus.

Als Gott hat man wohl viel Zeit. Und denselben Hang zum Modellbau wie meine Opas.

Nur das Wetter hier ist nicht von Gott, sondern vom Kaiser gemacht, aber das verstehe ich sowieso alles nicht. Aber dass dieser Berg von einem bayerischen Gott gemacht wurde, das sieht man daran, dass überall Kreuze stehen, wo immer irgendein armer, wenig bekleideter, dünner junger Mann dranhängt. Und das sieht so schrecklich und traurig aus, dass ich immer nicht so recht hingucken mag. Nun nehmt doch mal diese armen Männer da ab, denen tut doch bestimmt alles weh!

Erwachsene haben doch einen Knall!

In Berlin habe ich solch einen Mann auch mal gesehen. In einer Kirche, aber der war riesig groß. Aber dem hat auch niemand runtergeholfen, stattdessen stellen sie ihm Blumen hin, als ob das helfen würde!

Hasi und mir tun diese hängenden Männer, die sich übrigens alle ähnlich sehen, furchtbar leid.

»Dann mal wieder runter!«, ruft Alois nach reichlich Kaffee, Tee und Kuchen. Und natürlich haben meine Opas wieder was aus kleinen Gläsern getrunken. Als ob das den Durst löschen könnte. Albern.

Also steigen wir wieder in die lustigen Autos an der Wäscheleine und fahren runter. Und ich kann Leute sehen, die an großen Drachen herumfliegen. Sachen gibt es in Bayern, witzig.

15
Flüsterpost

Der Frühstücksbrei schmeckt wieder mal vorzüglich und die Äpfelchen haben die richtige Dicke. Ich bin zufrieden und meine Opas offenbar auch.

»Heute Abend ist dieses Konzert.« Opa Gunnars Stimme ist schlecht einzuordnen. Sie liegt zwischen Neugier und Verzweiflung.

»Ein italienischer Abend.« Opa Wilhelm legt die Zeitung weg und rührt in seinem Kaffee.

»Ja, äh. Und wie wird das so?«

»All die großen Arien, *Rossini*, *Puccini*, *Verdi*, *Gouni – äh*, *Gounod* natürlich. Ein Triumph!«

Opa scheint etwas nachzusprechen, das er irgendwo gelesen hat (das hört man an dem Tonfall), und Opa Gunnar erkennt es (Ah!) und lacht herzlich, weil er es witzig findet.

»Ich sehe, du hast den Comic gut studiert.«

»Ja, ja! Wirklich sehr gut!«

»Ja, aber was ich eigentlich fragen wollte. So ein Konzert ist ja doch irgendwie ein Ereignis. Hm. Was zieht man denn da an?«

»Anzug und Krawatte reicht.«

»Tja, dann fürchte ich, kann ich nicht mitgehen.«

»Du wirst mich nicht alleine lassen mit ihr!«

»Aber ich habe keinen Anzug dabei. Und sie will ja nur

von dir die Hand geküsst bekommen. Lass mich da doch raus.«

»Niemals. Und den Anzug? Besorgen wir dir!«

»Nein, mach dir keine Umstände!« Opa Gunnar grinst.

»Das sind keine Umstände, ich mache das aus purem Selbsterhaltungstrieb. Und du weißt das!« Er winkt der Bedienung. »Hallo, liebes Fräulein Lara. Wir haben da ein Problem, wir sind ja heute Abend auf diesem Konzert. Und das ist ein Problem. Und zusätzlich noch ein Garderobenproblem.

»Das ist wirklich kein Problem, die Anzüge wurden heute Morgen geliefert und wir bügeln sie gerade. Und dann ist da schon der Chauffeur.«

»Wie?«

»Was?«

Die Westen-Lara lacht mitleidig. »Ja, so ist das, wenn die Madame jemanden, sagen wir, ins Herz geschlossen hat. Sie sollen bitte zur Probe kommen, sie ist vorher immer sehr anspruchsvoll. Also noch mehr als sonst.«

»Wir sollen da hin? Jetzt gleich?«

»Wie? Jetzt gleich?« Beide sind erschrocken.

»Aber natürlich. Haben Sie den Brief nicht bekommen? Sie hat Ihnen doch sicher einen gut duftenden Brief zukommen lassen.«

»Ach den …«

»Soll ich Ihnen noch Kaffee nachschenken?«

»Ich fürchte, ich brauch einen Schnaps!«

»Kommt sofort!« Die Dame verschwindet lächelnd.

»Wir müssen da hin.«

»Hilfe! Zur Hilfe!«, quieckt Opa Gunnar. Das finde ich lustig.

»Guck, Finn lacht sich über uns kaputt!«

Dann an Opa Gunnar gewandt: »Dabei habe ich gedacht, unser Desinteresse wäre eindeutig gewesen.«

»Nicht so eindeutig wie ihr Interesse. An dir! Ich finde, du passt viel besser zu ihr. Opfere du dich und ich kümmere mich um Finn.«

»Auf gar keinen Fall!«

»Dachte es mir.« Opa Gunnar zerbröselt enttäuscht ein Brötchen in der Hand und stopft sich die weichen Flocken in den Mund.

»Hm!«, mache ich und bekomme auch einen ab.

Ich finde, es läuft alles prima.

Einige Zeit später sitzen wir in einem ganz großen Mercedes und Opa Wilhelm macht sein zufriedenes Mercedesgesicht. Opa Gunnar hingegen mag offenbar nur Traktoren und schimpft entsetzlich vor sich hin. Wenn er so schimpft, kann man sich entweder nur die Ohren zuhalten oder nuckeln, da ja beides schlecht geht. Ich habe mich für Letzteres entschieden und gucke aus dem Fenster, damit man mich nicht so schnell entlarvt.

»Ich fühle mich entführt, jawohl, entführt!« Opa Gunnar ist außer sich.

»Na, nun hab dich nicht so. Die Dame mag halt geradlinige, gepflegte Herren. Wir müssen sie halt so beeindruckt haben mit unserer Art, dass sie einen Narren an uns gefressen hat!«

»Einen Narren? Ja, da sagst du was. Sie kann uns doch nicht einfach diese lächerlichen Verkleidungen schicken und uns dann kidnappen.«

Opa meint mit Verkleidung natürlich nicht etwa mein

schickes Cowboy-Outfit, das ich damals zu Rosenmontag anhatte, sondern seinen Anzug. Er hat ihn eben anprobiert und dann ganz schnell wieder seine eigenen Sachen angezogen.

Komisch.

Allerdings muss da einer den Anzug falsch genäht haben, denn da sind hinten zwei Flügel dran, die ganz schlapp runterhängen. Opa Gunnar sah damit kurzzeitig aus wie Flip von Biene Maja, allerdings nicht in grün.

»Das trage ich nicht. Das zieh ich nie wieder an!« Opa Gunnar guckt böse aus dem Fenster.

»Du sahst damit sehr respektabel aus!« Opa Wilhelm mag offenbar diesen Anzug. Als er ihn eben noch anhatte, schritt er damit seltsam eckig vor dem großen Spiegel auf und ab.

»Respektabel? Warum sollte man mich nicht in meiner Cordhose respektieren?«

»Gunnar, das ist halt so in solchen Kreisen. Kultur hat ihre Regeln. Und du solltest wenigstens für Finn versuchen, dem nahezukommen. Denk an seine Karriere!«

So was hab ich? Toll. Wo?

»Findest du mich etwa kulturlos?« Opa Gunnar kann sich herrlich aufregen. Draußen fährt der See vorbei. Sieht schön aus. Die Sonne glitzert darauf.

»Wo müssen wir überhaupt hin?«

»Das Konzert findet im Kurhaus von Bad Tölz statt. Und sie probt noch.«

»Bad Tölz? Ist da nicht ein Bulle?«

»Wieso?«

»Guckst du kein Fernsehen oder hörst du nur Klassikradio?«

»Und du? Wusste gar nicht, dass auf Biohöfen Fernseher erlaubt sind!«

Beide grollen.

Das Auto hält an. Wir sind da. Das Haus, auf das wir schließlich zusteuern, ist ein sehr hübsches kleines schlossähnliches Gebäude. Aber wo sind die Kühe? Ich denke, das ist das Kuhhaus von Bullenbad Tölz?

»Hier? Das ist aber nah am Tegernsee. Wusste ich gar nicht.«

»Ja, ist doch gleich um die Ecke. Komm schon. Da vorne steht einer, der so aussieht, als suche er uns.«

Und tatsächlich. »Sind Sie die Herren Doktoren Nowak und Semmelmann?«

»Du bist befördert worden, Gunnar.«

»Pah! Kultur!«

»Kommen Sie, Madame ist den Tränen nah und sagt, nur Ihre Anwesenheit kann helfen.«

Opa Gunnar trägt mich, weil es offenbar eilt. Opa Wilhelm geht voran. Er hat seine Mütze abgenommen und zupft an seiner Krawatte. Wir laufen durch schöne Räume und erreichen einen Saal mit Bühne. Da steht ein Flügel und Clothilde, die aussieht wie ein bunter Riesenpapagei.

»Ich kann so nicht arbeiten! Ich kann so nicht arbeiten!«, brüllt sie. Ist das schon Kunst? Wenn ja, kann ich das auch.

»Da sind Sie ja!« Sie erblickt Opa Wilhelm, flattert, sofern ihr Brustumfang das zulässt, auf ihn zu und fällt in seine Arme. Den Handrücken auf ihre Stirn gelegt, schreit sie erstaunlich klar: »Fühlen Sie, ich habe Fieber.«

»Na, da scheint ja mehreres im Argen zu sein«, grollt Opa Gunnar. Das hat sie gehört und schaut zu uns. Sie klammert sich an Opa Wilhelm, als solle er sie vor Opa Gunnar beschützen. Dann sieht sie mich.

»Sie haben das Kind mitgebracht? Ist es nicht anstekend?«

»Äh, nein. Äh, nicht mehr.«

»Halten Sie dennoch sicherheitshalber Abstand. Gehen Sie trotzdem bitte etwas da vorne hin.« Sie zeigt von sich weit weg.

»Jau, mach ich gerne!« Opa Gunnar geht eilig mit mir zu der ersten Reihe.

»Aber halten Sie das Kind ruhig«, ruft Clothilde und dann dreht sie sich unfassbar flink zu Opa Wilhelm um. Der hatte die Stirn gerunzelt, macht aber nun ganz schnell wieder ein freundliches Gesicht. Madame greift seine Hand und presst sie an ihren Busen.

Blutjung geht anders.

Opa Wilhelm lässt sich widerwillig auf die Bühne zerren und wird nun, mit Hilfe des Mannes, der an dem Konzertflügel sitzt (Opa hat mir das erklärt, als wir den Comic gelesen haben), heftigst angesungen.

Singen kenne ich anders. Weihnachtslieder werden in der Regel möglichst laut, aber auch mit einem guten Schuss Lustlosigkeit gesungen. Und Textsicherheit ist nie erforderlich. Ich singe gerne auf Lalala!

Hier ist es nicht so. Wahrscheinlich gehört das alles zur Kultur. Aber wo haben die nur die Kuh in diesem Kuhhaus?

Das Singen wird unterbrochen. Clothilde trinkt ein Glas Wasser und singt urplötzlich ganz ohne Klavier. Ihr ganzer Körper saugt dazu ganz viel Luft ein und dann schallt es aus ihrem Mund heraus. Aber hallo! Wie laut ist das denn? Erst dachte ich, das Geräusch müsste woanders herkommen, denn kein Mensch alleine kann doch so laut sein! Aber doch, das ist sie.

Respekt!

Das ist also Singen. Sie singt.

Erst etwas wild. Wie Schreien, aber ganz dicht hintereinander. Da bekommt man ja Angst!

Oh. Und nun? Ganz zart. Weich. Und das mag ich. Sie kuschelt sich dabei an Opa Wilhelm, der aussieht, als habe er eine Zitrone im Mund. Oder Ohrenschmerzen.

Ein junger Mann setzt sich zu Opa Gunnar und mir in die erste Reihe.

»Sie sind also dieses Mal die Auserwählten?«

»Wie?«

»Unsere Madame hat immer einen oder mehrere Männer am Wickel, die braucht das. Sie muss jemanden anhimmeln. Sicher ganz schön lästig für Sie beide, aber so ist sie.«

Clothide schreit einen klaren Laut durch den Raum. Und hält den Ton lange. Applaus, als sie endlich damit aufhört.

»Da. Hören Sie. Das kann sie singen, und das in dem Alter. Ich finde das großartig.«

»Ich verstehe nichts davon. Mein Kulturverständnis beginnt und endet mit »Musik ist Trumpf«. Kann mich noch an Rudolf Schock erinnern und diese kleine Dame mit der sehr ordentlichen Betonfrisur.«

Der junge Mann lacht und wirft den Kopf in den Nacken.

»Sie meinen Anneliese Rothenberger.«

»Wie auch immer.« Opa Gunnar lässt mich auf den Boden rutschen und ich sitze nun da, nuckele am Daumen. Auf der Bühne wird weiterhin mein anderer Opa angesungen.

»Mir macht die Dame eher Angst.«

»Das geht jedem so.«

»Sie haben gut lachen.«

»Wäre aber lieb, wenn Sie den anderen Herren hierlassen könnten, damit unsere Madame ihre gute Laune behält.«

In diesem Augenblick zickt Clothilde jemanden an, er solle sie besser ausleuchten. Tatsächlich wird die Dame plötzlich etwas heller. Ist das gemeint, wenn man sagt, es geht jemandem ein Licht auf?

»Ich weiß nicht. Der arme Willi.«

»Ach, bitte. Lassen Sie ihn einfach hier und gehen Sie doch mit dem Jungen etwas spazieren.«

»Willi bringt mich um, wenn ich das mache.«

»Der Junge nuckelt!«, schallt es schreiend und ich ziehe augenblicklich den Stecker. Alle gucken mich an.

»Ich kann nicht singen, wenn der Junge nuckelt!« Was hat sie denn gegen Nuckeln? Das beruhigt. Probier mal. Aber nimm deinen eigenen Daumen. »Gehen Sie doch vor die Tür!«

Och nö. Ich will zuhören.

Opa Wilhelm schüttelt entsetzt den Kopf, hört aber sofort auf, als Clothilde sich zu ihm umdreht.

»Äh.« Opa Gunnar wollte, glaube ich, wirklich ganz gerne aufstehen, aber wagt es nun doch nicht, weil Opa Wilhelm Zeichen macht. Er steht halb hinter Clothilde, die also nicht sehen kann, wie Opa andauernd mit seinem Daumen über seine Kehle streicht. Was ist? Juckt es ihm?

»Äh, wir bleiben besser.« Opa Gunnar nimmt mich und setzt mich auf den Plüschstuhl neben sich. »Bitte nicht mehr nuckeln«, flüstert er.

Okay. Aber nur unter Protest. Hasi und ich legen den Kopf auf die Armlehne.

Vorne wird wieder gesungen. Warum singt die eigentlich keine Worte? Mama und ich singen immer Worte. So was Lustiges wie: »Wer will fleißige Handwerker seh'n.«

Die hier singt aber nur.

»Huhüaladarrrrrhühühüüüüüüiiiiiiooooolaaaaa« oder so ähnlich.

»Das war grauenhaft, nicht wahr, Enrico?«, ruft die Dame ganz plötzlich, und die Musik ist ganz weg.

»Das war ganz wuuuunderbar. Sie sind heute wunderbar bei Stimme!«

»Du lüüüüüügst, ich bin grauenhaaaaft!« Sie wirft sich auf Opa Wilhelm.

»Fühlen Sie meinen Puls, Doktor!« Sie weint. Aber das ist dieses Weinen, das keine Tränen bringt. Das ist nur dieses mädchenhafte »ich zeig dir, dass ich beleidigt bin und dass gleich alle mit mir Mitleid haben«-Weinen.

Kenn ich schon. Langweilig.

Opa Wilhelm macht Zeichen, dass wir ihn retten sollen. Aber wie?

»Himmel, wie bekommen wir Willi da nur wieder raus?«

»Gehen Sie doch ruhig ein bisschen vor die Tür.« Der junge Mann will uns unbedingt loswerden.

»Sie kennen den Willi nicht, der bringt mich um, wenn ich ihn mit dem Drachen hierlasse.«

»Sie sind witzig!«

Ich glaube, Opa Gunnar meinte das gar nicht als Witz.

»Finn«, flüstert Opa mir ins Ohr. »Kannst du nicht noch mal Ausschlag bekommen? Oder neue Zähnchen?«

Öh. Nö.

»Kannst du nicht einfach mal schreien, Kind? Der Opa Wilhelm braucht dich!«

Öh. Nö.

Opa Wilhelm macht noch mehr Zeichen und ich muss lachen.

»Das Kind lacht! So kann ich nicht arbeiten!«, keift Clothilde. »Gehen Sie mit dem Kind bitte hinaus.«

»Nein!«, ruft Opa Wilhelm nun erschrocken. »Das geht doch nicht!«

»Oh, Sie dürfen natürlich hierbleiben!«, sagt sie zuckersüß zu ihm und streicht ihm über die Wange.

Und dann gehen Opa Gunnar und ich doch noch raus.

»Dein Opa wird mich umbringen«, sagt Opa Gunnar, als wir beide draußen durchatmen.

Echt?

»Der wird mich erschießen.«

Echt?

»Er tut mir wirklich leid. Aber ich konnte ihm nicht helfen.«

Nachdem wir in einem sehr netten Café ein Stück Kuchen verdrückt haben, findet uns Opa Wilhelm endlich dort. Er ist aufgebracht.

»Du Verräter!«

»Ich konnte doch nichts machen!«

»Du hast mich zurückgelassen. Das macht ein guter Kamerad nicht!«

»Äh!«

»Ein ganz übler Verräter bist du!«

Opa Wilhelm, willste Kuchen? Hier.

»Guck, der Junge gibt dir Kuchen«, sagt Opa Gunnar vorsichtig. Opa Wilhelm guckt erst das Stück Kuchen in meiner Hand und dann mich an. Ich habe Sahne an der Backe, ich weiß. Aber frag gar nicht erst, wie Hasi aussieht. Und meine Windel ist auch voll.

»Ach. Ihr seid ja ohne mich verloren!«, schimpft Opa Wilhelm, nimmt den Kuchen, die Wickeltasche und mich und bringt alles in Ordnung.

Es ist abends. Meine Opas sind in den Badezimmern und ich spiele mit Alois Eisenbahn.

»Ich nehme dich einfach mit. Wird schon keiner meckern. Backstagebereich. Weißte, die coolen Typen dürfen immer backstage gehen. Merk dir das für später. Und ich muss sagen, fesch siehst du aus!«

Klar.

Ich trage eine dunkle Hose, ein weißes Hemd und darüber eine dunkelblaue Strickjacke. Der Clou allerdings ist die kleine Fliege, die ich um den Hals hab. Mama flippt vor Glück immer total aus, wenn ich die umhabe, und Papa lacht dann, weil er es lustig findet, dass Mama eigentlich doch ganz schon spießig ist.

Aber ich muss sagen, die Fliege schmückt mich. Es flippt nicht nur meine Mama bei ihrem Anblick aus. Auch meine Opas sind ganz hin. Ich selber finde ja meine Schuhe total toll. Weiße Turnschuhe. Obercool.

Leider bin ich überhaupt kein Fitzelchen mehr rot. Das hätte noch viel mehr Eindruck gemacht.

Meine Opas machen sich auch schön. Man riecht schon ihr Rasierwasser. Damit scheinen sie bei Damen schwer Eindruck machen zu wollen. Leider hat man vergessen, die zu langen Jacken hinten abzuschneiden, jetzt hängen die fast bis auf Kniehöhe runter. Aber ansonsten sehen meine Großväter ganz toll aus. Selbst Opa Gunnar hat plötzlich was Staatsmännisches (das sagt Opa Wilhelm immer, wenn jemand ganz besonders verkniffen und steif aussieht).

Alois macht ein Foto von uns dreien, das wir an Mama schicken, damit die wegen meiner Fliege wieder ausflippen kann.

Alois hat es gut. Als Bayer darf man immer so gemütliche Sachen anziehen. Allerdings hat er heute auf sein kariertes Hemd verzichtet und ein weißes angezogen. Ansonsten trägt er eine weiche Jacke mit schicken silbernen Knöpfen drauf. Und eine Hose, die zwar lang, aber trotzdem vorne mit Leder ist. Pass bloß auf, dass du da keine Flecke reinmachst, Alois, meine Mama sagt, aus Leder bekommt man nichts raus!

Die Fahrt ist kurz und vor dem Kuhhaus von Bullentölz stehen immer noch keine Kühe. Nur Menschen.

Die durchweg alten Frauen stecken in diesen Kleidern, von denen Opa sagt, in ihnen sähen die Damen vorne sehr prachtvoll aus. Irgendwas mit Holz vor der Hütte.

Viel los hier. Ich soll meinen Opas Küsschen geben und dann geht Alois mit mir backstage zu den coolen Typen.

Alois ist mein Freund, denn er meint, ich darf ruhig nuckeln. Er sähe das nicht so eng, solange ich noch Milchzähne hätte. Und der will Arzt sein? Zähne sind doch nicht aus Milch! Sonst hätte ich die längst weggetrunken. Aber okay. Ich bin es gewohnt, dass Erwachsene meine Hilfe brauchen.

Alois kennt irgendwie alle und jeden. Männer werden per Handschlag begrüßt und Damen mit Küsschen. Ich helfe. Zumindest bei den Frauen.

»Setzt euch hierher«, sagt jemand, der gar nicht schick angezogen ist und schiebt uns eine große Kiste hin, auf die wir uns plumpsen lassen. Hasi fällt runter. Eine Frau mit einem bunten Kleid kommt und hebt ihn auf. Dabei kann man ihr in den Ausschnitt gucken.

»Toller Trick!«, flüstert Alois. Ich weiß, was er meint, ich hab auch Durst bekommen.

Das Gesinge beginnt. Erst Klavier, ganz weich, dann Clothilde laut und energisch.

Huch!

»Nicht erschrecken!«, flüstert Alois und dann zieht er einen Vorhang ein klitzekleines bisschen zur Seite und ich kann auf die Bühne gucken.

Bühnen sind da, wo alle hingucken. Und der Boden ist schwarz, und wenn die Leute hin und her gehen, dann klingt das wie auf dem Holzboden bei meinem Opa in der Villa.

Clothilde ist in ein gigantisches dunkelrotes umhangartiges Kleidungsstück gehüllt. Erst dachte ich, sie hätte den Vorhang von der Bühne runtergerissen und sich umgehängt, aber der ist ja noch an seinem Platz. An ihren Ohren sehe ich es dick glitzern. Das sind, glaube ich, dicke Klunker. Das ist wohl der Fachausdruck dafür. Mama sagt das immer.

Man sieht die Lampen über Clothilde, die ihr diesmal besser das Licht aufgehen lassen, und man sieht die Gesichter von den Leuten in den ersten Reihen. Alle sind ganz gebannt.

Clothilde legt sich mächtig ins Zeug. Mal geht sie nach vorne an die Kante und singt den Mann an, der die Leute mit den Instrumenten mit Handbewegungen zu beruhigen versucht. Dann singt sie hoch zu den Lampen. Und wenn sie energisch hin und her geht, dann poltert es.

Aber meist steht sie und singt mit ganz weit aufgerissenem Mund.

»Jessesmaria, kann die singen! Und wie die sich anstrengt!«, flüstert, Alois.

Nach einer Weile hat Clothilde wohl keine Luft mehr, denn sie hört auf und beugt sich erschöpft nach vorne. Die Leute klatschen, wohl um ihr Luft zuzufächeln.

Ich glaube, ich werde wie Opa Wilhelm. Ich mag Kultur. Muss mich nur erst daran gewöhnen, dass bei Kultur selten Kühe sind.

»Schau, da sind deine Opas!« Ja, Alois hat recht, da sitzen Opa Wilhelm und Opa Gunnar. Opa Wilhelm macht mit der Hand eine weiche Bewegung, als würde ein Blatt vom Baum fallen und Opa Gunnar sieht aus, als würde seine Scheune abbrennen.

Kultur ist nichts für Angsthasen.

Das Gesinge ist vorbei und wir treffen uns mit allen anderen Langjacken und deren Frauen in einem hübschen Saal. Es gibt zu trinken und Alois organisiert mir Milch. Clothilde kommt und ist nun umgezogen, statt des roten Riesenumhangs trägt sie nun ein Brautkleid mit Federn überall. Sie sieht aus wie eine Wolke. Man klatscht, als sie hereinschreitet, und sie tut so, als müsse man nicht wegen ihr klatschen. Aber in Wahrheit ist sie sauer, als man nach minutenlangem Geklatsche doch endlich aufhört.

Weiber.

Sie rauscht sofort auf meine Opas zu und hält sie beide so fest, dass die nicht mehr trinken können. Nun sieht sie mich.

»Das Kind ist ja auch da!« Warum denn nicht? Bevor Opa Gunnar was Patziges erwidern kann, sagt Alois sanft zu ihr: »Er liebt ihren Gesang.« Sein Tonfall oder das, was er da sagt, sind offenbar goldrichtig. Clothilde greift sich ans Herz und fragt erstaunt: »Ist das wahr?«

Klar, ich bin sofort eingeschlafen.

16

Blinde Kuh

Unser letzter richtiger Tag hier am Tegernsee. Meine Opas sehen irgendwie alarmiert aus, während sie Kaffee und Tee schlürfen und aus dem Fenster gucken, als erwarten sie den bösen Wolf (Mama sagt, Wölfe sind nicht böse, die wären nett und wenn man einen sieht, soll man ihn freudig beobachten und nicht totschießen).

»Wann will sie denn kommen?«

»Jetzt gleich.«

»Wollen wir nicht lieber weglaufen?«

»Wohin?«

»Keine Ahnung.«

»Langsam vermute ich, dass hinter dem Freitod von Ludwig II. eine Ururgroßmutter von Clothilde steckte.«

Sekunden später schallt es durch den Raum.

»Nieeeeee sollst du mich befrrraaaaagen!«

»Oh Gott.« Gunnar sackt in sich zusammen.

»Lohengrin kommt.«

»Ist das nicht Wagner?«

»Gesungen von einer Walküre.«

Clothilde bewegt sich durch den Raum, als stände sie (unter den Bergen an Tüchlein und Stoffen, die den Eindruck eines Kleides perfekt imitieren) auf einem Skateboard und rausche damit auf uns zu.

»Da sind sie! Meine beiden Heldentenöre!«

Sie fällt Opa Wilhelm halb um den Hals und setzt sich dann neben Gunnar flatternd auf die breite Holzbank, um im mitgebrachten Plüsch des eigenen Kleides zu versinken.

»Oh, das Kind!«, sagt sie und starrt mich an. Dann singt sie »Alle Vögel sind schon da« so laut, dass selbst der schwerhörigste Vogel tot vom Baum knallen würde.

Warum sagt sie immer Kind zu mir? Gestern konnte sie die Texte ihrer schönen Lieder doch auch alle auswendig?

»Hat die Betreuung noch nicht auf?«

»Wir geben ihn nicht in die Betreuung.«

»Wieso? Ist die nicht gut? Ich kann schnell jemanden besorgen, der auf das Kind aufpasst.«

»Wir machen ja schließlich zu dritt Urlaub«, grummelt Opa Gunnar und erntet einen erstaunten Blick von Clothilde.

»Ich habe keine Kinder. Ich wollte frei sein.«

»Schön für Sie.« Opa Gunnar rückt etwas von ihr weg. Das quittiert sic augenblicklich damit, dass sie ihre Liebenswürdigkeit voll auf Opa Wilhelm wirft.

»Hat Ihnen mein Vortrag denn gestern ein kleines bisschen gefallen?«

Opa strahlt. »Oh, es war wunderbar. Ganz wunderbar. Ein großartiger Abend.«

»Er steht nämlich voll auf Kultur«, murmelt Opa Gunnar.

»Oh, danke. Ich fand, das Licht hat mich etwas blass gemacht.« Sie neigt den Kopf.

Vorsicht Opa, wenn Frauen den Kopf so neigen, heißt das, man muss nun genau das Richtige sagen. Opa schweigt und grübelt.

»Fanden Sie nicht, Doktor Semmelmann?«

Ist doch klar, was sie hören will, oder?

Opa grübelt immer noch.

»Hat es Ihnen die Sprache verschlagen? Sagen Sie ruhig die Wahrheit.«

Opa Wilhelm, in Ninfas Augen stets das, was sie einen perfekten Gentleman nennt (vor allem blutjungen Damen gegenüber), holt tief Luft, blickt ganz kurz an die Zimmerdecke und sagt dann: »Na ja, ein wenig blass hat sie das Licht schon gemacht, aber das ist sicher niemandem aufgefallen. Ihr Gesang war perfekt. Also äh (was heckt er denn jetzt aus?) fast perfekt, ich denke, die Passage der Sylva Varescu, die Varieté-Sängerin Die Csárdásfürstin ist Ihnen ein klein wenig zu tief geraten …«

Autsch.

Clothilde atmet schwer durch. Sänger können kolossal viel einatmen, daher bläht sich ihr Busen stark auf. Die dicke Brosche an ihrem Kragen scheint in schwere Seenot zu geraten bei den Wogen. Opa Gunnar nickt anerkennend.

»Oh, ich gefalle Ihnen also nicht.«

»Ihr restlicher Gesang war wunderbar. Ein Höhepunkt unseres Urlaubs. Morgen fahren wir ja nun heim.«

Schweigen. Clothilde sortiert auf dem Frühstückstisch ein paar der Utensilien um. Salz und Pfeffer, Vase, Serviette.

»So.« Sie klingt angefressen.

»Ich wollte eigentlich Sie heute bitten, mit mir eine kleine Seerundfahrt zu machen, aber –« Sie lässt den Satz langsam ausklingen. Das kenne ich. Wenn Mama das so macht, dann schnappt mein Vater immer gleich zu und geht damit in die Falle.

Opa Wilhelm hingegen schweigt und lächelt etwas angestrengt. Die nette Bedienung kommt und stellt eine frische Tasse Kaffee vor Clothilde ab und ein kleines Kännchen mit Milch.

Opa Gunnar hingegen brummelt auf seine sehr lässige Art: »Dass Ihre Stimme leicht belegt war, ist ja klar, wenn Sie nie anständig zusammengenähte Kleidung tragen.«

Doppel-Autsch.

»Unverschämtheit! Und so was hat man an seinem eigenen Busen genährt und gehegt und gepflegt!«

Die große Clothilde erhebt sich, wirft die Serviette Opa eindrucksvoll an den Kopf und rauscht davon. Dabei streift sie gefährlich nahe an Alois vorbei.

Niemand guckt ihr hinterher.

»Wow«, sagt Alois und schaut auf die Uhr. »Wie habts ihr das denn hingekriegt?«

»Tja.«

»Willi hat es voll drauf.«

Die nette Lara kichert und klappert ungewöhnlich laut mit dem Geschirr, das sie abräumt. »Ich verstehe die zwei Herren nur allzu gut. Gut gemacht.«

Opa Wilhelm lächelt entzückt und auch Opa Gunnars Gesicht erhellt sich. Er streicht mir über den Kopf.

»Pah. Betreuung. Wir beiden Opas sind es doch, die von dir betreut werden, oder?«

Recht habt ihr.

»Müsst ihr morgen heim?« Alois scheint uns jetzt schon zu vermissen.

»Jau.«

»Meine Tochter ist hochgradig schwanger.«

»Na so was! Der Bub wird ein großer Bruder?«

Erinnert mich nicht daran!

»Jau.«

»Männer, ich beneide euch. Enkel, die einen brauchen, und noch voller Tatendrang. Toll.«

»Warum reden die Leute immer so, als würden wir gleich morgen abkratzen?« Opa Wilhelm köpft elegant sein Ei.

Abkratzen? Mama findet Kratzen immer ganz fürchterlich. Kommt bloß nie auf die Idee abzukratzen, liebe Opas. Verbiete ich euch. Auch im Namen meiner Eltern!

»Was wollt ihr denn heute machen?«

»Keine Ahnung. Hast du einen Vorschlag, Alois? Aber bitte nicht wieder Kultur.« Opa Gunnar hat offenbar restlos genug davon.

»Wenn ihr noch gut zu Fuß seid, dann lasst uns zum Riederstein hochmarschieren.«

»Äh.«

»Na, stellt euch nicht so an. Der Boden ist gefroren und gut zu gehen. Und oben liegt sogar ein bisserl Schnee. Wir machen auch eine gescheite Brotzeit.«

»Und der Junge?«

»Lasst mich das machen.«

Die Bayern sind ein unternehmungslustiges Völkchen, muss man sagen. Und was sie gerne tun, das ist herumgehen. Und weil sie immer sehr gern besonders lange herumgehen, tragen sie Rucksäcke mit Zeit, der sogenannten Brotzeit, rum. In Berlin hat niemand Zeit in Tüten auf dem Rücken, deswegen rennen die auch immer so hektisch durch die Gegend. Hier hat Alois offenbar immerzu Zeit, mit uns was zu unternehmen.

Nachdem wir auf dem Zimmer waren und meine Opas

eine Weile Zeitung lasen, Opa Gunnar sogar schon seine Tasche gepackt und Opa Wilhelm seinen Koffer ganz furchtbar ordentlich bestückt hat, klopft es an der Tür.

Da stehen zwei junge Damen mit grellorangenen Jacken, so dass ich erst dachte, die seien von der Berliner Müllabfuhr. Aber das sind Funktionsjacken. Warum und wie die funktionieren, weiß ich leider nicht.

Sie haben eine Menge dabei. Schuhe und Jacken für meine Opas. Und Wanderstöcke. Und das absolut Coolste ist ein Gestell, das die eine auf dem Rücken hat. Die hat sich nämlich einfach den Kindersitz aus einem Auto auf den Rücken geschnallt.

Dann erscheint Alois.

»Das ist die Iris und das die Lisa.« Dann küsst er die eine, wie Papa immer Mama küsst. Alois ist eindeutig etwas älter als die blutjunge Dame, und Opa Gunnar macht einen langen Pfiff. Was er damit sagen will, weiß ich nicht.

»Die Iris is ma Froindin. Die Lisa ist ihre Dochter.«

Warum hat er keine eigene Tochter?

Und die Lisa ist so alt wie die große Schwester von Bernhard. Und Bernhard sagt, große Schwestern sind anstrengend, aber ganz gut, weil die immer alles wissen und man muss dann nur hinter denen herrennen und dann braucht man nicht selber nachdenken. Also merke ich mir, alles machen wie Lisa, dann klappt es.

»Die Iris kann den Bub tragen, wenn der nicht mehr kann.«

»Aber die Dame kann doch nicht den Jungen tragen. Nicht, dass ich ihr das nicht zutraute, ich weiß, wie stark Frauen sein können, weiß Gott (er denkt bestimmt an meine Mama!), aber ich kann doch nicht eine Frau was tragen lassen und selber lustig daneben hergehen …«

Iris lacht und klopft Opa auf die Schulter.

»Sie sind ja ritterlich. Wie charmant!«

Aber so wird es gemacht. Wir ziehen uns an. Ich trage einfach nur meine Regenjacke und meine dicken Schuhe. Meine Opas die Wanderschuhe und die Jacken von der Berliner Müllabfuhr. Dann gehen wir los. Erst mal nur bis zu einem Bootsanleger und fahren rüber. Das ist schon toll. Die Sonne steht nun fast ganz über den Bergen und der Himmel ist tiefblau.

»Schaut, so blau wie unsere bayerische Fahne!«, erklärt Alois. Und da Lisa nickt, nicke ich auch.

Auf der anderen Seite angekommen, gehen wir sehr steile Wege hoch. Immer weiter hoch. Hört gar nicht auf. Erst gebe ich mir mächtig Mühe, selber zu gehen, aber dann gebe ich auf.

Iris stellt den Kindersitz ab, Alois hebt mich rein und dann geht es los.

Hui! Toller Ausblick.

»Der Bub hat seinen Spaß, was?«

Klar.

»Er ist ein Staatskerl! Wirklich ein Staatskerl.« Opa Wilhelm hat einen Wanderstock, der immer leise klackt, wenn er auf den Boden kommt. Und Opa Gunnar geht freudig voran und scheint sich zwischen Wald und Wiesen richtig gut zu fühlen.

»Wird es Ihnen auch nicht zu viel?«, fragt Opa Wilhelm schuldbewußt.

»Naaa, das Tempo ist ja sehr gemäßigt.«

»Die Iris klettert normalerweise auf Achttausender.«

Ach, und warum?

»Donnerwetter!«, ruft Opa Wilhelm beeindruckt aus und das mag die Iris offenbar.

Wir gehen durch Wald. Die Wege werden schmaler und erdiger. Iris geht immer sehr gleichmäßig, setzt die Füße ganz fest auf und überlegt. Sie stolpert nie über die Wurzeln und Steine, die überall rumliegen. Lisa geht auch so, aber sie trägt nur einen kleinen Rucksack. Manchmal guckt sie zu mir hoch und irgendwie mag ich das. Komisch. Mädchen sind doch eigentlich doof, oder?

Opa Wilhelm atmet laut, aber es klingt begeistert. Alois erzählt Gruselgeschichten von Geistern und Waldmännchen.

»Oh. Gegenverkehr.«

Und nun kommt was, womit ich gar nicht gerechnet hätte. Ein Radfahrer. Auf diesen knubbeligen, steilen Wegen? Er rauscht an uns vorbei nach unten.

»Was machen die denn hier?«

»Tja. Man kann das gut finden oder nicht, aber das ist die Zukunft unseres Tourismus.«

»Was ist denn nur aus dem guten alten Wandern geworden?«

Alois lacht: »Das gibt es schon lange nicht mehr!«

»Und was machen wir gerade?«

»Trecken!«

Na, hör mal, so dreckig sind wir nun auch nicht.

Hasi und ich staunen über die vielen Bäume. Wusste gar nicht, dass so schön viele Bäume die Berge hochklettern können.

»Aus solchen Bäumen hat man früher die Masten für Segelschiffe gebaut!«, erklärt Alois.

Hier? Wozu braucht man hier ein Schiff? Die Bayern lassen nichts aus. Jetzt auch noch segeln.

»Und dann geht es also heim?«

»Jau.«

»Meine Tochter ist ja wieder recht schwanger. Wir sind ihr quasi stiften gegangen, mal sehen, wie die sich nun fühlt. Ein bisschen schlechtes Gewissen hatten wir schon.«

»Seids ihr abgehaun?«

»Jau.«

»Ja, es wurde einfach zu viel mit Schwangerschaftsgymnastik und Geburtsvorbereitung und Hebammen und all dem Kram.« Opa Wilhelm bleibt stehen, holt sein Taschentuch hervor und streicht sich über die Glatze.

Alois lacht schenkelklopfend. »Stell ich mir wie eine Mordsgaudi vor.«

»Im Leben nicht. Aber nun müssen wir wieder zurück und sie wieder aufrichten und helfen. Sie weint viel und ist richtig verzweifelt. Armes Ding.«

Das Gemurmel von meinen Opas und Alois, das nette Lächeln von Lisa und Iris' gleichmäßiger Gang machen Hasi ganz müde. Er will von mir fest in den Arm genommen werden und dann und dann und dann.

»Na, heppala! Da ist der Finn aber hübsch eingeschlafen, was?« Alois strahlt mich an, als ich die Augen öffne.

»Das macht die gute Luft!«, sagt Opa Wilhelm, der schon mit Windel und Puder bereitsteht. »Wo ist die Damentoilette!«, ruft er und Gelächter folgt.

Nach meiner Trockenlegung haben wir Zeit. Brotzeit.

Wenn man aus dem Fenster schaut, sieht man, wie hoch wir schon sind. Hier ist Schnee.

Weil Lisa natürlich perfekt alleine essen kann, strenge ich mich auch an, den Brei selber zu löffeln. Leider kleckere ich schrecklich, aber Lisa lacht, als fände sie es nett.

Tolles Mädchen.

Meine Opas und Alois kriegen riesige Brettchen mit Wurst, Schinken und Käse. Sie essen mit großem Appetit.

Dann geht es weiter. Ich gehe erst wieder ein kleines bisschen zu Fuß, aber ganz ehrlich, Freunde, diese Berge sind für so kleine Beinchen nicht gemacht. Also wieder ab in den Tragesitz und dann hoch zum Riederstein.

Da ist ein kleines Häuschen, ganz oben auf dem Berg drauf. Alois und meine Opas nehmen die Mützen ab, als wir es betreten.

Draußen machen wir ganz viele Fotos, die wir dann Mama schicken. Und Opa macht auch ein Foto von Lisa und mir.

Und dann hab ich einfach mal Pause gemacht und die anderen weitertrecken lassen.

Mittlerweile liege ich im Bettchen. Ich bin in dem großen Wohnzimmer, das zu Opas Hotelsuite gehört. Opa Gunnar und er sitzen auf dem Sofa. Es ist wenig Licht. Vielleicht, um mich nicht zu stören. Sie trinken keinen Kaffee und keinen Tee, sondern Wein.

Und kichern über Clothilde. Und schwärmen von den Bergen. Und fürchten sich vor Geburtsvorbereitungskursen.

Morgen fahren wir nach Hause. Schade, aber dafür sehe ich Mama wieder. Ob Papa endlich nicht mehr die Windpocken hat?

17

Himmel und Hölle

»Ich bin wirklich überrascht, dass meine Tochter diese Woche so gut überstanden hat! So ganz ohne unsere Hilfe!« Opa Wilhelm klingt ein bisschen beleidigt, finde ich. Aber ich habe keine rechte Muße, ihm genau zuzuhören. Ich versuche herauszufinden, wie es in Spanien weitergegangen ist. Zumindest haben alle Frauen in Ninfas Fernsehen noch die gleiche Frisur und zanken sich auch noch genauso engagiert.

Eine herrliche Sprache!

Frau Pietsch ist auch da und Ninfa sowieso. Sie sitzen gebannt am Tisch und hören Opas Geschichten über den Tegernsee zu. Opa Gunnar schweigt amüsiert und sagt nur an den passenden Stellen ein kleines Wort, um Opa Wilhelms Geschichte zu würzen.

»Und es war wirklich diese Sängerin? Clothilde von der Heide?«

»Ja. Sie war ganz verliebt in Gunnar!«

»Und in seinen preußischen Bart!« Opa Gunnar zeigt auf Opa Wilhelm und der lacht.

»Und wie war das Konzert? Und wo war der Junge?«

»Das Konzert war großartig.«

»Na ja. So ein Gejaule können meine Kühe auch hinbekommen.«

»Banause!« Frau Pietsch lacht. Ninfa wedelt mit dem

Geschirrhandtuch Richtung Opa Gunnar. Der hält schützend seine Hand über das Müsli.

»Und der Junge war Backstage!« Opa Wilhelm streicht mir über das Haar.

»Wo war er?«

»Hinter der Bühne und hat da selig geschlafen.«

»Jau, bei Klassikmusik kommt nach spätestens zehn Minuten der Sandmann!«

»Ach, Gott. Mit Opas Urlaub zu machen ist ja das reinste Abenteuer.« Frau Pietsch klatscht in die Hände. Alles schweigt grinsend. Die Stimmung ist gut, und ich finde es schön, wenn so viele Leute um mich sind.

»Und Sara?«

»Der geht es richtig gut.«

»Ist Greg endlich wieder hier?«

»Nein, leider noch nicht. Er hat jetzt auch noch die Grippe bekommen.«

»Der Arme.«

»Der Gute.« Opa Gunnar seufzt, alles schaut zu ihm. Kichern.

»Und dennoch ist Sara so tapfer?« Opa Wilhelm sagt das leicht zweifelnd und guckt nach oben an die Decke. Man hört oben das Abfließen des Badewassers. Ninfa steht auf und horcht, ob oben alles in Ordnung ist oder ob Sara Hilfe braucht. Wir hören meine Mama singen.

»Wir haben ja nun Rosemarie«, erklärt Frau Pietsch. Und es klingt ausgesprochen zufrieden.

»Wer?«

»Wie?«

»Ja, Rosemarie. Die Hebamme. Rosemarie. Hat Sara Ihnen nichts davon am Telefon erzählt, doctor?«

»Äh.«

»Hä?«

»Da bin ich aber schon ein bisschen enttäuscht.« Frau Pietsch dreht sich zu Ninfa um.

»Jau. Da wissen wir nix von.«

»Klingt, als hätte man uns gar nicht vermisst.« Opa Wilhelm runzelt die Stirn.

Frau Pietsch und Ninfa wechseln weitere Blicke, über die ich lachen muss. Meine Opas streichen mir fast etwas gedankenverloren über den Kopf. Dabei berühren sich ihre Hände und sie erschrecken.

»Die, die aussieht wie Meryl Streep.« Frau Pietsch hofft offenbar, dass diese Erklärung weiterhilft. Tut sie nicht. Meine Opas gucken immer noch etwas lau aus der Wäsche.

»Eine großartige Frau!«

»Oh ja!« Ninfa nickt.

Das will was heißen, wenn Frau Pietsch und Ninfa so was sagen. Her mit der Frau, ich will mit der spielen!

»Seither ist Sara sehr, sehr gut gelaunt.« Ninfa schnalzt zufrieden.

»Nun. Sagen wir so (Räuspern), Rosemarie hat unsere kleine Sara sehr gut im Griff.« Kann es sein, dass Frau Pietsch erleichtert klingt?

Beide Frauen seufzen.

Aha. Dachte ich es mir doch.

Schön, wenn alles so reibungslos läuft.

»Ach, Frau Ninfa, haben Sie meine Post?«

Ninfa hat. Sie legt einen kleinen Stapel Briefe vor meinen Opa Wilhelm auf den Küchentisch.

»Las letras, por favor, doctor. Habe alle Rechnungen

durchgesehen, keine war eilig, wie Sie mir aufgetragen haben«, sagt Ninfa, aber irgendwas stimmt mit ihrer Stimme nicht. Sie schaut meinen Opa Wilhelm ganz intensiv an, während Frau Pietsch und Opa Gunnar lustig vor sich hin schwatzen. Ich nehme Hasi vor das Gesicht und beobachte meinen lesenden Opa. Er schaut die Umschläge durch, bis er zum Schluss auf einen weißen Umschlag trifft mit schwarzem Rand. Sein Gesicht wird schlagartig weiß. Er streicht über die Schrift.

»Aber –«, sagt er und streicht noch einmal über die Schrift. Ich verstehe nicht, wie er einen Brief versteht, ohne ihn gelesen zu haben. Mama kommt herein. Sie ist gut gelaunt. Herzt Opa Gunnar und Frau Pietsch und sieht dann Opa Wilhelm an. Meine Mama erkennt sofort, dass was nicht stimmt. Sie umrundet mit ihrem dicken Schwesterbauch den Tisch und berührt Opa Wilhelm am Arm. Der ist ganz überrascht, dass meine Mama vor ihm steht.

»Alles in Ordnung?«

Opa nickt höflich, aber das kenne ich ja von Erwachsenen, dass sie was sagen, was gar nicht stimmt. Denn er muss sich schnell über ein Auge wischen. Er zeigt den Umschlag und Mama liest, was darauf steht. Und zwar auf der Rückseite. Da steht wohl ein wichtiger Name oder so.

»Vor dem Urlaub habe ich noch mit ihm gesprochen. Hab ihn besucht. Da ging es ihm noch ganz gut.«

»Oh. Das tut mir leid. Er war dein bester Freund, nicht wahr?« Mama setzt sich mit etwas Platzmangel neben meinen Opa.

Oh. Das ist das Gesicht, wenn man traurig ist. Es ist ein ganz anderes Gesicht, als wenn ein Mensch glücklich ist. Es ist dunkler und die Augen und der Mund sind nach unten gebogen. Ich brauche Opa nur anzusehen und merke, wie mir mein Hals weh tut und meine Augen brennen, bis sie tränen. Ich verstecke mich hinter Hasi.

»Wann ist die Beerdigung?«

»Heute.«

»Ich gehe mit dir.« Mama sagt das so, wie Ninfa was sagt, wenn das keinen Widerspruch duldet. Und so wie bei Ninfa findet Opa keine Ausrede. Will er auch gar nicht. Er atmet durch. Ninfa nickt und streicht meiner Mama über die Schulter. Offenbar ist das das geheime Zeichen, dass Mama das Richtige gesagt hat.

»Ich kenne ihn schon, seit ich ein kleiner Bub war – ich kannte ihn – «, Opa hört auf zu sprechen. Er steht auf und verlässt die Küche. Opa Gunnar und Frau Pietsch haben aufgehört zu lachen. Ich glaube, sie haben sogar aufgehört zu kauen. Alles guckt auf die Küchentür, die nun ganz langsam zuklappt.

»Was ist los?«

»Sein bester Freund ist gestorben.«

»Mist.«

Eigentlich dachte ich, dass Opa Gunnar sein bester Freund ist, aber der ist wohl nicht gestorben. Was genau ist das, »gestorben«? Es muss was sehr Trauriges sein. Ich weiß, dass ich das Wort schon ganz oft gehört habe. Und niemand macht bei diesem Wort ein freundliches Gesicht.

Nicht so wie bei Regen. Da machen manche ein ärgerliches Gesicht, andere ein trübes und andere freuen sich. Aber bei »gestorben«, da ist bei allen gleichermaßen der Spaß vorbei.

Wenn Mama sagt: »Wenn du das machst, dann bist du für mich gestorben«, dann ist aber sowieso alles vorbei.

Oder Papa sagt: »Als du damals weg von mir wolltest, da bin ich tausend Tode gestorben.« Da macht er ein so trauriges Gesicht, dass man ihn knuddeln will. Mama macht das dann auch schnell.

Ich frage mich langsam, ob ich unbedingt wissen will, was das ist, dieses »gestorben«. Vielleicht komme ich durchs Leben, ohne darüber nachzudenken?

Ach, bestimmt nicht. Es klingt blöd und deswegen werden die Erwachsenen sich ganz sicher das Wort andauernd um die Ohren hauen.

Ein bisschen anders verhält es sich bei Nachrichten im Fernsehen, wenn Opa sie sieht (ich muss danach ins Bett, was mir die Sendung generell unsympathisch macht): »Bei diesem Anschlag sind schätzungsweise Hunderte von Menschen gestorben.« Und das wird so ganz untraurig gesagt. Also dachte ich, »gestorben« ist nichts Schlimmes. Niemand weinte bislang dabei im Fernsehen. Und nach solchen Informationen kann zum Beispiel sofort Fußball kommen. Daher dachte ich, es kann nicht lange anhalten, dieses »Gestorben-sein«.

Opa kommt nicht zurück in die Küche. Ich klettere von meinem Stuhl. Niemand hält mich auf. Man sieht mir nur fasziniert zu, wie ich mich mit meinem Hasi unterm Arm auf den Weg ins Wohnzimmer mache. Opa steht am Fenster und sieht zu, wie draußen Schneeregen fällt. Wie kann man so was nur lange angucken?

Ich gehe zu ihm und umarme sein Bein, da ich oben ja nicht rankomme. Er ist regelrecht erschrocken.

»Huch, kleiner Mann. Hab dich gar nicht kommen hören!« Er beugt sich runter und hebt mich hoch.

»Uuuuaaa, bist du aber schwer.« Das Schwersein ist ein

großer Betrug, denn ich höre das immer öfter und werde deswegen deutlich weniger hochgehoben als früher. Aber heute hebt mich Opa doch hoch. Er drückt mir seine Wange oben auf den Kopf und ich fühle den Bart. Und dass Opas Wange nass ist.

»So ist das, kleiner Mann. So ist das. Da redest du gerade noch mit jemandem, und dann ist er fort.«

Redest du von dem *gesterbten* Freund? Wo ist er hin? Kannst du ihn nicht anrufen und bitten, wieder zurückzukommen? Auch wenn er die Windpocken hat oder Grippe oder ganz weit weg ist, anrufen geht doch immer! Und glaub mir, die Leute kommen immer wieder zurück. Mama und Papa und Frau Pietsch und so. Alle kommen wieder. Und wir sind doch auch vom Tegernsee wieder zurückgekommen.

»Einfach fort.« Opa ist in Gedanken und schaut irgendwie durch mich durch. Er ist sehr ernst, und es macht mir etwas Angst. Ich streiche ihm mit Hasi über das Gesicht.

»Ach, der Hase. Gut, dass du ihn hast.« Opa stellt mich wieder auf den Boden und schaut hinaus. Ich weiß nicht recht, ob ich jetzt mit den Klötzen spielen kann. Außerdem ist mir jetzt nach Schmusen. Ich gehe also wieder in die Küche. Irgendeiner wird schon Zeit haben, mich zu umarmen. Opa Gunnar sieht mich und klopft sofort auf seinen Schoß. Na, endlich! Ich klettere drauf.

Tagchen. Umarm mich, bitte.

Macht er und isst weiter seine Körner und ich schaue mit ihm in die Zeitung.

Während Opa Wilhelm so schrecklich traurig ist, dass er nur aus dem Fenster schauen kann, sind Frau Pietsch, Ninfa und Mama sehr eifrig.

»Ich frag nebenan Frau Kowalksi, ob die eine passende Jacke für dich hat, Sara. Sie ist schon im Normalzustand ziemlich dick, das könnte klappen.« Ninfa sagt so was nicht in einem Tonfall, der vermuten lassen könnte, dass Ninfa es böse meint. Sie ist halt praktisch.

»Gut. Zum Glück ist eine von meinen Umstandshosen schwarz. Und dann hab ich die dicken Schuhe in dunkelbraun.« Meine Mama scheint plötzlich total auf dunkle Klamotten zu stehen.

»Es wird kalt auf dem Friedhof, vergiss das nicht! Nimm meinen schwarzen Wollschal«, Frau Pietsch nimmt dabei die erwähnten Schuhe entgegen und inspiziert sie, ob sie dreckig sind. Komischerweise sind immer nur meine Schuhe total dreckig. Wie machen die Erwachsenen das bloß, dass die so saubere Schuhe haben? Ähnlich ist das mit den Nasen. Nur ich muss meine andauernd geputzt bekommen. Ich hab noch nie gesehen, dass meine Opas miteinander reden und sich dann gegenseitig die Nase putzen. Bei mir immer.

Friedhof kenne ich. Meine Opas und ich gehen oft über einen, weil da meine Oma liegt. Aber sie muss immer kurz bevor wir gekommen sind, aufgestanden und weggegangen sein. Damit sie sich freut, wenn sie wiederkommt, legt Opa Wilhelm manchmal Blumen hin. Es sind immer Rosen. Weil sie Rosen so mochte und weil die Schnecken die nicht essen. Opa Gunnars Frau ist auch meine Oma. Von dieser Oma sagt er, die lebe noch, aber das wäre absolut nicht nötig.

Also Friedhöfe sind total schön. Da wachsen ganz doll viele schöne Blumen und Bäume und alles ist sehr ordentlich mit ganz vielen kleinen Wegen, durch die ich durchlaufen kann. Manchmal sitzen meine Opas auf einer Bank. Ich glaube, sie warten auf Oma, aber die kommt leider nie. Schade, ich bin sicher, die Oma ist eine nette. Alle reden so lieb von ihr. Und dass ich ihre Haare hätte und so. Ich stelle mir Oma daher auch mit Glatze vor, da ich ja ihre Haare habe. Und außerdem passt sie dann gut zu Opa Wilhelm.

Bevor sie losgehen, wird Opa Gunnar angerufen und er muss auf seinen Hof, der ja jetzt seinem Sohn, dem Bruder von meinem Papa gehört. Frau Pietsch muss mit. Irgendwie ist ein Pferd ausgebüxt.

»Macht nur, fahrt in Ruhe hin. Das arme Pferd wird ganz schön hungrig sein, wenn es bei dem Schnee nix zu fressen findet. Und küss mir meinen Greg, ja?« Mama ist wieder ganz in ihrem Element, wenn sie planen darf. Sie schiebt die etwas beunruhigt aussehende Frau Pietsch Richtung Haustür. »Und wer passt auf das Kind auf, während ihr auf dem Friedhof seid?«

»Finn? Ach, den nehme ich einfach mit!«

»Aber doch nicht auf eine Beerdigung!«, schreit Frau Pietsch untypisch laut los. Opa Gunnar erscheint, er war schon zum Auto gegangen.

»Gott im Himmel!« Auch Ninfa ist entsetzt?

»Sie will den Jungen mit auf den Friedhof nehmen!«, erklärt Frau Pietsch ihm.

»Jau, sie soll ihn bloß wieder mitbringen«, sagt er und geht wieder.

Hallo? Ich war schon voll oft auf Friedhöfen, die sind echt schön.

»Warum nicht? Friedhöfe sind nicht ansteckend! Man

muss auch mal praktisch denken.« Mama ist ganz oft praktisch, weswegen sind denn alle so erschrocken? Irgendwie ist praktisch eine ziemlich unfreundliche Sache, hab ich so das Gefühl.

Also schön, ich gehe also wirklich mit auf den Friedhof. Das ist doch schön. Freu ich mich. Hoffentlich wird das Wetter besser. Komisch, sonst scheint sich niemand zu freuen.

Frau Pietsch und Opa Gunnar fahren das Pferd suchen.

Mama hat mich angezogen und bindet Opa jetzt einen schwarzen Schlips um. Eigentlich kann er das selber, aber heute macht es Mama. Sie macht immer so was. Vor allem, wenn man traurig ist. Und dann ist sie doppelt streng. Ich glaube, Männer, auch wenn sie alles ja so viel besser und schneller und größer können, lieben es sehr, vielleicht brauchen sie das auch sehr dringend, dass eine Frau das dann für sie macht und streng ist.

»Finger weg«, sagt Mama und Opa steht sofort still da, hebt den Kopf und wartet, bis Mama alles zusammengebunden hat. Opa sieht toll aus. Aber warum hat er nichts Buntes, nichts Lustiges an? Er trägt stattdessen Anzug in schwarz, Hose schwarz. Es klingelt an der Tür. Frau Kowalski bringt einen langen Mantel für Mama. Auch schwarz.

»Mein Beileid«, sagt sie und überreicht das Kleidungsstück.

Ach, cool. Der Mantel hat einen Namen? *Beileid* ist aber kein sonderlich peppiger Vorname. Na, bei Kowalskis soll ja eine Menge schräger Sachen laufen. Die haben seit dem Sommer einen Swimmingpool im Garten. Opa sagt, das wäre bekloppt, keiner warte darauf, Frau Kowalski im Badeanzug zu sehen. Na ja. Bislang hat sie wahrscheinlich den Mantel darüber getragen.

»Na, klappt doch alles.« Mama nimmt eine von Opas Bürsten aus dem kleinen Kästchen neben der Garderobe und bürstet über den Mantel. Opa hilft ihr. Er liebt seine Bürste. Er brüstet sich immer ab, bevor er losgeht. Ich finde das kolossal schick an ihm.

»Und der Junge? Was soll der anziehen?«

»Das, was er anhat, ist ganz ordentlich und nicht zu bunt. Nur er muss noch die festen Stiefel anziehen. Er soll das Stück über den Friedhof gerade selber gehen. Ich nehme jetzt nicht den doofen Buggy mit.«

»Wie du meinst.«

Oh oh. Wenn Opa so gar nichts besser weiß, ist das ein schlechtes Zeichen.

Wir nehmen Opas Auto, und Mama fährt ihn. Auch das ist etwas, das ohne Streit ging und mich sehr nachdenklich macht. Es schneit leicht. Gesprochen wird nicht. Nur einmal. Da sagt Opa: »Ich kann nicht glauben, dass er nicht mehr da ist. Ich habe mich nicht einmal von ihm verabschiedet.«

Und wie er das sagt, macht mir Angst.

Hasi. Du gehst nicht, ohne dich von mir zu verabschieden, hast du verstanden?

Die Fahrt dauert etwas länger, als ich gedacht habe. Diesen Friedhof kenne ich gar nicht. Aber er ist genauso schön wie der andere. Opa hebt mich raus und nimmt mich an die Hand, dann geht er mit mir zu einer älteren Frau. Alle haben sie schwarze Sachen an. Warum bloß? Damit sie im Schnee besser zu sehen sind? Eigentlich ist Opa immer sehr lustig, wenn er Menschen trifft, die wir kennen. Guck, hier ist ja auch der nette Apotheker! Aber heute ist Opa ganz still. Er umarmt die ältere Frau nur und sagt gar nichts. Sie sagt: »Es ging alles sehr schnell, er hat nicht gelitten.«

Niemanden scheint das zu beruhigen. Alle Frauen haben ein Taschentuch in der Hand, und die Männer ziehen die Nase hoch. Ach, guck an, ihr seid also auch Rotznasen wie ich?

Wir gehen in das kleine Häuschen. Eine Glocke schlägt, aber ich kann sie nirgendwo entdecken. Die Frau geht vor uns her in die erste Reihe. Sie ist so doll in Schwarz, dass sie schrecklich unheimlich auf mich wirkt. Ich halte Opas Hand ganz fest. Wir setzen uns nicht, sondern bleiben stehen. Jetzt beugt sie sich zu mir herunter. »Du bist also der kleine Finn, der seinem Opa so viel Freude macht?«

Klar. Soll ich dir auch welche machen?

Mama steht hinter mir. Ich rieche ihr Parfüm und bin schrecklich erleichtert.

Jetzt setzen wir uns. Die Frau in Schwarz fragt, ob ich neben ihr sitzen kann.

Klar. Wer will das nicht.

Opa sitzt auf meiner anderen Seite, und dann sitzt da Mama, die in ihrer Tasche kramt und offenbar nicht das findet, was sie zu finden hofft. Opa zieht etwas aus seiner Tasche und reicht ihr ein von Ninfa gebügeltes Taschentuch.

Wir sitzen also in einem sehr hohen, sehr großen Raum. Es kommen immer mehr Leute und kommen zu der Frau und alle sagen: »Mein Beileid.« Langsam glaube ich, sie meinen nicht den Mantel von Frau Kowalski.

Es kommt ein Mann in einem Kleid. In Schwarz. Er

umarmt auch die Frau. Er hat ganz viel Papierkram in der Hand und legt das auf ein hohes Tischchen. Ich glaube, er ist hier der Chef.

Es wird plötzlich überall geraschelt. Ich merke, dass ich auf einem Stück Zettel gesessen habe. Opa nimmt es mir aus der Hand. »Da steht drauf, was wir gleich singen.«

Schön. Singen mag ich. ›Alle Vögel sind schon da‹, kann ich sogar richtig gut!

Vorne steht eine total schöne große Holzkiste mit super schönen Blumen da drauf. Toll.

»Da!«, sage ich und alle gucken mich erschrocken an. Mama benutzt wieder das Stofftaschentuch, hat aber nicht aufgehört, in ihrer Handtasche zu kramen.

Dann fängt Musik an. Schade, das kenne ich nicht. Nachdem alle ausgesungen haben (irgendwie singen die Leute aber sehr muffelig!), fängt vorne der Mann im Kleid (auch schwarz natürlich, mit einer weißen Schleife) zu sprechen an, von einem Mann, den wohl alle sehr, sehr mögen, der aber nicht im Raum ist. Eigentlich ist es ja unhöflich, über Leute zu reden, die nicht da sind (sagt Mama), aber da man hier nur Nettes sagt, geht das wohl in Ordnung. Dass der Mann aber nicht da ist, macht Opa schrecklich traurig. Opa hält meine Hand und hat mittlerweile sein Zweittaschentuch aus der Hosentasche gekramt. Er hat immer zwei große Stofftaschentücher dabei. Eins für ihn und eins, mit dem er mir die Reste vom Schokokuchen abwischt, damit Mama und Ninfa nicht sehen, dass wir wieder im Café waren. Guck, da sind noch Spuren vom letzten Schokokuchen!

Opa sieht es nicht. Er hält meine Hand, als habe er Angst, ich könnte vom Stuhl fallen.

Meine Beine liegen komplett auf der Sitzfläche, so dass ich meine Schuhe angucken kann. Ich darf nicht mit den Beinen wippen, sagt Opa leise. Mama hat ganz sanft ihre Hand in Opas Hand gelegt. Wenn Mama so sanft ist, dann macht es mir etwas Angst.

Es wird wieder gesungen. Aber ganz ehrlich, die Leute strengen sich nicht ordentlich an. Und getanzt wird auch nicht.

Opa streicht der Dame, die wohl am meisten darüber traurig ist, dass der Mann, über den so nett gesprochen wurde, nicht da ist, über meinen Kopf hinweg über die Schulter. Okay, das mache ich auch. Leider fängt nun hinter mir eine Frau schrecklich an zu schluchzen: »Der Junge! Wie rührend!«, höre ich sie stammeln.

Mist, ich kann doch nicht allen über die Schulter streichen, das sind dafür zu viele!

Ich setze mich wieder still hin. Hasi fest im Arm. Nuckeln? Lieber nicht. Bin irgendwie nicht in Stimmung.

Als aufgehört wird, über den Mann zu reden, wird noch mal gesungen, dann redet jemand anderes. Und dann eine nette Frau, die so alt ist wie meine Mama. Aber weil sie so weint, sieht sie irgendwie ganz doll so aus wie ein kleines Mädchen. Sie weint immerzu und kann kaum aussprechen, was sie sagen will. Wenn ich sie angucke, tut mir mein Hals fürchterlich weh. Mir kommen die Tränen. Hasi ist schon ganz nass.

»Wilhelm, nun tu etwas!«, flüstert die Dame neben mir. Opa steht daraufhin sofort auf und geht zu der weinenden Frau an dem Tischchen und nimmt sie in den Arm und führt sie zu der Dame zurück.

Mein Opa ist wahnsinnig nett.

Noch einmal wird Musik gemacht, aber keiner singt mehr. Dafür stehen die Leute auf und ziehen ihre Sachen an. Schließlich wird die schöne große Holzkiste mit den Blumen drauf weggeschoben. Dabei summt sie ganz leise und zufrieden. Nun fährt sie durch eine große Tür hinaus. Die Blumen sehen so nett aus! Und das im Winter!

Vier Männer gehen langsam um die Holzkiste vor der Tür herum und sehen sehr ernst aus. Als die Holzkiste wieder zu summen anfängt und losrollt, gehen die vier Männer ganz genau und wie auf Kommando nebenher. Niemand scheint darüber verwundert, dass alle Schwarz angezogen haben. Das ist doch erstaunlich. Einmal war ich auf einer Karnevalsfeier, da haben sich alle Jungs als Cowboys verkleidet, das fanden wir damals alle schrecklich witzig (vor allem meine Opas!). Hier findet niemand irgendwas witzig.

Es schneit auf die schönen Blumen. Opa geht neben der Frau und ich neben Opa, und Mama geht mit der weinenden Frau. Ich muss mich ganz schön anstrengen, um den ganzen Weg zu Fuß zu machen, aber niemand achtet auf mich und ich will niemanden stören, weil sie alle so traurig aussehen. Also halte ich Hasi ganz fest an mich gedrückt und gehe tapfer hinter diesem Wagen her, der den Holzkasten fährt. Die Blumen schneien langsam zu.

»Ich kann einfach nicht glauben, dass er weg ist«, sagt die Frau und Opa nickt.

Mir tut das schrecklich leid. Ich könnte das auch nicht gut haben, wenn einer von meinen Leuten weggeht. Aber ich würde mich natürlich ganz doll anstrengen, denjenigen wiederzufinden und zurückzuholen.

»Irgendwann gehen wir alle.«

?

Wie …? Wie war das, Opa?

Ich meine …?

Opa?

»Ups, der Junge ist hingefallen.«

»Alles gut?« Opa beugt sich über mich und ich halte mich ganz doll fest an seinem Schal.

Opa! Du darfst nie weggehen von mir! Nie! Das erlaube ich dir nicht!

»Komm, mein Junge. Ich trag dich mal ein Stück.« Der nette Apotheker, der gerne selber Enkel hätte, hebt mich aus Opas Arm.

»Das ist lieb von dir, Heinrich«, sagt Opa und die ältere Dame in Schwarz nickt. Sie lächelt sogar.

»Schön, wenn man ein Enkelchen hat, nicht wahr?« Sie streicht Opa über den Arm. »Deine Frau wäre begeistert von ihm, nicht wahr, Wilhelm?«

»Ja.« Er nickt und bietet der Frau wieder seinen Arm an, damit sie sich einhaken kann.

Der Apotheker scheint echt froh zu sein, dass er mich tragen kann. Sowieso sind alle um uns herum plötzlich viel fröhlicher. Ich werde auf die Schultern gehoben. Das machen Männer gerne. Uns Knirpse so zu tragen. Man klopft mir sanft auf den Rücken.

»Was für ein süßer Enkel. Opa Willi ist sicher stolz auf dich.«

»Owi!«, sage ich und zeige mit dem Finger, den ich endlich aus dem doofen Handschuh herausgepult habe, auf meinen Opa vorne.

»Owi? Heißt das etwa Opa Willi? Wie süß!« Alle freuen sich. Der Apotheker geht extra etwas wippend und ich muss kichern. Ich glaube, ich kichere am besten etwas mehr, denn die Leute wirken so, als könnten sie etwas Fröhlichkeit vertragen.

Wir gehen von einem breiten Weg ab in einen schmaleren. Die Bäume sind groß und alt. Und diese vielen Steine, die hier überall herumstehen, wo Opa sagt, da steht, wer da wohnt, sind alt und vollgeschneit. Dann kommen wir an eine Kuhle im Boden. Der Apotheker stellt mich vorsichtig auf den Boden. Mama nimmt mich an die Hand.

Dann passiert was ganz Überraschendes. Der schöne Holzkasten wird in den Boden gelassen mit all den fröhlichen Blumen obendrauf. Aber davon gehen die doch kaputt!

Dann gehen wir alle hin und gucken da rein. Sieht irgendwie nicht schön aus und wieder fangen die meisten an zu weinen. Ich auch. Aber ich weine nur, weil es alles so traurig ist, nicht weil ich diesen Kasten mit den Blumen irgendwie traurig finde.

Mama wirft noch mehr Blumen in das Loch, und Opa schaufelt (wahrscheinlich weil die Blumen nicht reichen, um das Loch aufzufüllen) etwas Sand drauf. Aber warum so wenig? Na, damit bekommt man das Loch aber nie und nimmer zu!

Nachdem wir am Loch ein wenig gestanden haben, gehen wir wieder zu der älteren Dame, die sehr, sehr viel weint. Neben ihr die Frau, die eben vor lauter Tränen nicht sprechen konnte, und noch mehr Leute, die Taschentücher vor der Nase haben.

Ha! Also hier haben sich alle versteckt, die so Rotznasen haben wie ich. Und ich dachte schon, ich wäre der Einzige.

»Danke, dass du gekommen bist, Sara«, sagt die Frau zu

meiner Mama und streicht ihr über den dicken Bauch, »es gibt nichts, das mehr tröstet als die nächste Generation.« Als sie das sagt, schluchzt mein Opa so doll auf, dass er schnell weggeht und sich mit dem Rücken zu uns die Nase putzt.

»Pass gut auf deinen Vater auf, Sara.«

»Mach ich.«

»Er soll uns lange erhalten bleiben. Nicht wahr, kleiner Finn?«

Mama will offenbar noch einmal »Ja« sagen, aber irgendwie bekommt sie es aus dem Mund nicht raus. Wir gehen zu Opa, und Mama umarmt Opa. Das habe ich nur einmal gesehen, dass sie sich so lange umarmt haben und das war zu Mamas und Papas Hochzeit.

»Ich bleibe noch, versprochen«, sagt Opa und er macht einen kleinen Witz, der nicht witzig ist und über den Mama so froh ist, dass sie lacht. Dann hebt Opa mich hoch.

»Ich lasse dich doch nicht so schnell alleine! Wie willst du denn ohne mich klarkommen?«

»Genau.« Mama braucht wieder das Taschentuch.

Opa? Du darfst nie, nie, nie weggehen. Hörst du?

Erwachsene sind mir ein Rätsel. Aber ich merke, dass sie mir nicht egal sind.

Jetzt sitzen wir in einem Café. Und es sieht sehr merkwürdig aus, dass alle schwarz angezogen sind. Alle kommen zu uns und fragen, wie alt ich bin, und Opa ist wieder ganz der Alte. Er erzählt allen, dass ich bei ihm wohne und dass er ganz viel auf mich aufpasst. Und dass ich der schönste und klügste Enkel auf der Welt bin.

Und wenn Opa das sagt, dann weiß ich, dass es ihm wieder gut geht.

Und dann streitet er mit meiner Mama darüber, ob ich noch ein zweites Stück Torte haben darf.

Später, als wir wieder zu Hause sind, sagt Opa zu Ninfa: »Es war eine schöne Beerdigung.«

Und Mama sagt: »Früher habe ich das immer so gehasst, wenn einer das sagte von Beerdigungen. Aber jetzt weiß ich, dass es stimmt. Es gibt schöne Beerdigungen. Weil man sieht, der, der gestorben ist, ist den anderen nicht egal gewesen.«

Unsinn. Beerdigungen sind so blöd, dass ich euch verbiete, dass ich eine für euch machen muss. Fertig. Ihr bleibt alle da, wo ihr seid.

Bei mir.

Für immer.

18

Häschen in der Grube

Man kann am Tonfall meiner Mama hören, wie sie jemanden findet. Ihre Stimme wird dann deutlich höher, genauso wie, wenn sie mit mir spricht. Oder mit anderen Kindern und Babys. Ich finde das sehr praktisch, denn so muss ich mir in der Regel keine Gedanken darüber machen, ob ich selber jemanden nett finden muss, sondern übernehme einfach die Meinung meiner Mama.

Ich sitze auf dem Fußboden im Wohnzimmer meines Opas. Das mache ich morgens eigentlich immer nach dem Frühstück. Morgens sind Erwachsene in der Regel noch ganz friedlich. Lediglich Ninfa wirbelt weitab vom Wohnzimmer durchs Haus, räumt auf, lüftet (sie ist eine fanatische Fensteraufreißerin), oft höre ich das leise Summen des Staubsaugers. Hier im Wohnzimmer sind wir vor derlei Aufregung sicher, auf dem Boden vor mir liegen die Reste vom gestrigen Bauernhofspielen. Opa Gunnar ist auch da, aber liest Zeitung, und Opa Wilhelm sitzt auf einem Hocker vor seinem Schrank und hält ein altes Fotoalbum auf den Knien. Opa Gunnar schaut manchmal zu Opa Wilhelm rüber und seufzt. Das ist ein Zeichen, dass ich besser mal nachschaue, was er so mit dem Fotoalbum macht. Die Sache gestern mit der Beerdigung, wo man die ganze Zeit von jemandem spricht, der nicht da ist, das hat ihn ganz schön mitgenommen.

Ich stehe nun neben Opa und schaue auf die Fotos. Denen fehlt es allesamt an Farbe.

»Schau, das war dein Opa, als er ein junger Mann war. Das war während meines Medizinstudiums in Düsseldorf.«

Rüsseldorf? Wohnen da Elefanten?

Ich denke, er vertut sich da. Der junge Mann auf dem Bild hat ziemlich viele Haare auf dem Kopf und kann deshalb unmöglich Opa sein. Aber vielleicht kann er das gar nicht sehen, denn er hat wieder Tränchen in den Augen, die er sich eilig mit dem Taschentuch wegwischt.

»Owi?« Ich zeige auf das Bild.

»Ja, das bin ich. Ich sah gar nicht so schlecht aus, wie? Und das da, das ist deine Oma.« Er streicht über das Bild.

Oh, was für ein nettes Mädchen. Ich dachte, eine Oma müsste alt sein, aber so ein Mädchen könnte natürlich mit mir viel besser auf dem Spielplatz herumtoben. Kann sie nicht mal kommen?

Ich setze mich zu seinen Füßen und beiße in den roten Bauklotz. Irgendwie hoffe ich jedes Mal, wenn etwas so schön rot ist, dass es dann auch gut schmeckt. Bäh, tut es aber nicht.

Jetzt höre ich draußen aus Opas Küche Ninfa, Mama und eine sehr forsche Stimme einer älteren Frau. Da Mamas Stimme wie gesagt so hoch und glockenklar ist, weiß ich, die Fremde muss ihre Sympathie haben. Also keine Gefahr. Und auch Ninfas Stimme klingt begeistert und gelöst. Da wird auch gelacht. Schließlich höre ich die Küchentür klappen und Schritte im Flur. Nun wird die Tür zum Wohnzimmer aufgemacht.

»Papa?« Mama scheint völlig zu übersehen, dass Opa jetzt etwas Liebe und Kuscheln braucht. Ich muss helfen.

»Owi wi.« Ich zeige auf ihn und hoffe, dass meine kurze Mitteilung, dass Opa weint, alle erreicht.

Mama versteht nicht, kommt näher und registriert erst, als Opa sein Taschentuch in die Hosentasche steckt, dass was nicht stimmt. Auch Opa Gunnar ist viel zu eifrig und drängelt sich ganz untypisch in das Gespräch und steht plötzlich halb vor Opa Wilhelm.

»Hi, was ist los?«, fragt er und zieht seine Lesebrille von der Nase und faltet großzügig die Zeitung. Opa Wilhelm hüstelt etwas und stellt sich hin. Jetzt ist er so weit wiederhergestellt, dass er sich neue Geburtsweisheiten meiner Mama anhören kann.

Mama sagt nichts, aber die fremde Dame reagiert. Sie reicht Opa Gunnar die Hand. »Guten Tag. Sie sind also Saras Schwiegervater? Ich kenne Ihren Hof, wir kaufen da oft ein. Wann haben Sie wieder Hoffest?«

Opa Gunnar ist ganz perplex und ergreift viel zu spät die hingehaltene Hand. Kratzt sich am Kopf und nuschelt eine Antwort. Ich sehe deutlich, dass die Frau ihn beeindruckt. Vielleicht weil sie so einen flotten Eindruck macht?

Flott. Das ist auch so ein Wort, das ich nur von meinen Opas höre. Mama sagt das nie. Flott ist nicht einfach schnell, flott ist alles, was Spaß macht. Gut riechend, gut aussehend, gepflegt (also ohne Rotznase) und so weiter. Auch lustig und klug.

Die Dame ist älter als Mama, aber nicht so alt wie Dinosaurier und auch nicht so alt wie meine Opas. Sie hat feine Falten um die Augen und eine dünne Hand. Über den Augen ist sie grün und glitzert. Das kenne ich. Frauen malen sich an, und das ist in Ordnung, während es nicht in Ordnung ist, wenn ich Bernhard von nebenan mit Filzstift Striche an die Backe male. Versteh einer die Frauen.

Ihr helles, fast graues Haar ist wahrscheinlich recht lang und muss deshalb im Nacken zu einem Knoten gebunden werden. Sie hat große Augen und eine ganz dünne, sehr hübsche, leicht gebogene Nase, die ich zu gerne anfassen möchte, mich aber nicht traue. Irgendwie ist sie vornehm. Und flott.

»Das ist meine Hebamme. Rosemarie.« Mamas Stimme ist superhoch.

»Ah, und Sie sind also der oft erwähnte Hausherr. Was machen Sie denn für ein betrübtes Gesicht, Herr Doktor Semmelmann?« Sie hat eine sehr erfrischende Art, auf die Dinge zuzurennen, die alle anderen hier im Haus offenbar verschweigen wollen. Sie packt das Fotoalbum elegant an einer Seite, klappt es zu und legt es weg. Weiß sie, dass Schwarzweißfotos einen Opa traurig machen können?

Opa räuspert sich, aber sein Blick ist wie festgeklebt an diese Rosemarie, die nun lächelt, als wäre sie ein freundliches, gut erzogenes Mädchen. Ihre Augen werden zu kleinen Schlitzen.

Verstehe langsam, warum Mama sie mag.

Mama erklärt schnell: »Mein Vater hat gerade erst seinen besten Freund beerdigen müssen.«

Beerdigen? Opa, sag bitte nicht, dass dein Freund in der Kiste lag! Wie doof ist das denn? Ist dem darin nicht langweilig? Was hat er angestellt, dass du nicht mehr mit ihm spielen willst?

Ich bin etwas entsetzt, aber die Dame hat mich plötzlich im Visier und beugt sich zu mir runter. Sie lacht mich glockenhell an. Da hab ich alles vergessen, was ich noch denken wollte.

»Und wen haben wir denn da?«

Äh, mich.

»Bist du Finn?«

»Fi«, bestätige ich. Willste diesen roten Klotz? Ich bin fertig mit ihm.

»Hallo, Finn! Ich bin Rosemarie. Ich helfe deiner Mama, deine Schwester zu bekommen.«

Nicht nötig.

»Und du musst mir ein bisschen helfen, ja?«

Klar. Klingt spannend.

Nun hat Opa Wilhelm sich beruhigt. Und steht jetzt sehr stramm und sogar lächelnd da. Sie wendet sich ihm wieder zu.

Er ergreift ihre Hand und küsst sie so, wie er auch Clothilde geküsst hat. Ich glaube, so ein Handkuss ist für Opa Wilhelm was Besonderes. Ich habe nie gesehen, dass er Frau Kowalski von nebenan so auf die Hand geküsst hat. Oder der netten Frau vom Metzger, wo ich immer eine eingerollte Scheibe Fleischwurst bekomme. Und die Metzgerfrau, die riecht nun wirklich supergut, da sind die Hände sicher lecker zu küssen.

»Manchmal wird man nostalgisch«, sagt Opa nun und kratzt sich am Kopf. Opa Gunnar zappelt unruhig herum.

»Sie müssen das so sehen, Herr Doktor Semmelmann, alles im Leben verdient es, darum zu trauern, wenn es geht. Aber dann schaut man wieder auf die Dinge, die noch da sind oder kommen. Sehen Sie das nicht vielleicht auch so, Doktor Semmelmann?«, fragt sie und macht so ein kluges Gesicht, als wollte sie sagen: Wenn ich nur oft genug deinen Namen und »Doktor« sage, wirst du schon wieder gute Laune haben.

Opa Gunnar zumindest gefällt es, er kann die Augen kaum von ihr lassen.

»Was ich sagen wollte, Herr Doktor Semmelmann, was halten Sie davon, wenn Sie uns begleiten. Wir wollen die Räumlichkeiten von Saras Geburtsklinik in Augenschein nehmen. Sara hat sich entschlossen, dort das Kind zu bekommen, und nun wollen wir uns da mal umsehen. Und gleichzeitig wollen wir uns gemeinsam über die Möglichkeiten der sanften Geburt informieren. Ich hörte, Sie sind sehr interessiert an allem, was die Geburt angeht.«

Das wäre mir neu. Opa? Wie siehst du das? Und Opa Gunnar?

»Äh«, macht er, was zur Hälfte daher rührt, dass er die Hebamme so intensiv angestarrt hat, dass ich nicht davon ausgehe, er habe auch nur ansatzweise verstanden, was sie gesagt hat. Zum anderen hat er das Thema Geburt langsam satt, glaube ich, traut es sich aber nicht zu sagen.

Und Opa Gunnar? Der kann das Thema ja nun auch nicht mehr hören. Schließlich sind wir deshalb an den Tegernsee geflohen.

»Also mich würde das sehr interessieren!«, sagt Opa Gunnar.

Opa Wilhelm ist irritiert und muss mühsam seinen Blick von Rosemarie wenden.

»Was?«

»Sanfte Geburt. Klingt irgendwie bio.« Opa Gunnar strahlt, als die Hebamme sich ihm zuwendet.

Ich sehe, dass Ninfa und Mama sich mit den Ellenbogen leicht anstupsen und grinsen.

»Wie? Ach, ja. Das interessiert mich auf jeden Fall.« Opa Wilhelm wird nun eifrig. Er reißt elegant die verschlossene Tür im Wohnzimmerschrank auf und reißt das Fläschchen heraus, das er am Schliersee erworben hat (mit einer Kiste ähnlicher Flaschen).

»Darf ich Ihnen ein Likörchen anbieten? Exquisit. Vom Schliersee in Bayern. Als Willkommensgruß?« Er hat lediglich zwei Gläser in der Hand. Opa Gunnar versteht, dass er ausgeschlossen werden soll, und nimmt ihm eins aus der Hand, öffnet mit Leichtigkeit die Flasche, schenkt sich großzügig ein und sagt: »Gerne.«

Ninfa hebt das Geschirrtuch an ihr Gesicht und gluckst. Mama grinst.

Opa Wilhelm wirft Opa Gunnar einen bösen Blick zu. Aber die Hebamme bleibt gelassen. »Haben Sie auch Eierlikör? Ich finde ja, ein Eierlikör geht immer.«

»Selbstverständlich.« Er kippt eine super lecker aussehende Flüssigkeit in ein kleines Glas, dann bekommt auch Ninfa eins und er selber genehmigt sich eins aus der anderen Flasche. Opa Gunnar lässt bereits nachschenken.

Meine Opas grummeln sich dezent an.

»Willkommen in unserer Familie!« Ninfa hebt schnell ihr Glas, alle anderen machen es ihr nach und lachen. »Und ich freue mich sehr, dass ihr beiden Oldies euch so für die sanfte Geburt interessiert!«, strahlt Mama.

Weißt du, was du da sagst, Mama? Die beiden sind doch nicht ganz bei Sinnen, oder?

»Dann schlage ich doch vor, wir gehen alle gleich los.« Rosemarie hat so einen Tonfall, dass man ihr nicht widersprechen möchte. Ihre Stimme ist unheimlich klar und hoch. An ihren Fingern sind viele goldene Ringe und ihre ganze Erscheinung ist beweglich und elegant.

Ich fürchte, sie ist genauso, wie meine Opas sich eine flotte Frau vorstellen. Ganz anders als Clothilde.

Kann aber auch sein, weil diese Rosemarie gar nicht so aussieht, als würde sie sich für meine Opas groß interessieren. Sie achtet nämlich eigentlich nur auf Mama und mich. Wie Ninfa das auch macht. So ist es nämlich immer in Ninfas spanischem Fernsehen, das hat sie mir genau erklärt. Wenn Frauen Männer nicht beachten, macht das die Männer wahnsinnig.

Diese Rosemarie beeindruckt mich immer mehr, allerdings fürchte ich, meine Opas sind ihr nicht gewachsen. Zum Beispiel als mein Opa Wilhelm, der ja ganz was Wichtiges war, an einem Ort namens »Scharritee«, erfahren hat, dass meine Mama meine Schwester nicht in diesem, also seinem, Krankenhaus rausdrücken will (ob er das gekauft hat?), da ist er kurz ärgerlich geworden. Aber ein ganz leichtes Handauflegen auf seinen Arm durch diese Rosemarie und die sanften Worte: »Aber, aber, Herr Doktor Semmelmann, Ihre Tochter wünscht sich so sehr eine Wassergeburt. Und wir beide wissen, dass das eins der wenigen Dinge ist, die Ihr Krankenhaus, die wunderbare Charité, ein Fels in der medizinischen Geschichte Deutschlands, nicht anbietet. Leider. Noch nicht.« Sie betont die Worte »Ihr Krankenhaus« und »Noch nicht« derart elegant, dass mir das fast nicht aufgefallen ist, aber genau dabei fängt Opa Wilhelm an zu lächeln und nickt ganz ergeben.

Wir fahren also allesamt in zwei Wagen (sehr zum Bedauern meiner Opas fährt Rosemarie bei Mama mit) zu einem schicken kleinen, neuen Krankenhaus.

»Ah, Hebamme Hildegard!« Eine schlanke junge Frau kommt auf Rosemarie zu, umarmt sie. Man staunt nicht schlecht, als man sieht, wen die werdende Mama da alles anschleppt.

»Frau Nowak, Ihre Hebamme ist unsere Rosemarie?« Offenbar ist diese Rosemarie überall bekannt. Meine Opas staunen still vor sich hin. Ich finde, es riecht in Krankenhäusern doof und halte mir Hasi vors Gesicht.

Aber Rosemarie kennt wirklich alle und macht mit ein paar Handbewegungen ein paar nette Pfleger zur Schnecke, die das Anschimpfen lächelnd und devot entgegennehmen. Das nenne ich Führungspersönlichkeit. Ich glaube, ich heirate später eine Hebamme.

Oder Mama.

»Gut, dann folgen Sie mir bitte.« Rosemarie hat so eine ganz erstaunliche Art, ihren Arm zu bewegen. Sie zeigt erst irgendwohin und dann zieht sie den Arm dicht an ihren Körper, dass es aussieht, als würde sie tanzen. Alle scheinen ganz ergriffen zu sein, wenn sie sich so bewegt. Zumindest sind meine Opas völlig hin und weg. Und als ahnte ich es nicht sowieso schon, höre ich dann von beiden so Sätze wie:

»Sie machen das ganz wundervoll.«

»Ich bin sehr froh, das Leben meiner Enkelin in Ihren Händen zu wissen.«

»So viel Kompetenz in so charmanten Händen, oh ja!«

»Eine ganz entzückende Person.«

»Flott!«

Und so weiter. Trotz dieser permanenten Begeisterung verliert Rosemarie nicht die Übersicht. Sie bleibt beharrlich an Mamas Seite und erklärt vor allem ihr die wichtigen Einzelheiten, stellt ihr verschiedene Menschen in Kitteln vor, zeigt ihr Räume und Flure, sogar Treppenhäuser und Lifte. Alles. Und bei allem, was sie sagt, machen meine Opas verliebte Kommentare.

»Wie wunderbar Sie das machen, Frau Rosemarie!«

»Wann haben Sie Dienstschluss?«

»Zügeln Sie sich bitte, meine Herren«, sagt sie schließlich sanft, aber bestimmt, und meine Opas stellen sich wie kleine Zinnsoldaten (Opa hat welche in seinem Schlafzimmer auf dem Regal stehen) aufrecht hin. Aber sie ist nicht böse mit ihnen, zeigt nur an, dass sie für derlei Unfug keine Zeit hat.

Mama ist selig. Ich habe meine Mama selten in der letzten Zeit so entspannt gesehen. Nur Papas Anrufe haben noch so eine Wirkung auf sie. Aber nur in Krisenzeiten. Im Alltag kann Papa meine Mama schon ziemlich auf die Palme bringen.

Stichwort Müllrausbringen.

Stichwort Wir-wollten-doch-kein-Fastfood-mehr-essen.

Rosemarie scheint dagegen alles richtig zu machen. Respekt. Damit dürfte sie weltweit zu einer besonderen Elite gehören.

Rosemarie bespricht sich gerade mit einigen in rosafarbene Kittel gekleideten jungen Frauen, die alle kichern und aufgeregt auf Rosemarie einquasseln.

»Ich habe diese Damen damals ausgebildet«, entschuldigt sich Rosemarie zwei Minuten später für den personalseitigen Enthusiasmus. »Wir dürfen jetzt kurz das Wassergeburtsbecken kennenlernen. Es ist momentan frei. Niemand da.« Die letzten beiden Sätze schließt sie an, als meine Opas einen besonders verängstigten Eindruck machen.

Wir stehen einige Sekunden später vor einer Badewanne. Die steht am Fenster. Überhaupt ist das ganze Zimmer lustig bunt gestrichen, ganz anders als ich normale Krankenzimmer kenne. Und es riecht hier so gut. So nach Opas Wäscheschrank. Wie heißt das noch, was er da so in kleinen Säckchen drin liegen hat? Schön!

Die Wanne selbst ist kreisrund. Toll. Und steht auch so weit im Raum, dass ich locker drum herumlaufen kann. Zu Hause haben wir nur eine eckige an der Wand. Ich nutze das Gelände und laufe los, Rosemarie nickt mir zu. Irgendwie scheine ich genau das zu tun, was sie sinnvoll findet.

»Finn fühlt sich wohl, Sara. Sehen Sie das?«

Aha. Ich helfe beim Wohlfühlen. Auftrag verstanden.

Ich bleibe am Rand der Wanne stehen und kann erstaunlicherweise reingucken. Sie ist nicht so hoch. Drinnen ist eine Stufe. Oder ein Sitz. Ich zeige Hasi alles, aber er mag Wasser nicht. Anders als zu Hause hat die Wanne ganz viele Griffe und, das finde ich zum Piepen, eine Tür. Das ist ja albern! Alles ist unfassbar sauber, als hätten Frau Pietsch oder Ninfa hier das Sagen.

Meine Opas sehen noch immer erschrocken aus. Rosemarie wartet offenbar darauf, dass auch sie sich wohlfühlen. Da kann sie wahrscheinlich lange warten.

»Äh. Hier? Geburt? Wieso im Wasser?«, fragt Opa Gunnar ganz entsetzt.

»Frauen lieben Wassergeburten«, beginnt Rosemarie

und ihre Stimme wird nun strenger, bleibt aber klar und verbindlich. »Eine Geburt im warmen Wasser ist sehr viel schmerzfreier.«

»Aber das Kind ertrinkt doch!« Opa Wilhelm kann sein Entsetzen nicht verbergen.

»Aber Herr Doktor Semmelmann«, fängt sie meinen Großvater alleine durch die Erwähnung seines Namens und Titels sanft wieder ein: »Natürlich wissen Sie, dass das Kind zunächst nur aus dem einen Element Wasser in das Wasser des Beckens gleitet. Erst dann setzt die Luftatmung ein.«

Wow! Das heißt, meine Schwester hält gerade die Luft im Bauch an? Hey, super Trick!

»Äh.« Opa Wilhelm ist irritiert und guckt etwas verschreckt in die Wanne. Opa Gunnar stupst ihn unsanft mit dem Ellenbogen an.

»Klar, weiß er das.«

»Sehr schön. Und nun zu unserer Hauptperson. Sara, hast du Fragen?«

Sie hat. Sie hat nämlich einen Zettel dabei. Sie hat IMMER einen Zettel dabei. Wenn ich groß bin, werde ich Zettel verbieten. Oh nö. Langsam entfaltet sie den Zettel und liest ihre gesammelten Fragen ernst vor. Opa Gunnar seufzt und setzt sich auf den Rand der Wanne. Opa Wilhelm hingegen scheint sich vor dem Ding zu fürchten. Rosemarie freut sich über jede Frage. Wenn Rosemarie lächelt, werden ihre großen Augen, die ja von ihr leicht grünlich angemalt wurden, wieder zu zwei kleinen Schlitzen. Dann sieht sie ganz jung aus.

Mama fragt eine ganze Weile noch so Sachen, die für mich etwas verworren und auch schmerzhaft klingen, aber ich laufe einfach um die Wanne herum und Opa Gunnar klatscht mit mir Runde für Runde ab.

»Wollen Sie sich einmal hineinsetzen, Frau Nowak?«, bietet eine Dame an, die gerade hereinkommt. Rosemarie wird von der Dame kurz darauf herzlich umarmt.

Mama heißt jetzt wie Opa Gunnar, vorher hieß sie wie Opa Wilhelm. Versteh einer die Erwachsenen. Ich heiße ja zum Glück nur wie ich.

»Gerne, aber mache ich dann nicht was dreckig?« Mama ist voll bei der Sache. Wie immer. Sie zieht ihre Schuhe aus. Opa Wilhelm stellt diese dann ganz ordentlich beiseite.

»Machen Sie sich darum keine Gedanken, Frau Nowak! Darum kümmern wir uns hinterher, aber uns ist es wichtig, dass Sie sich sicher fühlen.« Die Krankenhaushebamme lächelt. Rosemarie lächelt. Es wird die kleine Tür an der Wanne geöffnet und Mama setzt sich hinein. Ich bin erstaunt, dass die Wanne nun fast voll ist. Nur mit Mama und meiner Schwester. Ich gucke den beiden (eigentlich nur Mama) gebannt vom Rand aus zu. Opa Gunnar und Opa Wilhelm hingegen weichen langsam weiter zurück. Richtung Tür.

Mama sitzt nun breitbeinig in der Wanne. Von der Decke hängt ein regenbogenfarbenes Tuch, das aus seiner Schlaufe befreit und ihr nun hingehalten wird.

»Da können Sie sich dann festhalten.«

Mama packt das feste Tuch und klammert sich daran fest. Sie scheint sich an etwas Schmerzhaftes zu erinnern und nickt dann.

»Ja, man will sich dann einfach an irgendwas festhalten«, sagt sie.

»Aber, aber wieso nicht an den Griffen?«, fragt Opa Gunnar und Opa Wilhelm nickt eifrig. Es ist das erste Mal, dass meinen Oldies ein leicht strafender Blick zugeworfen wird. Ach, ihr Dummies! Ich halte mich auch lieber an Hasi fest als an einem kalten, harten Griff, Opa!

Mama sieht aus, als fände sie die Wanne gemütlicher als ihren Fernsehsessel in unserem Wohnzimmer. »Das gefällt mir. Und dann kann das Kind hier herausgleiten.«

»Arrrrrghhh«, macht Opa Wilhelm und eilt aus dem Raum.

»Männer«, flüstert Mama und die beiden Hebammen lächeln. »Hoffentlich kippt der nicht noch um. Mama will sich aus der Wanne erheben, aber die Krankenhaus-Hebamme bedeutet ihr, dass sie sich um meinen Opa kümmern will. Opa Gunnar, wahrscheinlich weil er zu Hause viel bei Geburten von Kühen dabei war, hält das alles besser aus.

»Woher sollen sie das auch wissen. Mutter Natur hat sie in der Sache geschont, dafür werden sie aber auch nie diese Erfahrung machen, wie es ist, wenn man Leben schenkt.« Rosemarie sieht die Sache nüchtern, und Mama entspannt sich.

»Stimmt.« Sie seufzt.

Wer schenkt wem was? Leben? Ach. Ich will auch! Kann man mehr als eins haben, dann nehme ich noch eins, zur Sicherheit.

»Ha!« Ich zeige Mama meinen Hasen. Sie greift nach mir und küsst mir auf die Stirn.

»Haben Sie auch einen Gebärhocker?«, fragt Mama schließlich, als sie sich aus der Wanne wieder herausgeschält hat. Nun ist es Opa Gunnar, der den Raum fluchtartig verlässt.

Ich hatte dich für tougher gehalten, Opa!

»Schauen Sie noch mal kurz, ob die beiden mir auf dem Flur nicht umkippen?«, fragt Mama, und Rosemarie macht sich auf den Weg. Ich höre, wie sie meine Großväter auf eine Tasse Tee einlädt. Und die klingen plötzlich nicht mehr wackelig, sondern hochgradig begeistert.

»Kommen Sie, ich zeige Ihnen den Hocker«, sagt die Krankenhaus-Hebamme.

Au ja. Noch mehr lustiger Kram zu begucken.

Der Hocker selbst ist langweilig und es wird offenbar gerade kein Baby darauf geboren, denn hier ist nichts los. Und der Hocker ist leer. Steht nur langweilig an einer Wand rum. Mama hört der Hebamme vom Krankenhaus noch eine ganz Weile zu. Die erzählt von Aromatherapie (Mama ist begeistert) und von einer Peridualdingenskirchen (Mama kennt das, grinst dabei etwas beschämt, als halte sie sich für ein Weichei).

Sind wir bald fertig hier?

Mama ist total interessiert und mir ist laaangweilig.

»Alles gesehen? Alle Fragen beantwortet?« Endlich kommen meine Opas und Rosemarie wieder. Mama nickt zufrieden und steckt den Zettel weg. Und wir gehen nach Hause. Endlich.

Mama redet zu Hause übrigens nur noch von dem Gebärhocker. Der scheint es ihr total angetan zu haben und meine Opas werden dann immer etwas grün im Gesicht.

Bis zu dieser sanften Geburt sind es übrigens nur noch einige Wochen. Und vorher ist noch Weihnachten.

Und jetzt backen Ninfa und ich ein paar Plätzchen für uns alle. Und ich stehe dabei auf was? Richtig. Auf dem Gebäckhocker.

19

Reise nach Jerusalem

»Warst du eigentlich schon in Waren, Gunnar?«

»Natürlich war ich schon in Waren. Wer war noch nicht in Waren, Willi?«

»Ich war noch nie in Waren.«

»Du verwahrst dich wahrscheinlich gegen den Osten, du alter Wessi.«

»Das ist nicht wahr, du Ossi.«

Wenn meine Opas miteinander reden, verstehe ich in der Regel nur die Hälfte. Was sind Wossis?

Wir stehen an der Tür in einem Zug, und der bremst gerade sanft. Vor uns erscheint ein kleiner Bahnhof, der gestreift ist. Es hat kräftig geschneit, aber jetzt scheint die Sonne, überall glitzert es.

»Warum Waren?«

»Ich denke, weil wir so gerne am Tegernsee waren. Da hat sie nach einem See gesucht. Und verständlicherweise wollte Sara uns zwar in der Nähe von Berlin haben, aber nicht mehr im Haus.

»Die Wahrheit ist: Wir sind im Exil.« Opa Wilhelm nickt, aber reckt das Kinn stolz in die kalte Luft.

»Das ist deine Schuld.«

»Nein, deine, du Bauer!«

»Meine? Wer hat denn angefangen, Frau Rosemarie Blumen zu schenken?«

»Sie ist jede einzelne Rose wert. Und du bist auch nicht besser. Du hast ja gleich Parfüm kaufen müssen.«

»Und du hast ihr ein Gedicht geschrieben!«

»Wer kann, der kann! Wir sind das Volk der Dichter und Denker!«

»Eher das Volk der Laberköppe!«

»Das nimmst du sofort zurück. Ich musste schließlich mit ins Exil!«

»Eben! Deswegen mussten wir weg. Meine Güte, war Sara böse auf uns!«

»Ja, das war sie. Mensch, Mensch.«

Beide schweigen, als dächten sie noch einmal daran, wie Mama sie ausgeschimpft hat. Mir klingen jetzt noch die Ohren. Offenbar haben meine Opas sich restlos in die Hebamme Rosemarie verliebt und sind andauernd hinter ihr hergelaufen, bis es meiner Mama gereicht und sie meine Opas weggeschickt hat. An einen See. An die Müritz. An einen Ort, der Waren-Sie-schon-mal-in-Waren heißt. Oder so ähnlich. Ich bin mitgekommen, weil ja irgendwer auf meine Oldies aufpassen muss.

In einer Woche ist Weihnachten, dann erst dürfen wir zurück. Mama ist total sauer. Sie sagt, sie kann nicht alles machen. Schwester bekommen und Weihnachten und noch auf meine Opas aufpassen. Aber auf mich ist sie natürlich nicht böse. Ich mag diese Rosemarie auch, aber ich habe ihr weder Blumen noch Parfüm geschenkt. Ich habe auch nicht versucht, sie ins Theater oder zum Essen auszuführen. Ich bin echt total unschuldig an der Sache.

Und geküsst habe ich sie auch nicht! Und eine Kutsche bestellt oder eine Eisskulptur, die jetzt leider die Hauseinfahrt versperrt.

»Und jetzt, Willi?«

»Frag mich nicht, ich bin kein Ossi! Ich komme nicht von hier.«

»Pah!«

»Hast du den Namen der Pension. Sie hat uns doch nicht etwa nach Prora geschickt.«

»Das ist an der Ostsee. Auf Rügen. Hier ist Festland, du Depp.«

»Kleiner Scherz.«

»Diese Wessi-Scherze kennen wir. Blühende Landschaften und so.«

»Nicht das Thema wieder.«

Opa Gunnar sucht in seinen Taschen und findet dann einen zerknüllten Zettel, den Mama ihm auf den Weg gegeben hat. Er liest mühsam vor: »Die Pension heißt Irmgard. Oder so ähnlich. Wir nehmen einfach ein Taxi.«

»Oh, wie bourgeois!«

»Red nicht so, muss ja nicht gleich jeder mitbekommen, dass du von drüben bist.«

Opa Wilhelm streicht sich über seinen stattlichen Bart und trottet artig hinter Opa Gunnar und mir her. Ein Taxifahrer strahlt uns an. Bei der Nennung des Ziels sagt er: »Oh, da ist es schön.«

Wir fahren los, als unsere Koffer hinten verstaut sind. Ich sitze in einem kleinen, eilig installierten Kindersitz. Die Straßen sind frei, und es scheint leer hier.

»Nicht viel los hier in Waren in der Winterzeit«, sagt der Taxifahrer und braust mit uns eine lange breite Straße entlang, dann durch einen kleinen Ort, der sehr schön aussieht, wieder eine lange, etwas engere Straße entlang und biegt dann ein. In der Straße stehen riesige Häuser, sieht fast genauso aus wie bei Opa Wilhelm in der Straße. Aber offenbar wohnen hier nur Urlauber und nicht wie bei Opa einsame alte Leute, die kaum einer besucht. Oder Menschen wie Bernhard.

»Da sind wir also. Der olle Napoleon wird sich kaum anders gefühlt haben.« Opa Gunnar bezahlt den Taxifahrer und wir gehen hinein.

»Oder wie in Schloss Amerongen«, murmelt Opa Wilhelm und versucht, den Griff seines Koffers auszufahren. Auf den fragenden Blick von Opa Gunnar wird er etwas vorlaut: »Und hier etwas Geschichtsunterricht für den Herrn Nowak: Das Schloss war das Exil von Wilhelm Zwo.«

Dieser Herr Zwo, von dem mein Opa gerne redet, muss mächtig einen an der Klatsche gehabt haben. Opa redet trotzdem viel von ihm und sagt dann leise dazu: »Der hatte einen Geschmack – zum Weglaufen.« Meist meint er damit ein eher unbedeutendes Gebäude an einer großen Wiese, das Reichstag oder so heißt. Wahrscheinlich weil es geschmacklich den Leuten reicht. Berliner mögen es nicht. Und viele Leute können gar nicht glauben, wie schlecht der Geschmack von dem Herrn Zwo war, und gucken sich das Gebäude deswegen gerne an.

»Willkommen!«, flötet eine dickliche, sehr gemütlich aussehende Dame uns entgegen.

»Sie sind die Nowaks?«

»Jau.« Opa Gunnar wirft meinem anderen Opa einen warnenden Blick zu. Sie sind sich wieder spinnefeind, seit sie beide in Rosemarie verliebt sind.

Ich sag nur, wenn ich groß bin, verbiete ich die Liebe. Dann darf man nur noch seine Mama und Ninfa und Frau Pietsch lieb haben.

Die Zimmer sind schön, aber bedeutend kleiner als am Tegernsee. Ich schlafe bei Opa Wilhelm, weil in dem Zimmer von Opa Gunnar echt kein Platz dafür ist. Ich stehe in meinem Bett und gucke mir alles an. In dem Zimmer steht ein riesiges Doppelbett, mein Bett gleich daneben und dann noch ein Sofa und ein Tisch und ein Sessel. Man guckt auf hohe Bäume und dahinter ahnt man den See. Der glitzert schön. Der heißt aber nicht Tegernsee, er heißt auch nicht Müritzsee, er heißt einfach nur Müritz. Und er ist ein Wossi, glaube ich. Was das genau ist (oder war es ein Ossi?) und was dann im Gegenzug ein (wie war das?) Wessi ist, weiß ich nicht. Ick bin (glaube ich) ein Börlinna, was sehr schade ist, denn das war vor mir ein Herr Kennedy und den hat man deswegen erschossen. Oder so. Hoffentlich hat er sich davon erholt.

Opa Wilhelm sagte mal zu mir, wenn man zu einer Gruppe gehört, »gibt es dem Tag mehr Struktur«. Deswegen ist er wahrscheinlich auch schon ganz lange Fan von Hertha. Ob man auch ein Trikot bekommt als Ossi und als Wessi? Was steht dann wohl da drauf?

Jedenfalls wenn man aus Opas Zimmerfenster guckt, da ist auch ein kleiner Balkon dran, auf dem zwei hübsche Stühle und ein hübscher Tisch aus Eisen steht, die allesamt eingeschneit sind. Und man sieht die alten Bäume. Aber man schaut sie von oben an. Das Haus steht nämlich an einem Hang. So heißt das, wenn man ganz weit oben steht und es gleich neben einem ganz weit runter geht.

Toll. Man kann toll weit sehen und alle Bäume sind ohne Laub, aber dafür mit Zucker drauf.

Unten sieht man einen Spazierweg, aber da geht nur ein Mann etwas lustlos mit seinem Hund spazieren. Von dem

Haus führt ein ganz steiler Weg runter bis zum Spazierweg und wirkt eher so, als würde nie einer vom Haus da heruntergehen.

»Schau einer an. Das geht aber steil da runter«, sagt Opa Wilhelm mehr zu sich als zu mir. Ich lecke ein bisschen das kalte Fenster an.

»Hast du Hunger? Komm, wir suchen uns einen Kuchen.«

Da bin ich dabei!

Opa Gunnar steht schon auf dem furchtbar engen Flur.

»Wie ist euer Zimmer?«

»Süß. Aber ich bin bescheiden«, sagt Opa Wilhelm.

»Ja, schon klar, es ist nicht so hochherrschaftlich wie der Tegernsee, aber ich finde es wunderbar freundlich und ehrlich.«

»Ich habe gesagt süß, das war keine Kritik. Und was bitte schön ist ein ehrliches Zimmer?«

»Du weißt genau, was ich meine.«

»Die Mauer ist lange gefallen!«

Was für eine Mauer? Ist das Haus nicht stabil gebaut? Ich fände es praktisch, wenn die Mauer zwischen den Zimmern meiner Opas fallen würde.

»Ha, als ob ihr Wessis uns Ossis – «

»Halt, halt! Nicht vor dem Jungen!«

»Er ist ein Ossi.«

»Nix, er ist ein Wessi.«

»Er ist gar nicht in Deutschland geboren. Ätsch.«

»Na toll. Als ob man in Deutschland geboren sein müsste, um deutsch zu sein.«

»Ha! Da kommen wir aber nun auf ganz gefährliches Terrain!«

Sie stehen keuchend in dem engen Flur, und ich staune nicht schlecht, dass die Mauern noch alle heile sind.

»Owi?« Ich tippe an sein Bein.

»Ja, mein Junge, ich beruhige mich wieder.«

»Ogu?«

»Jau. Ich auch.«

Das meine ich doch gar nicht. Ich zeige auf die geschlossene Zimmertür.

»Hast du deinen Schlüssel?«, fragt Opa Gunnar.

»Warum?«

»Ich glaube, Finn hat Hasi vergessen.«

»Oh Gott, der Hase!« Er sucht den Schlüssel und beide stürmen in das Zimmer, um Hasi zu finden. Er liegt im Badezimmer. Vielleicht wollte er sich noch kämmen.

»Dann gehen wir mal runter.«

»Okay. Geh du vor.«

»Ganz was Neues.« Opa Wilhelm ist so dick, dass er die kleine Treppe ganz ausfüllt. Ich finde das praktisch! Wenn ich hinfalle, kann ich nicht weit runterkullern.

Wir kommen in ein nettes großes Zimmer, in dem es aussieht wie bei Opa, nur mit mehr Tischen. Da sitzen eine ganze Reihe alter Männer und spielen Karten.

»Wir haben Sie schon gehört«, sagt einer und die anderen wirken amüsiert.

»Er ist der Wessi«, sagt Opa Gunnar sofort und zeigt auf Opa Wilhelm.

Ach, siehste, ich war mir nicht sicher, wer von beiden. Sie sind sich zu ähnlich, finde ich.

Die dickliche Dame kommt herein.

»Ah, da sind die Nowaks. Darf ich Ihnen Kaffee und Kuchen anbieten?«

»Er trinkt aber nur Tee«, sagt Opa Wilhelm im selben Tonfall, wie Bernhard (von nebenan in Berlin) seine Schwester nachäfft, wenn sie schlauer war als er.

»Kommt sofort. Und trinkt der Junge einen Kakao? Und möchten Sie Kuchen?«

Her damit!

»Sehr gerne.« Opa Wilhelm hat wieder diese sanfte Stimme angeschlagen, mit der er immer mit Frauen redet, wenn er was von ihnen erwartet.

»Wollen Sie dann gerade mitkommen und sich einen aussuchen?«

»Er nimmt natürlich nur Prinzregententorte!«, ruft Opa Gunnar hinter uns her, als wir der Dame in eine große Küche folgen.

Schokoladenkuchen! Zitronenkuchen! Sahnetorte! Hier will ich bleiben!

»Der Junge ist ja süß, der leckt sich ja schon die Lippen.«

»Er heißt Finn. Er ist Opas ganzer Stolz.«

»Ach.«

»Also vom anderen Opa auch. Mein Name ist übrigens nicht Nowak, sondern Semmelmann. Doktor Semmelmann.« Er reicht der Frau seine Hand und verneigt sich. Die errötet leicht.

Nee, nee, Opa, nicht wieder die Frauen anschmachten, sonst werden wir hier auch wieder rausgeworfen, und ich finde den Kuchen doch so super hier!

»Wir hätten gerne von jedem ein Stück. Ich denke, der Genosse ist damit zufrieden.«

Die Frau lacht laut auf. »Gerne, Doktor Semmelmann.«

Zufrieden und mit erhobenem Haupt geht Opa Wilhelm zurück in das Esswohnzimmer. Opa Gunnar sitzt bei den Kartenspielern.

»Na? Was gefunden?«

»Natürlich.« Opa ist sauer, weil Opa Gunnar neue Freunde hat, und wir setzen uns etwas abseits auf eine lange Bank und gucken raus. Jetzt sehen wir nicht auf den Hang, sondern in einen Garten. Da sind schöne Bäume und Büsche und alles mit Schnee verziert. Ein Vogelhäuschen steht auf der weißen Fläche, und ich gucke den Meisen zu, wie sie sich um die Körner balgen.

»Piep, Piep!«, mache ich und zeige darauf. Opa Wilhelm grinst, aber er ist noch sauer auf Opa Gunnar.

»Das ist mein Enkel Finn! Er kommt ganz nach mir!«, sagt Opa Gunnar und die neuen Freunde lachen freundlich und winken mir und Opa Wilhelm zu.

»Und das ist der Zweit-Opa.«

»Der Haupt-Opa, meinst du wohl.« Opa steht nun auf und reicht den Kartenspielern die Hand. Ich finde das immer kolossal schick, wenn Opa sich vorstellt.

»Hab die Ehre«, sagt Opa dann und alle finden das irgendwie toll, sie grinsen dann so besonders.

Opa Wilhelm und ich machen einen Spaziergang. Man hat mir einen Buggy geliehen und ich sitze gemütlich eingemummelt in einer Decke, während Opa mich schiebt. Opa Gunnar spielt weiterhin Karten mit den Leuten aus dem Hotel. Na, ich verstehe das, ich kann auch nicht jeden Tag mit Bernhard spielen, irgendwann muss man mal mit anderen toben.

Wir gehen ein Stück Straße entlang und dann haben wir einen prächtigen Blick auf den See. Eisschollen treiben darauf, Opa erklärt es mir und fischt sogar ein Stückchen heraus, damit ich es kurz in meinen Handschuhen angucken kann. Dann wirft er es zurück. Es hoppelt über andere Schollen. Die Sonne glitzert auf dem Weiß. Es ist sehr hell.

»Gunnar ist ein Blödmann«, sagt Opa Wilhelm mehr zu sich selber als zu mir. Ich glaube, Opa ist sauer, weil sein Kumpel lieber mit seinen neuen Freunden spielen will als mit ihm. Er schiebt mich noch eine Weile, bis wir in einen kleinen Hafen kommen, wo die paar Bötchen starr am Ufer liegen.

»Es ist Zeit für eine Bockwurst, mein lieber Enkel. Muss Gunnar ja nicht wissen, aber ich liebe Bockwurst aus dem Osten.« Er schiebt mich zu einem Stand, spricht lustig mit dem jungen Mann, der uns eine Wurst verkauft. Opa guckt sich vorsichtig um, ob uns auch keiner sieht, dann beißt er rein.

»Hm!«, mache ich. Er macht ein klitzekleines Stück ab und schiebt es mir in den Mund.

»Zergeht auf der Zunge, was?«

Wir essen und schauen uns etwas um. Hier am Hafen ist etwas mehr los. Es gibt erleuchtete Restaurants und Kinder, die die Möwen füttern. Hier ist es ganz schön, aber es macht keinen Spaß ohne Opa Gunnar.

»Komme mir wirklich vor, wie der olle Napoleon auf St. Helena.«

Wer ist Helena? Und was machte dieser Herr auf ihr?

20

Ich sehe was, was du nicht siehst

Hotelleben ist witzig. So ähnlich stelle ich mir Schulunterricht vor. Man tut das, was andere machen, und dann gibt es riesiges Chaos.

Meine Opas reden wieder miteinander. Ich kenne das schon. Offenbar hat Schlaf eine befriedende Wirkung auf sie. Sie reden über das Wetter und darüber, wer Mama anrufen muss und dass man doch lieber Ninfa anruft, auch wenn die genauso sauer ist (noch wegen Rosemarie und den Blumen und Theaterkarten, Gedichten und Liebesbekundungen), aber die würde sich dann trotzdem freuen.

Anders als in dem großen Hotel in Tegernsee essen wir mit allen Hotelgästen zusammen an einem großen Tisch. Das eigentliche Frühstück steht auf einem anderen Tisch, man muss es sich holen. Dadurch rennen alle Leute in dem kleinen Raum hin und her. Nur ich bekomme meinen Brei direkt von der dicklichen Frau vom Hotel vor meine Nase gestellt. Natürlich weiß ich, dass ich deswegen nett lachen muss. Gutes Personal muss man an sich binden. Und die setzt sich jetzt sogar zu mir und redet mit mir.

»Was bist du für ein hübsches Bürschchen!«

Ich kann sie gut leiden, obwohl sie so anders spricht als mein Opa Wilhelm. Die Worte sind etwas weicher. Das kommt daher, weil sie aus Dresden stammt. Offenbar haben die Leute aus diesem Dresden die Pflicht, anders zu sprechen. Opa Wilhelm findet diese Art zu sprechen urkomisch, und Opa Gunnar hatte wegen dieser Heiterkeit schon wieder einen Schlechte-Laune-Anfall.

Erwachsene. Jetzt sind sie schon sauer aufeinander, weil einer anders spricht.

Es sind zwei Ehepaare da. Gestern Abend waren die Frauen weg, daher lernen wir sie erst heute Morgen kennen. Sie mögen meinen Opa Wilhelm nicht so recht. Ich glaube, das ist wieder was mit Wessi-Ossi-sonst-wie-Kram. Aber Opa Wilhelm bleibt beharrlich freundlich. Das hat er mir mal erklärt: »Junge, wenn du merkst, dass dich jemand nicht leiden kann, obwohl du nichts verbrochen hast, sei beharrlich freundlich. Das ärgert denjenigen am meisten.«

Verstehe ich nicht. Wenn mich jemand nicht mag, ist er doch selber schuld, warum sollte ich dann überhaupt noch mit ihm reden?

Na, jedenfalls ist Opa Wilhelm unfassbar freundlich zu den Damen, die immer mehr auftauen. Die eine heißt Kunigunde und die andere Walburga. Nein, so heißen die nicht, aber Opa Wilhelm nennt sie so, wenn sie nicht da sind.

Kunigunde ist dünn und riesig, Walburga ist dicklich und laut. Beide haben pechschwarzes Haar wie Schneewittchen, sind aber so alt wie die alte Hexe. Sagt Opa Wilhelm, und Opa Gunnar versucht deswegen sauer zu sein, muss aber ungewollt dabei grinsen.

Da Opa Wilhelm die beiden Frauen mit seinem nicht enden wollenden Charme beharrlich ausfragt, erzählen sie nun immer mehr von sich. Wo sie geboren sind, was sie arbeiten oder gearbeitet haben. Wie viel Kinder sie haben (die scheinen aber groß zu sein, sie haben sie nicht mitgebracht) und wie oft sie schon hierher zum Urlaubmachen kommen (seit dem Hingefallen sein von einem Herren namens Sofjettunjohn). Jetzt erzählen sie, wie sie ihr erstes Auto gekauft haben, damals. Einen Wabbel oder Trabbel oder so. Der wäre aus Plastik gewesen. Interessant, das habe ich ja noch nie gehört. Ich höre aber sowieso nicht so recht zu, weil der Mann von Kunigunde, der Fritz (ein ebenso schlanker Mann mit Brille, hellen Augen und grauem Haar), für mich das Plastik-Auto aufmalt. Tolles Auto. Und wo ist das jetzt? Kann ich das mal fahren?

»Und was haben wir alles in diesem Auto gemacht? Nicht wahr, Schatz?«, der andere Mann, der Werner, ein freundlich aussehender Mann, etwas kräftiger, aber nicht dicklicher Mann, fragt das offenbar seine Frau Walburga und beide lachen.

»Nur Schweinkram!«, ruft Werner, »aber was für welchen! Da waren wir noch jung und biegsam!«

Es klingt, als habe man als Ossi irgendwie mehr Spaß gehabt. Opa Wilhelm hat noch nie von Schweinkram erzählt. Aber bei Opa bin ich sicher, der hat viel Schweinkram auf seinem Biohof. Und Kuhkram.

Draußen schneit es, und daher hat keiner Eile, mit dem Frühstücken fertig zu werden. Und ich darf sogar noch ein Ei essen.

Der Werner hilft mir dabei. Offenbar haben die alle überhaupt kein Problem mit Kindern. Wenn ich da an Clothilde denke, die mich die ganze Zeit loswerden und an einen Ort namens »Betreuung« verbannen wollte, wird mir ganz anders.

Über komische Dinge reden die hier aber auch. Werner sagt gerade: »Unser Willi hier hat bestimmt noch nie FKK gemacht, was?«

Nach dem verschreckten Gesichtsausdruck von Opa zu urteilen, stimmt das.

»Ich vermute, Willi würde an einem solchen Strand flach auf dem Bauch liegen und zum Meer robben.«

Großes Lachen. Nur Opa Wilhelm grummelt vor sich hin. Ich versuche, ihm was von meinem Ei zu geben, und er zwinkert mir zu.

»Was wollt ihr heute machen?«, fragt Kunigunde gut gelaunt. Und alles schaut hinaus. Es schneit nun etwas stärker.

»Da kann ja kaum einer raus«, grummelt Opa Gunnar.

»Was hat euch überhaupt hierhin verschlagen, so kurz vor Weihnachten?«

»Wir sind rausgeflogen, zuhause, Gunnar und ich. Meine Tochter, seine Schwiegertochter, bekommt ein Kind und daher wollte ich, wollten wir, nicht zu weit weg von Berlin ein paar Tage Urlaub machen. Und ich dachte, wir dachten, die Müritz wäre da ganz schön.« Dass er das Wir so betont, macht Opa Gunnar offenbar zu schaffen, der kratzt sich am Kopf.

»Kommen ja viele aus Berlin hierher«, nickt Walburga.

»Oh, noch ein Enkel! Wie schön!«, sagt Kunigunde.

»Rausgeschmissen hat sie uns!«, wiederholt Opa Gunnar leise.

»Wie?« Werner grinst und erwartet offenbar größeren Unfug. Ich nutze die Situation und schnappe mir den Salzstreuer, da mein Ei leer ist. Aber das Ding scheint mir interessant.

»Ja, ich sag es, wie es ist! Meine Schwiegertochter hat

uns rausgeschmissen, weil wir zu sehr mit der Hebamme herumgeturtelt haben.«

Alle lachen.

»Wie, auch unser Willi?« Werner kann es nicht fassen.

Warum eigentlich »unser«, der gehört doch nur mir?

»Donnerwetter! Aber so Hebammen haben es bestimmt faustdick hinter den Ohren.«

»Unsinn. Sie ist ein Engel. Ich hätte unser Mädchen nie ohne eine auf die Welt bekommen«, sagt Opa Gunnar milde und schaut verträumt an die Decke.

»Hallo, hallo? Ich habe diese Mädchen ja schließlich gemacht!« Toll. Jetzt sind sie sauer wegen meiner Mama. Opa Wilhelm stellt geräuschvoll seine Tasse Kaffee zurück auf die Untertasse. Die anderen bemerken das und grinsen.

Keiner sagt mehr was. Und leider hat die Frau vom Hotel mir den Salzstreuer weggenommen. Sie fängt an, aufzuräumen. Eine Weile gucken wir ihr still dabei zu. Sehr ungemütlich.

»Ich geh dann mal auf mein Zimmer.« Opa Wilhelm steht auf und geht. Die Dame vom Hotel läuft hinter ihm her und gibt ihm noch die Zeitung. Danach klingt seine Stimme deutlich weicher.

Ich finde es nicht gut, wenn man meinen Opa ärgert, aber andererseits bin ich fasziniert von diesen Leuten hier. Sie lachen offenbar viel mehr als Opa Wilhelm. Und irgendwie habe ich das Gefühl, sie sitzen sehr gerne hier zusammen, während mein einer Opa lieber alleine sitzt.

Werner hebt mich aus dem Kinderstuhl und die Frau vom Hotel bringt eine Kiste mit Spielzeug. Während Werner mit mir auf dem Boden herumkrabbelt, unterhält er sich mit den Leuten am Tisch.

Es ist Nachmittag. Wir sind mal wieder unterwegs auf der Suche nach Kuchen. Es hat zu schneien aufgehört, und es ist strahlender Sonnenschein, was Opa Wilhelms Laune deutlich angehoben hat, obwohl die vier Ossis alle mit auf den Spaziergang gekommen sind. Vielleicht ist es aber auch, weil die Damen sich bei ihm untergehakt haben. Er geht vor mir, ich werde geschoben von Werner, der sich ewig lachend mit Opa Gunnar und Fritz unterhält.

Leider sprechen sie gar nicht mehr von früher. Schade, da hätte ich gerne was von gehört. Sie unterhalten sich über Häuser und Autos. Das ist aber schrecklich langweilig.

Hasi und ich gucken uns die Gegend an.

Der See ist zugefroren und da stehen Kinder drauf und rutschen hin und her. Walburga hat einen Fotoapparat dabei und fotografiert das alles. Sie scheint das zu können, und vor jedem Foto neigt sie den Kopf etwas zur Seite, als würde sie sich genau vorstellen, wie das Bild werden soll.

»Walburga ist Künstlerin«, sagt Werner mit einer merkwürdigen Mischung aus Stolz und Neid. »Sie macht auch Ausstellungen und so.«

Was stellt man denn so aus? Ich kenne nur Beinstellen.

Opa Wilhelm hört Walburga genau zu, als sie ihm etwas erklärt. Er sieht auch sehr zufrieden aus. Er mag offenbar Fotos. Und Fotografinnen.

Wir kommen wieder an dem kleinen Hafen vorbei, und es sieht alles sehr schön aus mit dem Schnee. Ich schaue mich um. Die Häuschen drum herum sind schon bunt, wenn auch nun zart zugedeckt mit der großen weißen Schmusedecke der Natur.

»Da! Da gibt es guten Kuchen!« Fritz zeigt irgendwohin und alles bewegt sich in die genannte Richtung.

»Seid ihr öfters hier?«, fragt Opa Gunnar, als wir längst und gut gelaunt hineingegangen sind und uns nun an ein großes Fenster setzen. Es sind viele ältere Leute hier mit kleinen Kindern. Man hilft sich gegenseitig mit Stühlen aus. Sehr nett. Ganz entspannt.

»Früher immer. Mein Vater hatte hier eine Datsche.«

»Eine was? Eine Datsche?« Opa Wilhelm wird hellhörig. »Das klingt ja wie – «, er redet nicht weiter.

»Ja?«

»Nix«, sagt er schnell und schiebt die vor ihm liegende Kuchengabel ein Stückchen hin und her.

»Du meinst wie tiefster Sozialismus?«

Opa grinst verschämt.

»Alles gut.« Werner lächelt charmant. Opa Wilhelm wirkt besänftigt.

»Nun sei doch nicht so verklemmt«, sagt Fritz. Zu dumm.

»Ich bin nicht verklemmt! Ich setze nur andere Prioritäten.« Jetzt ist Opa Wilhelm wieder ganz außer sich.

»Lasst mal den lieben Willi in Ruhe!«, nimmt Walburga ihn in Schutz und macht einige Aufnahmen von mir.

Sehe ich auch gut aus? Hier, das ist meine Schokoseite! Und hier noch mal ein Bild mit Hasi?

»Willi, willst du mit uns ins Müritzeum gehen. Warst du da schon?«, fragt Kunigunde, die sich eine Brille aufgesetzt hat, um die Karte zu lesen.

»Und wir?« Werner ist beleidigt. Er ist es wohl nicht gewohnt, dass die Damen die Gesellschaft von jemand anderem seiner vorziehen. Fritz hingegen lacht ein elegantes Lachen und streicht sich über den nicht vorhandenen Bart.

»Wir könnten schon mal vorglühen.«

»Wie war das?« Opa Gunnar ist sofort dabei.

»Ach. Auch gut.« Werner hat offenbar verstanden und dreht sich zu den Damen um. »Dann geht mal schön mit dem Willi in die Kultur und wir gehen was anderes machen.«

»Aber treibt es nicht zu dolle. Wir nehmen den Jungen mit.«

Das Müritzeum ist ein ganz großes Aquarium mit riesigen Fischen. Das ist so toll. Ich sitze in dem Buggy und muss gar nicht aufstehen, um alles gut sehen zu können. Walburga macht Fotos und Opa und Kunigunde sprechen über Fischarten und die Notwendigkeit von sauberem Wasser. Sie sind sehr nett zueinander und in keiner Weise irgendwie albern.

Schade.

Albern finde ich lustiger.

Was Opa Gunnar wohl gerade macht?

Opa Gunnar hat offenbar irgendwas gemacht, weshalb man Kopfschmerzen bekommt. Zusammen mit Werner und Fritz sitzen sie am nächsten Morgen etwas still am großen Tisch. Die drei Männer haben vielleicht gestern ein bisschen viel geglüht? Zumindest bekommen sie alle eine Tablette von der Hotelfrau. Die herzlich darüber lachen muss.

Ich will auch mal glühen!

»Heute zeigen wir Willi mal das große Hotel in Klink«, schlägt Walburga vor. Und Werner verdreht die Augen.

»Warum das denn. Das Ding ist doch alt und unfassbar hässlich. Und das wird bald abgerissen.«

»Genau deshalb.«

»Oh, nicht wieder diese Kunstfotos von DDR-Liegenschaften. Das interessiert doch keinen mehr.« Werner ist ärgerlich.

»Mich schon. Die Zone war für mich immer ein Ort voller Geheimnisse«, sagt Opa Wilhelm und sofort beugen sich die beiden Damen zu ihm hin. Opa Gunnar grinst.

»Zone? Hast du Zone gesagt?«

»Ja, sagen wir Berliner immer. Schlimm?«

»Nö«, sagt Fritz.

Wir haben uns alle in einen Wagen gequetscht. Das war ganz einfach, weil der Wagen von Fritz ein riesiger Van ist. Fritz und Opa Gunnar sitzen vorne und reden über Häuser, die es früher auch schon hier gegeben haben muss.

Ja, ja, jetzt kommt wieder: Früher war alles besser.

Geht aber gar nicht, da war ich ja noch gar nicht da! Ätsch!

Links von mir sitzt Werner, der ganz lustige Geräusche macht und Grimassen. Hasi und ich lachen ganz viel.

Und dann gibt es noch eine Rückbank. Und da sitzt Opa Wilhelm in der Mitte und Walburga und Kunigunde sitzen links und rechts von ihm.

»Mach dich mal kleiner, wir können ja gar nichts sehen im Rückspiegel«, meckert Werner. Ich glaube wirklich, dass er es nicht mag, wenn Frauen andere Männer als ihn angucken.

Hey, ich bin doch auch noch hier. Und Hasi! Wir lieben dich!

Die Straßen sind so weit frei, aber links und rechts türmt sich der Schnee.

»Schön, dieser Schnee. Man kommt richtig in Weihnachtsstimmung«, schwärmt Kunigunde.

»Das liegt an dem ollen Weihnachtsmann da zwischen euch«, lacht Werner wieder. Keine lacht mit.

Wir biegen von der Straße ab auf einen Parkplatz.

»Da, das ist das alte Hotel. Schau.«

Und wirklich. Rechts von uns steht ein hohes Gebäude.

»Das ist ja – « Opa Wilhelm spricht nicht weiter. Ich drehe mich zu ihm um. Es ist deutlich zu hören und an seinem Gesicht abzulesen, dass er das Gesehene mehr als nur scheußlich findet.

Es ist viel Platz zum Parken vorhanden.

»Alle Mann aussteigen!«, ruft Fritz von vorne.

Ich bin mittlerweile von Werner aus dem Wagen gehoben worden. Alle stehen jetzt um einen Oldtimer, der da auch rumsteht, und ich gehe mit Hasi ein bisschen den Parkplatz entlang, um das Haus besser sehen zu können.

Es sieht aus wie Häuser in Berlin. Nur sind die in Berlin bewohnt und mit Gardinen und Wäscheleinen verziert. Das hier sieht irgendwie leer aus.

Die Erwachsenen sind alle noch bei dem alten Auto und reden ganz begeistert davon.

»Los, ich will Fotos machen, solange die Sonne noch da ist«, scheucht Walburga die Männer auf.

»Ach Gott, die Künstlerin wieder. Aber mach auch eins vom dem Auto. Es ist so schön.« Werner verdreht die Augen und bekommt etwas heftig die Fototasche seiner Frau in den Arm gedrückt. »Trag das.«

Opa Wilhelm grinst, nimmt ihm die Tasche wieder ab. »Ich übernehme die gerne.«

Die Damen lächeln. Die Männer verdrehen die Augen. »Oh neee.«

Wir gehen Richtung Hotel. Das Gebäude ist ein Hochhaus in nicht mehr allzu gutem Zustand. Erinnert mich an meine alte Kita. Aber natürlich riesig. Mit viel Glas und etwas geknickt in der Mitte, wie wenn man ein aufgeschlagenes Buch aufstellt. Die schneebedeckten Bäume drum herum lassen es wie erfroren aussehen.

Walburga knipst.

»Wir waren hier früher mit meinen Eltern. Ich habe es geliebt«, sagt Fritz und reicht mir die Hand. Ich ergreife sie und wir gehen darauf zu.

»Lass uns mal gucken, ob man rein darf.« Walburga ist ganz in ihrem Element. Sie findet zwei Bauarbeiter, lacht und scherzt etwas mit ihnen und winkt uns dann.

»Kommt, wir dürfen oben in das alte Café!«

»Oh, ich erinnere mich da an tolle alte Fliesen!«, ruft Fritz und wird richtig schnell.

Wir müssen die Treppe nehmen. Das letzte Stück darf ich bei Werner auf der Schulter sitzen. Die Treppe ist breit und offen.

»Schau dir das Geländer an.«

Wir sind oben angekommen und schauen aus dem Fenster über den weißen See.

»Ich habe es geliebt!« Fritz wirkt wie Bernhard, wenn seine Mama uns Kekse bringt.

»Ich auch.«

»Verstehe ich vollkommen«, sagt Opa Wilhelm und hebt Hasi auf, den ich vor Aufregung habe fallen lassen.

Walburga macht Fotos, während Fritz ihr ein Fenster

aufmacht, ach, da kann man rausgehen. Wir sind jetzt wohl auf dem Dach. Aber es ist ein Geländer darum, dass man nicht runterfallen kann.

»Genau! Hier waren wir als Kinder oft. Das war total schön.«

»Ach, ja. Toller Blick über den See«, stimmt Opa Wilhelm bei, der allerdings einen sehr skeptischen Blick auf einen Stromkasten wirft und allerlei Kabelsalat.

»Kommt. Da vorne war das Café!«, sagt er schnell. Das alles ist ihm wohl nicht so geheuer.

Wir gehen durch die Balkontür wieder ins Treppenhaus und von da durch eine Tür in ein schönes Zimmer mit Stühlen wie im Restaurant. Aber sehr unordentlich ohne Tischdecken.

Walburga hat längst aufgehört, die Gegend drum herum zu fotografieren. Sie fotografiert stattdessen mit Ausdauer grüne Kacheln.

»Schau, Finn. So was mag ich.« Ich laufe zu ihr. Sie knipst nun auch mich und Hasi. In der Mitte des Raumes ist eine dicke, dicke Säule. Der Saal, ist also kein Saal, sondern eher ein Ring. Ich laufe drum herum und spiele mit Werner Verstecken. Opa Wilhelm hingegen interessiert sich für die Beschaffenheit des ganzen Gebäudes.

»Diese alten Fliesen sind wunderbar.« Er streicht mit den Händen darüber. Es sind nicht einfach so Fliesen wie bei Opa zu Hause, flach und in Farbe. Sondern sie haben kleine Formen darin und Figuren. Man kann sie anfassen.

»Schade drum.«

21

Schubkarrenrennen

Toll. Es hat die ganze Nacht über so katastrophal geschneit, dass man die Tür vorne von unserem Hotel nicht aufmachen kann. Der eigentliche Frühstücksraum liegt im Dunkeln, weil die Fenster zu sind. Man kann die Rollläden nicht öffnen, weil der Schnee dagegendrückt.

»Unheimlich, oder?« Opa und Walburga stehen an unserem Tisch und gucken gegen das dunkle Fenster.

»Spannend.«

»Strom geht aber noch, oder?«, fragt Kunigunde besorgt.

»Klar. Hab mich doch rasiert eben«, sagt Werner.

Die Dame vom Hotel kommt zu uns.

»Ich habe drüben in dem anderen Zimmer gedeckt für Sie, da ist es hell. Da stehen wir ja an dem Hang und daher kann der Schnee uns da nicht zuschneien.

»Wie praktisch.«

»Leider müssen Sie trotzdem warten, bis uns die Feuerwehr freischaufelt, denn hinten kann man nicht aus dem Haus raus. Da haben wir früher unser Boot hochgekurbelt, um es reinzuholen, aber da ist kein Eingang.

»Egal, wir haben Urlaub. Wir müssen ja nirgendwohin.«

Wir gehen in das Zimmer und lassen uns in Ruhe das Frühstück schmecken. Leider gibt es keine Tageszeitung für meinen Opa. Er liest daher die Zeitung von gestern, die genauso aussieht.

Dann klingelt das Telefon.

»Na gucke mal da, das geht alles noch«, beruhigt Fritz uns.

Die Aushilfe betritt eilig unser Zimmer. »Anruf für Doktor Semmelmann und Herrn Nowak!«, ruft die jüngere Frau dann aufgeregt. Ein Telefon wird hereingebracht, und Opa Wilhelm greift danach.

»Ja, bitte? Hier Doktor Semmelmann am Apparat«, sagt er und reißt sich augenblicklich das Ding vom Ohr. Ich höre leise und merkwürdig laut die Stimme meiner Mama.

»Mist! Freisprechen gedrückt«, flucht er und streicht sich über das strapazierte Ohr.

Das ist immer so beim Telefon. Man muss eigentlich das Ohr ganz dran halten. Dann hört nur der, der den Hörer hat. Oder man drückt diese lustige Taste mit dem grünen Telefon drauf, dann hört man alles richtig. Und alle hören es gleichzeitig. Aber die Taste treffe ich nicht. Meine Finger sind irgendwie dafür nicht geeignet.

»Hörst du, Papa?« Das ist Mama.

»Meine Tochter ist offenbar sehr aufgeregt«, erklärt Opa Wilhelm den Anwesenden, die jetzt deswegen nicht sonderlich erstaunt scheinen. Opa Wilhelm sucht die kleine Taste, um das Freisprechen wieder in das Unfreisprechen zurückzuverwandeln.

»Was will sie denn? Ist was wegen dem Kind?« Opa Gunnar steht auf und kommt zu ihm rüber.

»Wegen des Kindes, Gunnar, wegen des Kindes bestimmt. Und hör auf reinzuquatschen, ich höre Sara ja nicht richtig!«

»Schalte doch die Taste wieder an! Dann könnt ihr alle das mitbekommen«, sagt Werner. Kunigunde nimmt Opa den Hörer aus der Hand und erledigt das. Nun hören wir alle meine Mama, aber ihre Stimme klingt fremd und hohl.

»Papa! Papa! Du musst kommen, sofort! Sofort!«

»Ja, warum denn?«, sagt er, unsicher, wo er nun reinsprechen muss. Er hält das Telefon jetzt so wie Ninfa ihren Schminkspiegel.

»Hab ich doch gerade gesagt!«, brüllt Mama und klingt interessanterweise genauso wie Opa, wenn der brüllt. Männer und Frauen sind also doch im Grunde dasselbe in grün.

»Beruhige dich, Kind!«

»Ich bin ruhig, Papa!«

»Jau. Gib mal«, Opa Gunnar nimmt den Hörer, hält ihn sich erst ans Ohr, entscheidet sich um und hält ihn wieder wie einen Spiegel. »Hörst du, Sara, ich bin es, Gunnar, dein Schwiegervater. Sag doch bitte, was los ist.«

»Irgendwas mit den Herztönen und sie wollen mich aufschneiden.« Jetzt hört man im Hintergrund andere Geräusche wie auf einem Bahnhof.

»Bist du im Krankenhaus?«

Oder so.

»Ja, ich bin in der Charité, weil Greg das wollte.«

»Greg ist bei dir?« Opa Gunnar klingt erleichtert.

»Ja.«

»Und ihr seid nun doch in meiner Charité?«

Opa gehört ein Krankenhaus, das wusste ich noch gar nicht.

»Ja, zum Kuckuck, aber die wollen mich aufschneiden und Greg ist dafür und ich will aber nicht.«

»Beruhige dich! Die Ärzte wissen, was sie tun, mein Kind«, sagt der Doktor in meinem Opa.

Gemurmel im Hintergrund.

»Aber Papa, der Doktor Westfal soll mich aufschneiden! Und du sagst doch, das sei ein Idiot!«

»Wie bitte? Wie war das?«, hört man nun eine sehr sonore, sehr entrüstete Stimme. Ich vermute, das IST Doktor Westfal.

Ups.

»Äh. Hallo, Manfred, alles gut bei euch?«, sagt Opa Wilhelm, und Werner lacht sich kaputt.

»Sara, Liebes. Hier bin ich es noch mal, Gunnar, dein Schwiegervater. Ich weiß nicht, was dein Vater gesagt hat, aber da arbeiten wirklich, wirklich nur Leute, die Ahnung haben. Du solltest ihnen vertrauen. Und der Doktor ist bestimmt nur halb so schlimm, wie Willi sagt.«

»Ich bin also nur ein halber Idiot oder was?«

Doppel-Ups.

»Mir ist das scheißegal. Ich will keinen Kaiserschnitt!«

»Aber wenn das Kind es braucht!«

»Ich unterschreibe gar nichts, solange mein Vater nicht hier ist!«

»Hol mir mal Greg her!«, sagt Opa Wilhelm, der nun seine Sprache wiedergefunden hat und den Hörer zum Zeichen seiner Entschlossenheit in die andere Hand wechselt.

»Hier bin ich.«

»Was ist da genau los, Junge?«

»Sie ist außer sich, und sie will nur unterschreiben, wenn du da bist. Sie ist total verängstigt. Und wenn sie so ist, kann man weder mit ihr reden, noch hat man eine gute Überlebenschance, sie haut alles kurz und klein. Kannst du nicht kommen?«

»Wir sind eingeschneit.«

»Wo seid ihr? In den Schweizer Alpen?«

»Äh, nein. Ein Blizzard. Die Feuerwehr muss alle Häuser erst mal frei bekommen. Wir kommen nicht raus.«

»Geht es euch gut?«

»Ja, geht es. Hier ist alles okay, sind gerade beim Frühstück. Alles gut.«

Als meine Mama das hört, flippt sie total aus. »Ach, ihr macht gemütlich Urlaub und ich werde hier von Idioten umzingelt, die mich aufschneiden wollen!«

»Ich bin kein Idiot!«

»Aber ein halber, sagt mein Vater!«

Sie schimpft und jammert und Opa drückt schnell das Knöpfchen, damit ich wohl den Rest nicht mitbekomme.

»Greg, sag ihr, ich komme. Ich weiß nicht wie, aber ich komme!« Dann legt er auf. Stille.

Nach einer Weile legt Opa Wilhelm den stillen Hörer auf den Tisch. Alle sehen betroffen aus.

»Und nun?«

»Wie komme ich am schnellsten nach Berlin?«

»Die Bahn, wenn überhaupt, die Bahn«, sagt Werner.

»Um Himmels willen. Wenn dieser Satz fällt, dann gute Nacht, Marie.«

Marie? Bekommt die auch ein Kind?

»Können Sie noch mal die Feuerwehr anrufen?«, fragt Gunnar die junge Frau.

»Ja, klar, aber ich denke nicht, dass das was hilft. In der Straße ist auch ein Altersheim eingeschneit, ich fürchte, das hat Priorität.

Diese Prioritäten nerven aber kolossal.

Opa Wilhelm setzt sich langsam auf einen Stuhl.

»Ich war nicht bei der Geburt von Finn dabei. Und jetzt auch nicht bei der von meiner Enkelin.

»Sie ist in guten Händen. In der Charité. In deiner Charité«, Opa Gunnar tätschelt meinem Opa vorsichtig die Hand. Beide sehen sehr ergriffen aus.

»Ja.«

»Oder ist der Westfal wirklich nicht gut?«, fragt Werner nachdenklich.

»Er ist ein dummer Hund, aber operieren kann er. Aber was nutzt das, wenn meine kleine Tochter Angst hat vor ihm und ihren Vater benötigt? Sie braucht mich!« Opa zupft sein Stofftaschentuch raus.

Schweigen.

Werner und Fritz tauschen Blicke aus. Fritz räuspert sich und dreht sich zur Hotelfrau. »Ist noch jemand im Haus? Sie wissen schon, wen ich meine?«

»Sicher. Der Oberst ist immer da.«

»Holen Sie ihn, bitte?«

Die Hotelfrau zuckt die Achseln und verschwindet.

»Was hast du vor?« Werner zieht die Augenbrauen hoch.

»Wirste schon sehen. Sie, junge Dame, schwingen sich mal ans Internet und machen da dieses Goggeln oder wie das heißt und suchen den nächsten Zug nach Berlin raus.«

Es poltert im Treppenhaus. Ein runzeliges, gekrümmtes Männchen steht plötzlich im Raum.

»Meldung?«

»Wir haben ein Problem.«

»Geht das auch etwas präziser?«

»Der junge Mann hier«, Werner zeigt auf meinen erstaunten Opa Wilhelm, der sich dabei langsam erhebt. »muss dringend nach Berlin. Sonderauftrag. Nun stellt sich die Frage: Wie kommen wir am schnellsten aus diesem Haus raus? Wir dachten da an Sie!«

Das runzelige Männchen schaut erst trübe, dann immer aufmerksamer in die Runde. Er stellt plötzlich den Stock weg, auf den er sich bis eben gestützt hat.

»Packen alle mit an?«

»Ja, klar!«

Das Männchen legt die Hände auf den Rücken und geht langsam durch den Raum. Schaut jeden und jede genau an. Als er zu mir kommt, streicht er mir über den Kopf und rückt Hasi in meinem Arm gerade.

»Wie hoch steht der Schnee?«

»Sieben Meter«, schreit Werner.

»Und wer sind Sie?« Das Männchen steht nun vor Opa Wilhelm und guckt ziemlich steil aufwärts.

»Doktor Semmelmann, äh, der Opa«, stottert Opa. Merkwürdigerweise sieht er plötzlich neben diesem hutzeligen Männchen ganz jung aus und riesig.

»Eva!«, brüllt das Männchen, alle zucken zusammen, ich auch, und die Hotelfrau erscheint. Sie wirkt nicht so begeistert, wie alle anderen im Raum, aber sie hört genau zu.

»Ist im Keller noch alles da?«, er sagt das merkwürdig langsam.

»Ich durfte ja nichts wegschmeißen.«

»Richtig. Richtig. Und das zahlt sich jetzt aus.«

»Was – äh – was haben Sie denn vor?«, stottert Opa Wilhelm.

»Zivilist, wie?«

»Und Opa. Meine Tochter liegt im Krankenhaus.«

»Aha.«

Das Männchen schnauft. »So sei es.« Das Männchen schaut aus dem Fenster, den Abhang hinter dem Haus hinunter. Alles wartet darauf, dass er was sagt. Ich ziehe mich diskret zum Daumennuckeln auf ein Sofa in der Ecke zurück.

Die Hotelfrau räuspert sich: »Ich habe noch mal die Feuerwehr angerufen, das wird erst heute Abend was. Sie schaffen das nicht vorher.«

Jetzt stolpert die junge Frau wieder ins Zimmer: »Also hier habe ich die Abfahrtzeiten. Offenbar ist die Strecke so weit frei und der nächste Zug fährt in anderthalb Stunden. Der darauf aber erst heute ganz spät.«

»Es eilt!« Opa Wilhelm ist ganz aufgeregt und schaut Opa Gunnar an, der klopft ihm auf die Schulter. Anscheinend ist ihr Zwist bedingungslos beigelegt.

Das Männchen steht am Fenster und zeigt den Abhang runter. »Da müssen wir runter.«

»Wie das denn? Da brechen wir alten Leute uns alle Knochen.«

»Ich hab da eine Idee. Kommt mit.«

Alle machen sich auf den Weg ins Treppenhaus. Werner nimmt mich auf die Schultern. Wir gehen in einen Keller, es wird mehr Licht gemacht und eine kleine Funzel erleuchtet einen wüsten Haufen an Zeug.

Au, super!

»Das ist ja – « Opa Wilhelm ist entsetzt, sagt aber nichts weiter. Die anderen verteilen sich aufgeregt in dem düsteren Raum und zerren alte, staubige Teile aus den Regalen und Schränken und freuen sich über Blechschilder, Eisenbahnkartons, Zeitschriften mit nackigen Frauen drauf und so weiter.

Das Männlein steht sinnend vor einem Schrotthaufen, der bis unter die Decke getürmt an eine Wand gelehnt steht.

»Das muss weg. Anpacken, Männer! Hier ist die Tür für die Boote. Und sucht mir die Seilwinde. Da war ein stabiler Ausleger dran. Los, sucht. Und sofort Meldung machen.« Während er das macht, nimmt er Werner eine Zeitung aus der Hand.

»Na, dann mal los!« Schnell organisiert Werner die Erwachsenen zu einer Kette. Die einzelnen Blechteile werden von Hand zu Hand nach hinten in den Teil des Raumes gereicht, der als Einziger noch einigermaßen begehbar war. So wird der Raum hinten voller und vorne an der großen Tür, die man nach und nach richtig gut als solche erkennen kann, freier.

»Oh, nein, bringt mir hier nicht alles durcheinander!«, ruft die Hotelfrau von der Tür her. Man hört nicht auf sie.

»Hier ist das alte Tor.« Und das Männlein behält recht. Eine große, offenbar ehemals grüne Doppeltür bis unter die Decke kommt zum Vorschein. Sie ist verschlossen. Das Schloss klemmt.

»Öffnen Sie das mal«, keift das Männchen Opa Wilhelm an und hält ihm eine riesige Zange unter die Nase.

Nach einigem Schnaufen und Stöhnen hat Opa das Schloß geöffnet.

Alle jubeln.

Opa Gunnar zerrt an der Tür und es wird schlagartig kalt im Raum. Wir schauen in kahle Bäume hinein. Ich darf nicht dahin laufen, sondern werde von Werner festgehalten. Alles guckt nach unten.

»Und wie kommen wir da runter?«

»Und wie geht es überhaupt dann unten weiter?«

»Zumindest liegt hier schon mal nicht so viel Schnee wie vorne, wegen der Bäume. Dahinten ist ein Bootssteg«, erklärt das Männchen und zeigt erstaunlich flink in verschiedene Ecken, dann brüllt er: »Eva! Ruf mal den Gernot an!«

»Oh nö!«, sagt die.

»Aber zack, zack! Der soll mit seinem Boot so schnell wie möglich zum Anleger kommen.«

»Der bekommt nur wieder Ärger wegen der alten Rostlaube!«

»Es ist ein Notfall«, sprach's und schreitet gemessenen Schrittes auf einen Hügel zu, der unter einer grauen Plane liegt. Dann gibt er Zeichen, dass die Männer die Plane anheben sollen.

»Donnerwetter!«

»Ich glaub's nicht!«

»Grandios!«

Nur Opa Wilhelm macht ein entsetztes Gesicht. »Was ist das denn?«

»Das«, beginnt Fritz und streicht ein bisschen Staub von der Motorhaube des erschienenen Gefährts, »ist ein Trabant 601 Kübel.«

»Mir wird übel«, murmelt Opa Wilhelm. Walburga hat ihren Fotoapparat hervorgezaubert und beginnt zu fotografieren. Bevor sie ein weiteres Mal abdrückt, schaut sie meinen Opa an und grinst.

»Das wird schon.« Walburga klopft ihm auf den Rücken.

»Wir brauchen die Seilwinde. Darum kümmern sich die Damen und ihre Männer. Dann zeigt er auf Opa Gunnar.

»Wir brauchen die Ausleger, um hier senkrecht runterzukommen. Schauen Sie sich um, irgendwo muss noch die alte Aufhängung sein.«

Opa guckt zerknirscht und fragt dann kleinlaut, als er sieht, was er da zusammenschrauben muss:

»Hat einer einen Akkuschrauber?«

Opa Wilhelm hält einen funkelnagelneuen in der Hand. »Hier, du Held.«

»Damit hätten wir gewonnen«, sagt das Männlein.

»Ich bring den Jungen mal wieder nach oben, der friert.« Kunigunde nimmt mich in den Arm.

Hey, nicht. Es wird gerade spannend.

Opa Wilhelm guckt mich neidisch an.

Ich bin in meinen doofen Schneeanzug gequetscht und dann endlich wieder in den Keller gebracht worden. Opa Gunnar und Opa Wilhelm sind neben mir. Die anderen stehen im Halbrund am offenen Tor über dem Abhang.

»Männer! Das war gute Arbeit!« Das Männchen nickt. Werner beginnt, Opa Gunnar in einen Gurt zu klicken.

»Ihr lasst das Gepäck hier, das senden wir euch nach. Unten wartet Kapitän Gernot. Er bringt euch sicher auf die andere Uferseite.« Das Männlein reicht meinem Opa Gunnar die Hand. Anschließend umarmen uns alle nacheinander. Alle sind ergriffen, und dann seilt sich Opa langsam den Abhang runter.

»Jetzt der Junge!«

Cool! Wenn ich das Mama erzähle, dann freut die sich bestimmt, dass wir so schöne Spiele gemacht haben. Und immer an der frischen Luft!

Die Seilwinde über mir quietscht nett. Unten angekommen nimmt mich Opa Gunnar in den Arm. Als er mich aus dem Gurt abklinkt, sagt er leise: »Wenn deine Mutter jemals davon erfährt, bringt sie uns um. Und danach lässt die uns nie mehr mit dir in den Urlaub.«

Opa Wilhelm erreicht als Letzter den Grund. Hier

liegt auch viel Schnee, der meinen Opas bis zu den Knien reicht. Sie haben Mühe, mit mir zu dem kleinen freien Weg zu kommen. Da kommt auch schon Hilfe. Noch ein altes Männchen und ein jüngerer Mann.

Man nimmt mich aus Opas Arm und wir kämpfen uns zum See vor. Der Schnee macht alles etwas mühsam, aber ich finde es toll, wie der Schnee knirscht und überhaupt, das ist doch lustig!

»Äh, damit?« Opa Wilhelm zuckt. Opa Gunnar bleibt stehen. Wir haben einen Holzsteg erreicht, von dem man toll über den See gucken kann. Nahe des Ufers ist Eis, aber in der Mitte ist er tiefblau und wellig und ohne Eis.

»Aber sicher. Schnellboot, geht ab wie Schmitz' Katze!«, sagt das Männchen.

Opa Gunnar nickt nur. Opa Wilhelm hingegen lässt sich ungern auf das Boot führen. Was ist los? Es sieht doch super aus!

»Geht das nicht unter?«

»Iwo, schon seit dreißig Jahren nicht. Beim Starten des Bootes dauert es etwas, und es entwickelt sich eine schwarze Wolke, die etwas merkwürdig riecht, aber dann, nach einigem Knirschen und Knarzen bewegt sich das Boot vom Anleger weg. Zwei-, dreimal knallt es heftig, als Eisschollen an den Rumpf stoßen, aber der Kapitän grinst nur und hält sein Gesicht in die Brise.

»Herrliches Wetter!«

»Jawohl, Herr Kapitän«, sagt Opa Wilhelm schüchtern.

»Lass mal, ich bin der Gernot. Warste da, als der Kennedy gesprochen hat?«

»Äh.«

»Isch bün ein Börlüna?«

»Bitte?«

»Du bist doch von da. Haste den gesehen?«

»Ja. Hab ich. Meine Mama hat ihn geliebt.«

»Dolle Sache, das!«

Wovon redet der?

Das klingt, als wäre das alles erst gestern gewesen.

Es knallt wieder was gegen den Rumpf. Opa zuckt.

»Das kann mein Baby ab. Kein Problem. Was sagt die Uhrzeit?«

»Zug fährt in fünfundzwanzig Minuten«, sagt der Sohn.

»Na, dann wird es Zeit.« Das Boot fährt plötzlich schneller und das Knallen wird etwas lauter.

Dauert nicht lange, und wir sind drüben.

Schade.

»Endlich!«, seufzt Opa Wilhelm, als wir das andere Ufer erreichen. Es erwartet uns ein grüner Transporter.

»Die übernehmen euch ab hier. Kommt gut durch!« Der Kapitän streicht mir über den Kopf. »Aus dir hätten wir auch einen Kapitän gemacht! Guter Junge, hat gar keine Angst gehabt.«

»Äh, besser nicht. Ich halte nichts davon.« Opa Wilhelm zieht sich den Schal enger um den Hals.

»Auch gut. Dann wird er Kosmonaut«, schlägt das Männchen vor.

»Darauf können wir uns einigen.« Opa Wilhelm reicht dem Kapitän die Hand, während der jüngere Mann uns an Land hilft.

Hui! Und was kommt jetzt?

Die Seitentür des Transporters öffnet sich und wieder sitzen da vier ältere Herrschaften drin. Wo kommen nur all diese kleinen Männchen her?

»Kommt, wir bringen euch zum Zug! Beeilt euch, Nur noch zwölf Minuten!«

Meine Opas und ich quetschen uns hinein. Wenn ich nur nicht diesen doofen Schneeanzug anhätte. Wo ist Hasi? Ach hier. Wir können los.

»Alle vollzählig?«

»Ja!«, ruft Opa Wilhelm begeistert.

»Hier ist was los«, murmelt Opa Gunnar. Und dann packt ihn mein anderer Opa und zischelt: »Wehe, du petzt das Sara!«

»Im Leben nicht.«

»Ach«, sagt das eine Männchen, »so eine Frau hab ich auch!« Die Männer lachen. Die Fahrt ist kurvig, aber kurz.

»Bahnhof! Raus, schnell!«

»Noch zwei Minuten! Da lang!« Meine Füße berühren kaum den Boden, da meine Opas mich an den Armen hochziehen. Huiiiiii.

Endlich auf dem Bahnsteig. Der Zug steht bereits da und nein, die Türen schließen!

»Nein!«

»Was jetzt?«

Meine Opas stehen ratlos davor. Wir sind alleine auf dem Bahnsteig.

»Was jetzt???«

»Pffft«, macht es. Die Türen öffnen wieder.

»Gott sei Dank.«

Wir klettern rein.

»Die Bahn. Wer hätte das gedacht.«

»Pünktlich. Immer dann, wenn wir es nicht gebrauchen können.«

Der Zug fährt an.

22
Eine kleine Mickymaus zog sich mal die Hose aus

Die meiste Zeit schlafe ich, aber dann riecht es so verdächtig.

»Ey, Willi!« Opa Gunnar schüttelt meinen Opa, weil der eingeschlafen ist wie ich auch. Süß, wie er da so an der Schulter von Opa Gunnar vor sich hin ratzt.

»Riechste was, Willi?«

»Mist.« Opa Wilhelm erhebt sich und schaut in dem fast leeren Zug hin und her. »Was nun. Wir haben nichts dabei. Mussten wir ja alles zurücklassen. Hm. Ich frag die da mal.« Eine Schaffnerin kommt.

»Haben Sie hier Leute mit Kindern gesehen? Ich brauch eine Windel. Also nicht ich, sondern mein Enkelsohn.«

Die Frau lacht, hält sich aber die Hand an die Nase.

»Und vielleicht kurzzeitig mal die Lüftung einen Gang höherstellen?«, schlägt Opa Gunnar kichernd vor.

»Warten Sie.« Die Dame geht den Waggon fast ganz durch und fragt dann jemanden. Kurze Zeit später sehe ich das kleine weiße Etwas, das ich so dringend gebrauchen kann.

»Die junge Frau sagt, sie habe auch Puder oder so was.«

»Danke. Eine Windel reicht schon.«

Ich werde auf der Toilette gewickelt, was echt ein Highlight des an Höhepunkten nicht gerade armen Trips ist. Huiii, mal nach links gekullert, mal nach rechts gekullert.

Aber Opa schafft es. Nur das Papier ist nicht sonderlich weich. Egal. Hauptsache trocken.

»Ich habe das Gefühl, dieser Urlaub hat zumindest einem Spaß gemacht, was?« Opa Wilhelm setzt mich auf und muss sich in der winzigen Kabine einen Augenblick an dem Waschbecken abstützen.

»Und nun retten wir deine Mama.«

Das machen wir doch mit links.

Wir gehen zurück zu Opa Gunnar.

»Was Sara wohl macht? Wie es ihr geht?« Wir sitzen im Taxi, Opa Wilhelm ist total besorgt und hält mich auf dem Schoß. Den blöden Schneeanzug haben meine Oldies im Zug vergessen.

Halleluja.

»Keine Sorge. Hab gerade versucht mit ihr zu telefonieren. Leider verstehe ich kein Wort, weil sie so schnell redet. Ich glaube aber nicht, dass es der werdenden Mutter schlecht geht. Wer so viel Luft zum Kreischen hat, erstickt nicht. So, nun raus aus dem Taxi und rein in deine Charité«, sagt Opa Gunnar trocken.

Wir flitzen in einen Aufzug, steigen in einem großen Flur aus und Opa Gunnar beginnt, laut nach Mama zu rufen. Erst wollte mein Opa Wilhelm eine fesche (blutjunge) Dame in Kittel nach dem Zimmer meiner Mama fragen, aber wir hören sie schon.

»Sie müssen meinen Papa holen! Hören Sie nicht? Meinen Papa! Hören Sie! Meinen Papa! Doktor Sem-melmann!«

»Da ist Ihre Tochter, Doktor Semmelmann«, sagt die Dame grinsend, ohne dass er was sagen musste.

»Oh, Gott, was macht Sara denn nur für einen Lärm?« Opa Wilhelm geht eilig auf sie zu, um Schlimmeres zu verhindern.

»Wie war das?«

»Schon gut.« Opa Wilhelm stürmt voran, Opa Gunnar und ich hinterher. Hasi natürlich auch.

»PAPAAAAAA!« Mama sieht ihn und stürzt auf ihn zu. Sie weint.

»Sie sind der Vater?«, fragt der junge Kittelträger, der Mama so verzweifelt zu beruhigen versuchte. Was nicht klappte, wie man sieht und hört.

»Nein«, patzte Opa ihn an »diese Patientin sagt zu allen älteren Herren Papa, Sie Volltrottel!« Opa Wilhelm ist mittlerweile die Mütze vom Kopf gefallen und seine Glatze schimmert bedrohlich.

»Lassen Sie ihn, er kommt frisch von Biwak«, entschuldigt sich Opa Gunnar.

»Bitte?«

Sie lassen den verdutzten Mann einfach stehen und gehen zu ein paar Stühlen.

»So, Liebes. Jetzt setz dich hin und beruhige dich. Gunnar, du besorgst die Hebammen, alle, die du auftreiben kannst. Und natürlich Rosemarie.« Opa Gunnar nickt und läuft den Gang entlang.

»Gott sei Dank, sind Sie der Semmelmannvater?«, fragt eine eilig herbeigelaufene Frau in Weiß.

Heiraten die eigentlich alle in Krankenhäusern?

»Bin ich.«

»Bringen Sie diese Mutter zur Vernunft! Das Baby muss rausgeholt werden.«

»Okay, noch mal ruhig. Wer soll das machen?«

»Unser Doktor Westfal.«

»Papa, du sagst doch, der ist unfähig. Ich will nicht. Ich werde nicht.«

»Schscht. Okay, ganz ruhig. Schscht. Liebes, der ist mir nur nicht sympathisch …«

»Ich will nicht, ich will nicht, ich will nicht.«

Wow. Meine Mama hat es aber echt drauf.

»Okayokayokayokay.« Opa Wilhelm nimmt sie fest in den Arm, streicht ihr dann die Haare aus dem Gesicht.

Leise fragt er die Frau: »Gibt es noch andere, in Frage kommende Ärzte?«

»Nur Doktor Hoffer.«

»Guter Mann! Wo ist der?«

»Der ist zu einem Dinner mit dem Hartmannbund beim Bundespräsidenten.«

»Lobbyist!«, grollt Opa Gunnar, der wieder aufgetaucht und so außer Atem ist, dass er sich erst mal vorne über gegen die Knie abstützt und schwer atmet.

»Schschscht«, macht Opa Wilhelm zu Mama. Jetzt streicht er meiner Mama die Haare hinter die Ohren. Sie sieht aus wie ein Mädchen. Die Augen ganz rot, aber ganz hoffnungsvoll auf ihren Papa gerichtet. »Du unterschreibst jetzt artig die Papiere und ich besorge Doktor Hoffer.«

»Ist der gut?«

»Aber natürlich. So, und nun gehst du mit den Hebammen mit. Wo ist die bezaubernde Rosemarie?«

»Die holt gerade Essen und Kaffee unten in der Kantine!«

»El doctore?« Ninfa erscheint. Neben ihr Frau Pietsch und da endlich Hebamme Rosemarie. Ich laufe hin und weiß gar nicht, wen ich zuerst umarmen soll. Ich werde heftigst abgeknutscht.

Okay, meine Damen, das reicht jetzt aber!

Rosemarie und die Hebamme vom Krankenhaus führen Mama in ein Zimmer. Opa geht zu einem kleinen Zimmerchen, bittet galant um ein Telefon.

»Schwerenöter!«, grummelt Opa Gunnar, setzt sich und fängt an, an meiner Windel zu riechen.

»Ich hole Ihnen eine neue!«, sagt die Frau, die erleichtert zugesehen hat, wie Mama sich beruhigt hat.

Wir hören Opa aus dem kleinen Zimmer nebenan: »Sie schwingen jetzt Ihren Arsch augenblicklich hierher und werden meinem Enkel das Leben retten. Das Baby hat schlechte Herztöne, und es ist ein Kaiserschnitt vonnöten. Los jetzt! Sonst komme ich und hole Sie persönlich aus dem Dinner raus. Und Doktor Westfal ist ein Idiot!!!«

Was soll ich sagen?

Opa hat offenbar eine ziemliche Überzeugungskraft. Es dauert keine zwanzig Minuten (Opa Gunnar zählt mit) und ein sehr schick gekleideter junger Mann kommt den Gang entlanggehechtet. Statt erleichtert zu sein, schaut Opa Wilhelm demonstrativ auf die Uhr.

»Aha.«

Der junge Mann entschuldigt sich. Noch mal zwanzig Minuten später und –

– ich bin großer Bruder.

Tat gar nicht weh. Noch nicht.

Eine Frau hat es uns gesagt. Gesehen habe ich diesen kleinen Störenfried noch nicht. Pah, kleine Schwester. Große Nervensäge passt besser.

»Gut gemacht, Willi.« Opa Gunnar nickt erleichtert. Beide geben sich sehr förmlich die Hand, verharren kurz und umarmen sich dann fest.

Rosemarie erscheint, schwer zu erkennen, da sie vor dem Mund ein weißes Viereck trägt, aber die großen, runden Augen erkenne ich dann doch. Sie hat ein ziemlich ekliges Bündel im Arm.

»Ein prächtiges Mädchen! Kommen Sie mit, meine Herren. Und der Vater natürlich auch.« Oh, da ist ja Papa hinter ihr! Er hat auch so was an. Und da, Opa Wilhelm auch. Zusammen mit Opa Gunnar steigen sie in einen Aufzug. Ich warte mit Ninfa. Ich muss mir das nicht angucken, ich weiß auch so, dass das Ärger gibt.

Alle scheinen überglücklich.

Ich nicht.

»Ich denke, die untersuchen die Kleine erst mal.« Ninfa holt tief Luft. Frau Pietsch auch. Und dann, ganz ohne Vorwarnung, fangen beide ganz fürchterlich an zu weinen.

Was ist denn jetzt los?

Ich umarme erst die eine, dann die andere. Möchte eine mal Hasi haben, kurz?

»Schon gut, schon gut.« Ninfa lächelt. Frau Pietsch räuspert sich und streicht sich noch zweimal über die Augen. »Alles gut, Finn. Wir sind nur so glücklich.«

»Gut, gut. Nur glücklich.«

Hä? Und wie seht ihr dann aus, wenn ihr unglücklich seid?

Nichts ist gut. So eine kleine Schwester ist ja wohl nur nervig. Zur Entschädigung gehen wir in die Cafeteria und ich bekomme ein Stück Kuchen.

»Aber wenn diese unruhige Zeit vorbei ist, dann gibt es erst mal keinen Kuchen mehr, Finn.«

»Nur Gemüse!«

»Und Obst!« Dann lachen beide.

Papa steht plötzlich im Raum.

»Und?«

»Alles gut«, sagt er und nimmt mich endlich, endlich in den Arm. »Hallo, mein Prinz! Was habe ich dich vermisst! Und groß bist du geworden. Riesig! Und nun sind wir zwei Männer gegen zwei Frauen!«

Dann küsst er mich – hey – nicht so viel – hey, nicht aufs Auge!

Ich weiß, was du sagen willst, Papa. Wir sind verloren.

Papa guckt selig.

»Es war nichts. Mama und Baby sind wohlauf.«

»So eine Aufregung um nichts?«

»Besser als anders herum«, sagt Papa erleichtert und grinst so doll, wie ich ihn nur zur Hochzeit gesehen habe und damals bei meiner eigenen Geburt. Klar.

»Recht hast du, Junge!« Frau Pietsch streicht meinem Papa über die Wange.

Epilog

Das Leben, das ist eine feine Sache, weißt du, Schwesterherz? Ich weiß, du liegst da nur öde rum und so und willst nach dem ganzen Geburtsgedöns deine Ruhe und vielleicht mal was zu essen zwischendurch, aber ganz ehrlich, es wird besser. Und dann gehen wir mit unseren Opas los. Oder machen Urlaub.

Magst du Opern? Und Schnee? Einkaufen? Seen? Na, ich denke schon, liegt ja in der Familie. Und du hast ja Frau Hasi. In diesem strengen Pink finde ich sie ja etwas merkwürdig, aber Hasi steht voll drauf, glaube ich. Guck, er will wieder neben ihr sitzen. Na, sollen die beiden mal auf dich etwas aufpassen.

Was meinst du? Blinzele doch mal etwas ausdrucksvoller, ich weiß nicht, was du jetzt meinst. Ach so. Ja, dein Zimmer ist auch sehr rosa. Aber da gewöhnst du dich dran. Und Opa Gunnar ist ja leider wieder ausgezogen. Der wohnt auf einem Hof. Zeig ich dir dann bald. Ist cool. Magst du Traktoren?

Was blinzelst du denn schon wieder? Ja, ich bleib hier sitzen, bis du eingeschlafen bist. Mach die Augen wieder zu. Ja. Gut so. Oder ist es dir hier im Haus zu laut?

Willkommen in meiner Welt!

Warum Mama und Papa so verzweifelt meinen Namen schreien? Oh, sie wollen mit mir so ein blödes Bauklötzchenspiel machen. Sie meinen, ich brauche jetzt viel Aufmerksamkeit, weil ich sonst sauer auf dich werden könnte. Und sie wollen mich fördern und lauter Quatsch, den keiner braucht. Merk dir das gleich, kein Mensch fragt dich nach deiner Meinung hier.

Oh, diese Erwachsenen, die nerven oft, weißt du?

Klar, weißt du.

Du bist ja auch von ihnen umgeben.

Stört es dich, wenn ich noch etwas hier sitze und nuckele? Vielleicht finden unsere beiden Eltern mich erst in ein paar Minuten.

Werde bloß schnell etwas größer, Schwesterherz. Ich brauche echt Hilfe. Es gibt so viele Erwachsene hier – und kaum normale Menschen.

Die wichtigsten Tipps
für werdende Brüder

Hallo, liebe Freunde vom Leben als Einzelkind!

Hier findet ihr einige wichtige Tipps und auch etwas Trost für diejenigen unter euch, die ungefragt ein kleines Geschwisterchen aufs Auge gedrückt bekommen haben. Ich empfehle da erst einmal Ruhe zu bewahren.

1. Augen zu und durch

Als Erstes sollte man sich klarmachen, dass man nichts (aber auch gar nichts) dagegen machen kann, wenn Mama ein neues Baby im Bauch hat. Besser sollte man sich mit dem unerfreulichen Gedanken schnell anfreunden und sich diese Katastrophe schönreden. Und wenn all diese Erwachsenen um einen stehen und einen riesigen Aufriss machen, weil wir jetzt den Titel »Großer Bruder« tragen dürfen, einfach so tun, als wäre das nicht der dämlichste Titel aller Zeiten. Erwachsene wissen es einfach nicht besser.

2. Trautes Heim, Glück allein

Beim Einkauf für das neue Zimmerchen, das der ungebetene Gast bekommen wird, immer Interesse heucheln und darauf achten, welche Farbe die Einrichtungsgegenstände annehmen. Die Farbe, die hier ausgesucht wird, scheint nachhaltigen Eindruck auf das Baby zu machen.

Damit entscheidet sich, ob wir einen Bruder (gut, kann beim Fußballspielen später die Bälle aus den Dornen holen) oder ein Schwesterchen (schlecht, die kommandiert herum und wird alles besser wissen als wir) bekommen.

Aber wahrscheinlich redet eure Mutter sowieso von nichts anderem als vom »Brüderchen« oder »Schwesterchen«. Das ist anstrengend, ganz klar, aber ist ja nun mal unsere Mutter. Müssen wir so hinnehmen.

3. Rette sich, wer kann

Warum sollten wir Brüder darauf achten, keine Schwester zu bekommen:

a) Weiber halten immer zusammen. Die Wahrscheinlichkeit, dass sie sich mit Mama zusammentun und dann auch alles verbieten wollen, was Spaß macht (Nuckeln, Klötze gegen Fensterglas werfen, auf Schränke und Tische klettern), ist immens hoch.
b) Kleidung. Mädchen tragen immerzu Rosa und machen sich nie dreckig. Dagegen können wir immer nur sehr schlecht bestehen.
c) Gleichberechtigung. Mädchen bestehen darauf, immer alles genauso gut oder besser als wir zu machen. Lachhaft. Nur dumm für uns, wenn sie das hinbekommen.
d) Küssen. Mädchen wollen immer küssen! Oder geküsst werden. Oder Geschenke.
e) Mädchen haben aber auch ihr Gutes (sagt Opa).

4. Wer zuletzt lacht, lacht am besten

Es ist dringend davon abzuraten, die kleine Schwester, wenn sie nun den Bauch verlassen hat und komplett in unser Leben getreten ist, zu ärgern! Gerade in den ersten Lebensmonaten verfügen weibliche Babys (Mama sagt allerdings Jungs brüllen auch sehr gut) über ein unfassbar gut entwickeltes Organ. Wenn die erst mal losschreien, gibt es kein Halten mehr. Später wird dann weniger gebrüllt als geheult. Das ist ganz fies. Diese dicken Tränen, die über die Bäckchen kullern! Dagegen ist man dann als Mann eh machtlos.

5. Meins ist meins

Wenn kleine Schwestern was wollen, empfiehlt es sich, das Weite zu suchen. Sofort! Daher immer Notausgänge im Auge behalten! Warum? Na, mit ihren großen Augen und diesem mädchenhaften, kecken Lächeln sind die kleinen Nervensägen in der Regel im Handumdrehen fähig, einem gestandenen Bruder nicht nur den letzten Nerv, sondern auch den letzten Bauklotz aus den Händen zu rauben.

Hütet euch vor kleinen Geschwistern, wenn sie lächeln!

Für die Fortgeschrittenen unter euch:

Versucht die Schwestern dafür zu nutzen, bei Mama und Papa das durchzusetzen, was ihr wollt.

Gelingt aber in der Regel nur wenige Male.

6. Reden ist Silber, Schweigen ist Gold

Im Spielbereich sind Schwestern extrem mäßig zu gebrauchen. Sie spielen in der Regel nur mit Puppen. Diese werden an- und ausgezogen, ausgeschimpft und ihnen wird andauernd Essen gekocht. Eigentlich ist das ja ganz lustig, aber leider reden Mädchen immerzu dabei! Und das kann sehr an Mama erinnern, die mit Papa schimpft. Das verdirbt irgendwie die Laune. Also denkt rechtzeitig an Ohrstöpsel!

7. Sag niemals nie

Es gibt viele Verbote, wenn man ein kleines Geschwisterchen bekommt, besonders wenn es ein Mädchen ist. Und das oft schon vor der Geburt. Ich habe gegen alle verstoßen und weiß, wovon ich spreche. Nichts ist wirklich gravierend, außer einer Sache: Man darf kleinen Mädchen keine Bärte anmalen. Wirklich nicht. Um nicht erst in Versuchung zu geraten, werft am besten den schwarzen Filzstift weg.

8. Übung macht den Meister

Erwachsene sagen die ganze Zeit, während das Baby noch im Bauch ist, dass alles viel einfacher wird als beim ersten Kind. Mag sein, das stimmt, man muss es nur gekonnt ausnutzen. Unsere Eltern geben erstaunlich schnell nach, wenn wir was wollen, während das Geschwisterchen schreit. Da ist gutes Timing gefragt. Oft klappt das nach ein paar Tagen schon recht gut. Und wenn man das Pech hat, ein ganz ruhiges Geschwisterchen bekommen zu haben, das nie brüllt, muss man halt ein wenig nachhelfen.

9. Ruhig Blut

Geschwister heulen immer. Lasst euch nicht den Bären aufbinden, das würde besser! Sie heulen IMMER. Eine Ausnahme: Wenn sie ausnahmsweise mal nicht heulen, muss man ganz furchtbar leise sein, weil das anstrengende Baby ja sonst wieder mit dem Heulen anfängt! Ein Teufelskreis. Hier hilft nur eins: schamloses Ausnutzen der gestressten Eltern. Wie das geht, verrät euch Tipp Nummer acht!

10. Ich sehe was, was du nicht siehst!

Ehrlich gesagt, gibt es auch einen klitzekleinen Vorteil, wenn man ein kleines Geschwisterchen bekommt.

Aber den sag ich nicht.

Hat was mit Liebhaben zu tun. Aber das ist peinlich.